Oo

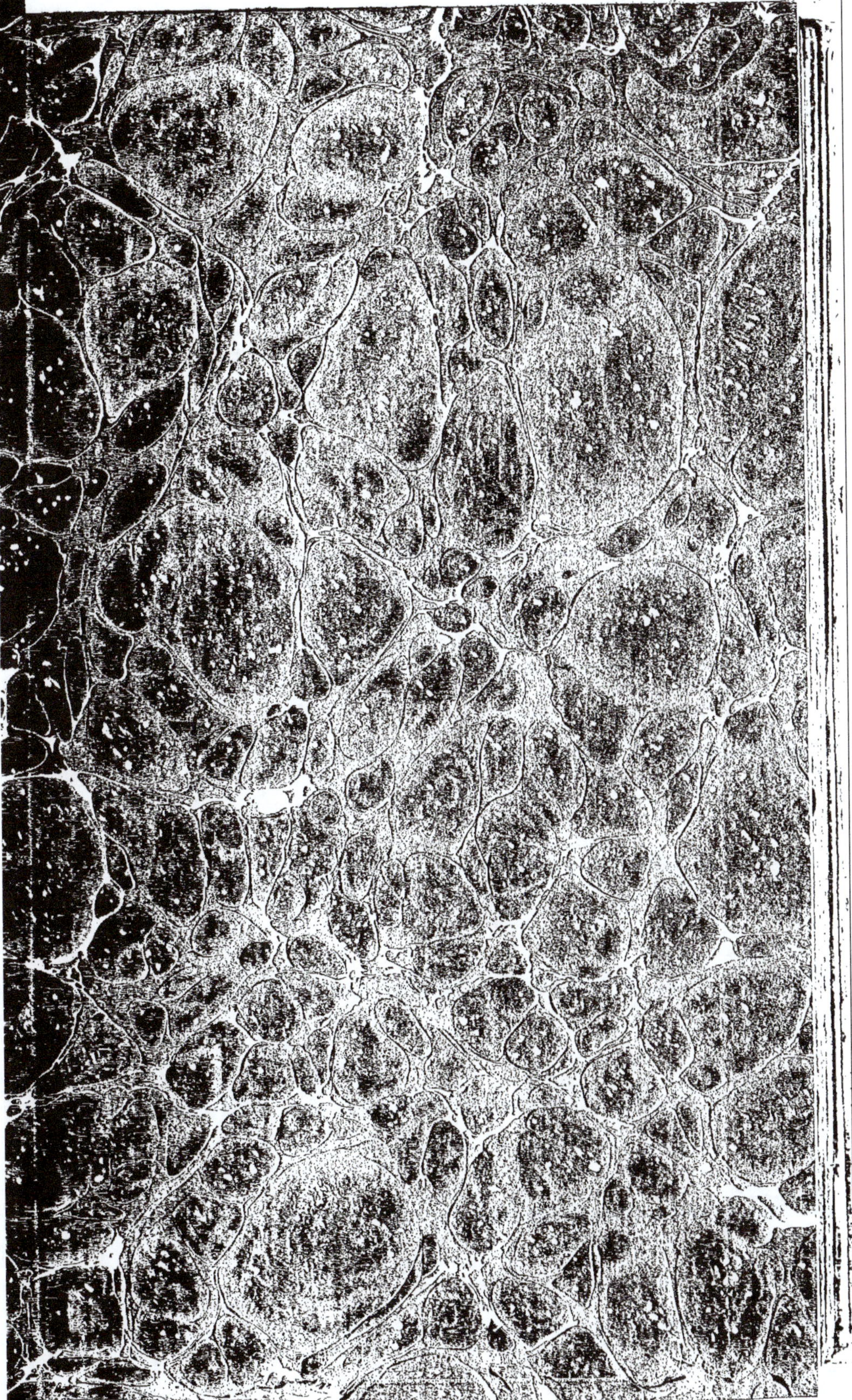

ROBERT 1985

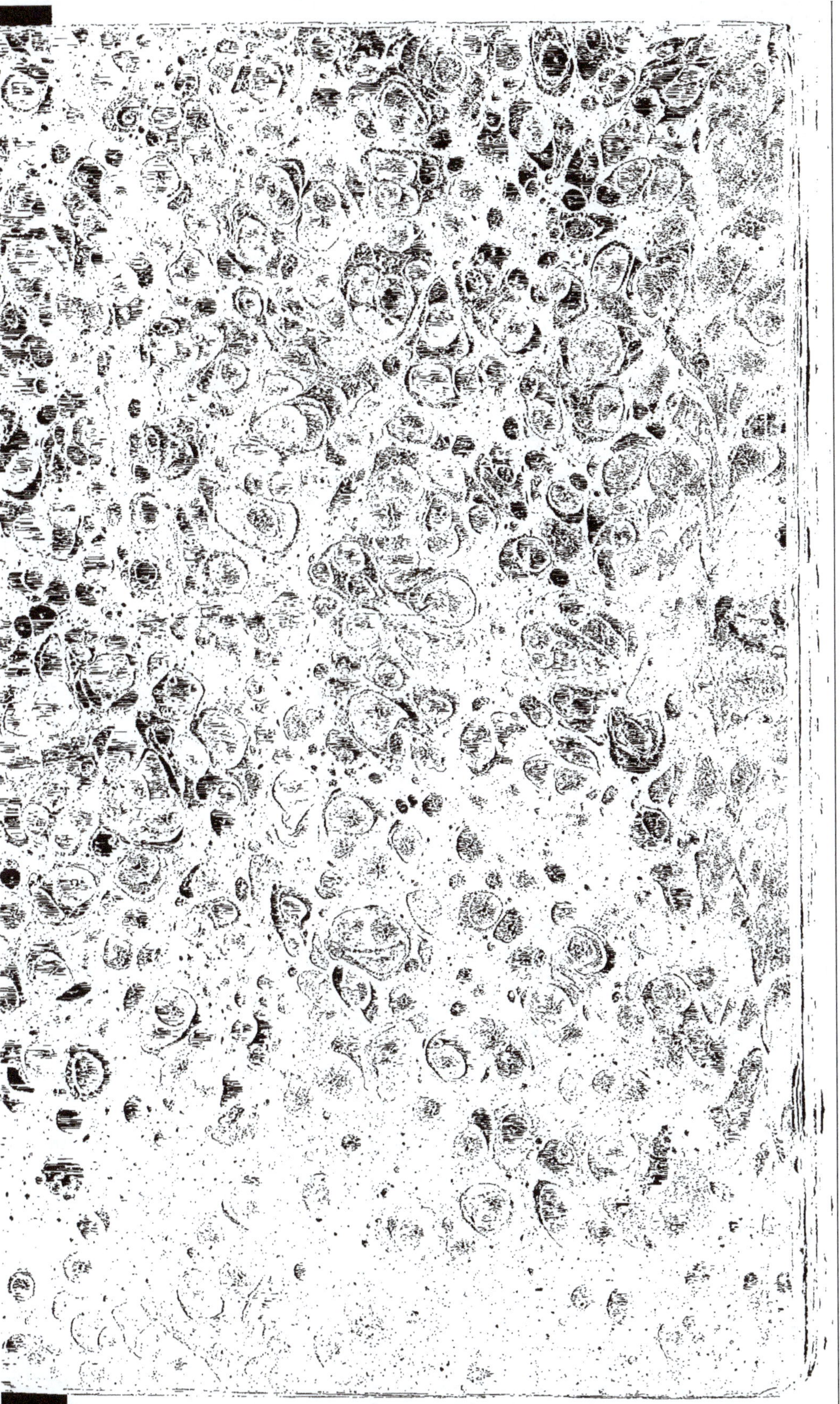

ŒUVRES

DE

P.-L. COURIER.

IMPRIMERIE DE TENCÉ FRÈRES,
RUE DE SCHAERBEEK.

OEUVRES

COMPLÈTES

DE P. L. COURIER,

ORNÉES DU PORTRAIT DE L'AUTEUR.

TOME DEUXIÈME.

BRUXELLES,

A LA LIBRAIRIE PARISIENNE,

FRANÇAISE ET ÉTRANGÈRE,

RUE DE LA MADELAINE, SECTION 8, N.º 438.

1828.

PAMPHLETS

POLITIQUES

ET OPUSCULES LITTÉRAIRES.

PAMPHLETS

POLITIQUES

ET OPUSCULES LITTÉRAIRES.

PREMIÈRE

LETTRE PARTICULIÈRE.

Tours, le 18 octobre.

J'AI reçu la vôtre du 12. Nos métayers sont des fripons qui vendent la poule au renard; leurs valets me semblent comme à vous les plus méchants drôles qu'on ait vus depuis bien du temps. Ils ont mis le feu aux granges, et maintenant, pour l'éteindre, ils appellent les voleurs. Que faire ? sonner le tocsin ? les secours sont à craindre presqu'autant que le feu. Croyez-moi ; sans esclandre, à nous seuls, étouffons la flamme, s'il se peut. Après cela nous verrons ; nous ferons un autre bail avec d'autres fripons ; mais il faudra compter, il faut faire une part à cette valetaille, puisqu'on ne peut s'en passer, et surtout point de pot de vin.

Voilà mon sentiment sur ce que vous nous mandez. En revanche, apprenez les nouvelles du pays. A Saumur il y a eu bataille, coups de fusil, mort d'homme ; le tout à cause de Benjamin Constant. Cela se conte de deux façons.

Les uns disent que Benjamin, arrivant à Saumur, dans sa chaise de poste, avec madame sa femme, insulta sur la place toute la garnison qu'il trouva sous les armes, et particulièrement l'école d'équitation. Cela ne me surprend point ; il a l'air ferrailleur, surtout en bonnet de nuit ; car c'était le matin. Douze officiers se détachent, tous gentilshommes de nom, marchent à Benjamin, voulant se battre avec lui ; l'arrêtent, et d'abord en gens déterminés, mettent l'épée à la main. L'autre mit ses lunettes pour voir ce que c'était. Ils lui demandaient *raison*. Je vois bien, leur dit-il, que c'est ce qui vous manque. Vous en avez besoin ; mais je n'y puis que faire. Je vous recommanderai au bon docteur Pinel qui est de mes amis. Sur ces entrefaites arrive l'autorité, en grand costume, en écharpe, en habit brodé, qui intime l'ordre à Benjamin de vider le pays, de quitter sans délai une ville où sa présence mettait le trouble. Mais lui : C'est moi, dit-il, qu'on trouble. Je ne trouble personne, et je m'en irai, Messieurs, quand bon me semblera. Tandis qu'il contestait, refusant également de partir et de se battre, la garde nationale s'arme, vient sur le lieu, sans en être requise et *proprio motu*. On s'aborde; on se choque; on fait feu de part et d'autre. L'affaire a été chaude. Les gentilshommes seuls en ont eu l'honneur. Les officiers de fortune et les bas officiers ont refusé de donner, ayant peu d'envie, disaient-ils de combattre avec la noblesse, et peu de chose à espérer d'elle. Voilà un des récits.

Mais notez en passant que les bas officiers n'aiment point la noblesse. C'est une étrange chose; car enfin la noblesse ne leur dispute rien; pas un gentilhomme ne prétend être caporal ou sergent. La noblesse, au contraire, veut assurer ces places à ceux qui les occupent, fait tout ce qu'elle peut pour que les bas officiers ne cessent jamais de l'être, et meurent bas officiers, comme jadis au bon temps. Eh bien avec tout cela, ils ne sont pas contents. Bref, les bas officiers, ou ceux qui l'ont été, qu'on appelle à présent officiers de fortune, s'accommodent mal avec les officiers de naissance : et ce n'est pas d'aujourd'hui.

De fait il m'en souvient; ce furent les bas officiers qui firent la révolution autrefois. Voilà pourquoi peut-être ils n'aiment point du tout ceux qui la veulent défaire, et ceci rend vraisemblable le dialogue suivant, qu'on donne pour authentique, entre un noble lieutenant de la garnison de Saumur et son sergent-major.

Prends ton briquet, Francisque, et allons assommer ce Benjamin Constant. — Allons, mon lieutenant. Mais qui est ce Benjamin ? — C'est un coquin, un homme de la révolution. — Allons, mon lieutenant, courons vite l'assommer. C'est donc un de ces gens qui disent que tout allait mal du temps de mon grand-père ? — Oui. — Oh le mauvais homme! et je gage qu'il dit que tout va mieux maintenant ? — Oui. — Oh le scélérat. Dites-moi, mon lieutenant, on va donc rétablir tout ce qui était jadis ? — Assurément, mon cher. — Et ce Benjamin ne veut pas ? — Non, le coquin ne veut pas. — Et il veut qu'on maintiennne ce qui est à présent ? — Justement. — Quel maraud! Dites-moi, mon lieutenant; ce bon temps-là, c'était le temps des coups de bâton, de la *schlagle* pour les soldats ? — Que sais-je, moi ? — C'était le temps des coups de plat de sabre ? — Que veux-tu que je te dise ? ma foi, je n'y étais pas. — Je n'y étais pas non plus; mais j'en ai ouï parler; et, s'il vous plaît, il dit, ce monsieur Benjamin, que tout cela n'était pas bien ? — Oui. C'est un drôle qui n'aime que sa révolution; il blâme généralement tout ce qui se faisait alors. — Alors, mon lieutenant, nous autres sergents, pouvions-nous devenir officiers ? — Non certes, dans ce temps-là. — Mais la révolution changea cela, je crois, nous fit des officiers, ôta les coups de bâton ? — Peut-être; mais qu'importe ? — Et ce Benjamin-là, dites-vous, mon lieutenant, approuve la révolution, ne veut pas qu'on remette les choses comme elles étaient ? — Que de discours, marchons. — Allez, mon lieutenant; allez en m'attendant. — Ah ? coquin, je te devine. Tu penses comme Benjamin; tu aimes la révolution. — Je hais les coups de bâton. — Tu as tort, mon ami; tu ne sais pas ce que c'est. Ils ne déshonorent point quand on les reçoit d'un chef ou bien d'un camarade. Que moi, ton lieutenant, je te donne la bastonnade, que tu la donnes aux soldats en qualité de sergent; aucun de nous, je t'assure, ne serait déshonoré. — Fort bien. Mais, mon lieutenant, qui vous la donnerait? — A moi? personne, j'espère. Je suis gentilhomme. — Je suis homme. — Tu es un sot, mon cher. C'était comme cela jadis. Tout allait bien. L'ancien régime vaut mieux que la révolution. — Pour vous, mon lieutenant. — Puis, c'est la discipline des puissances étrangères. Anglais, Suisses, Allemands, Russes, Prussiens, Polonais tous bâtonnent le soldat. Ce sont nos bons amis, nos fidèles alliés; il faut faire comme eux. Les cabinets se fâcheront, si nous voulons toujours vivre et nous gouverner à notre fantaisie. Martin bâton commande les troupes de la Sainte-Alliance. — Ma foi, mon lieutenant, je n'ai pas grande envie de servir sous ce général; et puis, je vous l'avoue, j'aime l'avancement. Je voudrais devenir, s'il y avait moyen, maréchal. — Oui; j'entends, maréchal des logis dans la cavalerie. — Non; ce n'est pas cela. — Quoi? maréchal ferrant? — Non. — Propos séditieux. Tu te gâtes Francisque. Qui diable te met donc ces idées dans la tête? tu ne sais ce que tu dis. Tu rêves, mon ami; ou bien tu n'entends pas la distinction des classes. Moi, noble, ton lieutenant, je suis de la haute classe. Toi, fils de mon fermier, tu es de la basse classe. Comprends-tu, maintenant ? Or, il faut que chacun demeure dans sa classe ; autrement ce serait un désordre, une cohue ; ce serait la révolution. — Pardon, mon lieutenant ; répondez-moi, je vous prie. Vous voulez, j'imagine, devenir capitaine? — Oui. — Colonel ensuite? — Assurément. — Et puis général. — A mon tour. — Puis maréchal de France ? — Pourquoi non ? Je peux bien l'espérer comme un autre. — Et moi, je reste sergent ? — Quoi ? ce n'est pas assez pour un homme de ta sorte, né rustre, fils d'un rustre. Souviens-toi donc, mon cher, que ton père est paysan. Tu voudrais me commander peut-être ? — Mon lieutenant, le maréchal duc de . . . qui nous passe en revue, est fils d'un paysan ? — On le dit. — Il vous commande. — Eh ! vraiment c'est le mal. Voilà le désordre qu'a produit la révolution. Mais on y remédiera, et bientôt, j'en suis sûr ; mon oncle me l'a dit, on arrangera cela en dépit de Benjamin, qui sera pendu le premier, si nous ne l'assommons tout-à-l'heure. Viens, Francisque, mon ami, mon frère de lait, mon camarade ; viens, sabrons tous ces vilains avec leur Benjamin. Il n'y a point de danger ; tu sais bien qu'à Paris ils se sont laissés faire. — Allez, mon lieutenant, mon camarade ; allez devant et m'attendez. — Francisque, écoute-moi. Si tu te conduis bien, que tu sabres ces vilains, quand je te le commanderai, si je suis content de toi, j'écrirai à mon père qu'il te fasse laquais, garde-chasse ou portier. — Allez, mon lieutenant. — Oh ! le mauvais sujet. Va, tu en mangeras, de la prison ; je te le promets.

D'autres content autrement. L'arrivée de Benjamin, annoncée à Saumur, fit plaisir aux jeunes gens, qui voulurent le fêter, non que Benjamin soit jeune; mais ils disent que ses idées sont de ce siècle-ci, et leur conviennent fort. La jeunesse ne vaut rien nulle part, comme vous savez; à Saumur elle est pire qu'ailleurs. Ils sortent au-devant du député de gauche, et vont à sa rencontre avec musique, violons, flûtes, fifres, hautbois. Les gentilshommes de la garnison, qui ne veulent entendre parler ni du siècle ni de ses idées, trouvèrent celle-là très-mauvaise; et, résolus de troubler la fête, attaquent les donneurs d'aubade, croyant ne courir aucun risque. Mais en ce pays-là, la garde nationale ne laisse point sabrer les jeunes gens dans les rues; aussi n'est-elle pas commandée par un duc. La garde nationale armée fit tourner tête aux nobles assaillants, qui bientôt, mal menés, quittent le champ de bataille en y laissant des leurs. Tel est le second récit.

A Nogent-le-Rotrou, il ne faut point danser ni regarder danser, de peur d'aller en prison. Là, les droits réunis s'en viennent au milieu d'une fête de village *exercer* (c'est le mot, nous appelons cela *vexer*); on chasse mes coquins. Gendarmes aussitôt arrivent; en prison le bal et les violons, danseurs et spectateurs, en prison tout le monde. Un maire verbalise; un procureur du roi (c'est comme qui dirait *un loup quelque peu clerc*) voit là-dedans des complots, des machinations, des ramifications! Que ne voit pas le zèle d'un procureur du roi?

il traduit devant la cour d'assises vingt pauvres gens qui ne savaient pas que le roi eût un procureur. Les uns sont artisans, et les autres laboureurs, quelques-uns parents du maire, tous perdus sans ressource. Qui sèmera leur champ? qui fera leurs travaux, pendant six mois de prison ou plus? Qui prendra soin de leurs familles? Et sortis, s'ils en sortent, que deviendront-ils après? mendiants ou voleurs par force; nouvelle matière pour le zèle de M. le procureur du roi.

Ici scène moins grave, il s'agit de préséance. A l'église c'était grande cérémonie, office pontifical, cierges allumés, faux-bourdon, procession, cloches en branle; le concours des fidèles et cet ordre pompeux faisaient plaisir à voir. Au beau milieu du chœur, deux champions couverts d'or, se gourment, s'apostrophent. Ote-toi. — Non, c'est ma place. — C'est la mienne. — Tu ments. Coups de pied, coups de poing. Tu n'es pas royaliste. —Je le suis plus que toi. —Non, mais moi plus que toi. Je te le prouverai, je te le ferai voir. Notre mère sainte église, affligée du scandale, y voulut mettre fin; le ministre du Très-Haut arrive crossé, mitré. Ah, monsieur le général, ah, monsieur le commandant de la garde nationale! Mon cher comte! mon cher chevalier! Laissez-là cette chaise, monsieur le général; rengaînez votre épée, monsieur le commandant.

Par malheur le payeur ne se trouvait pas là, car il eût apaisé la noise tout d'abord, en faisant savoir à ces messieurs ce que chacun d'eux touche par mois du gouvernement ; on eût pu calculer, en francs, de combien l'un était plus royaliste que l'autre, et régler les rangs sans dispute. La charge de payeur devrait toujours s'unir à celle de maître des cérémonies. Je l'ai dit à Perceval, un de nos députés ; il en fera la proposition dès qu'il sera conseiller d'état.

Mais dites-moi, je vous prie, vous qui avez couru, sauriez-vous un pays où il n'y eût ni gendarmes, ni rats de cave, ni maire, ni procureur du roi, ni zèle, ni appointements (je voulais dire *dévouement ;* n'importe, c'est tout un), ni généraux, ni commandants, ni nobles, ni vilains qui pensent noblement ! Si vous savez un tel pays sur la mappemonde, montrez-le-moi, et me procurez un passeport.

Voilà Perceval en bon chemin. Secrétaire de la guerre ! cela s'appelle tirer son épingle du jeu. C'est un habile garçon ; il n'en demeurera pas là : tant vaut l'homme, tant vaut la députation. Les sots n'attrapent rien ; quelques-uns y mettent du leur. Il n'ose, dit-on, revenir ici de peur de la sérénade. Quelle faiblesse ! je me moquerais et de la sérénade et de mes commettants. Bellart n'en est pas mort à Brest. Un autre de nos députés, M. Gouin Moisan, est ici un peu fâché, à ce qu'on dit, de n'avoir pu encore rien tirer des ministres, ni pour lui, ni pour sa famille. Ce M. Gouin Moisan est un honnête marchand que la noblesse méprise, et qui vote avec elle, sans qu'elle le méprise moins, comme vous pensez bien. Pour les services par lui rendus au parti gentilhomme, il voudrait qu'on le fît noble ; il se contenterait du titre de baron. La noblesse française n'a point de baron Gouin, et s'en passe volontiers ; mais Gouin ne se passe pas de noblesse. Depuis trois ans entiers, il se lève, il s'assied avec le côté droit, dans l'espérance d'un parchemin. Quand on peut à ce prix rendre les gens heureux, il faut avoir cœur bien ministériel pour les laisser languir. Le service des nobles est dur et profite peu ; on leur sacrifie tout ; on renie ses amis, ses œuvres, ses paroles ; on abjure le vrai ; toujours dire et se dédire, parler contre son sens ; combattre l'évidence et mentir sans tromper ; je ne m'étonne pas que de Serre en soit malade. Renoncer à toute espèce de bonne foi, d'approbation de soi-même et d'autrui ; affronter le haro, l'indignation publique ! pour qui ? pour des ingrats qui vous paient d'un cordon et disent : Le sieur Laisné, le nommé de Villèle, un certain Donnadieu. Eh ! bonjour, mon ami, votre père fait-il toujours de bons souliers ? Çà, vous dînerez chez moi, quand je n'aurai personne. Voilà la récompense. Va pour de telles gens, va trahir ton mandat, et livre à l'étranger ta patrie et tes dieux. Ainsi parle un vilain dégoûté de bien penser ; mais *la moindre faveur d'un coup d'œil caressant* le rengage comme Sosie, et fait taire la conscience, la patrie et le mandat.

Nous en allons faire de nouveaux, je dis des députés, Dieu sait quels, blancs ou noirs, mais bonnes gens, à coup sûr. En attendant ce jour, on rit de la querelle de Paul et du préfet ; c'est affaire d'élection. Paul veut être électeur ; le préfet ne veut pas qu'il le soit, et lui fait la plus plaisante chicane.... Paul n'a pas de domicile, dit le préfet, attendu qu'il a été soldat ; il a femme et enfant dans ce département, cultive son héritage, habite la maison de son père et de son grand-père, paie treize cents francs d'impôts ; tout cela n'y fait rien. Il a été soldat pendant seize ans, rebelle aux puissances étrangères, aux cabinets de l'Europe ; il a quitté le pays. Que ne restait-il chez lui ? ou, s'il eût émigré.... C'est un mauvais sujet, un vagabond indigne d'être même électeur. Cette bouffonnerie réjouit toute la ville, et le département, et le bonhomme Paul, qui, labourant son champ, se moque des cabinets. Adieu : portez-vous bien ; que tout ceci soit entre nous.

SECONDE

LETTRE PARTICULIÈRE.

Tours, 28 novembre 1820.

Vous êtes babillard, et vous montrez mes lettres, ou bien vous les perdez, elles vont de main en main et tombent dans les journaux. Le mal serait petit si je ne vous mandais que les nouvelles du Pont-Neuf; mais de cette façon tout le monde sait nos affaires. Et croyez-vous, je vous prie, moi qui ai toujours fui la mauvaise compagnie, que je prenne plaisir à me voir dans la Gazette ?

Notre vigne n'est point si chétive qu'on le voudrait bien faire croire. Les vieilles souches, à vrai dire, sont pourries jusqu'au cœur, et le fruit n'en vaut guère mieux ; mais un jeune plant s'élève, qui va prendre le dessus et couvrir tout bientôt. Laissez-le croître avec cette vigueur, cette sève, seulement cinq ou six ans encore, et vous m'en direz des nouvelles.

Si vous me permettiez de tenir votre langue, je vous conterais..... mais non ; car vous iriez tout dire, et je suis averti; je vous conterais nos élections, comment tout cela s'est passé, la messe du Saint-Esprit, le noble pair et son urne, le club des gentilshommes, l'embarras du préfet et d'autres choses non moins utiles à savoir qu'agréables; mais quoi? vous ne pouvez rien taire; un peu de discrétion est bien rare aujourd'hui. Les gens crèveraient plutôt que de ne point jaser, et vous tout le premier. Vous ne saurez rien cette fois; pas un mot, nulle nouvelle; pour vous punir, je veux ne vous rien dire, si je puis.

Oui, par ma foi, c'était une chose curieuse à voir. Figúrez-vous, sur une estrade, un homme tout brillant de crachats, devant lui une table, et sur la table une urne. Si vous me demandez ce que c'est que cette urne, cela m'avait tout l'air d'une boîte de sapin. L'homme, c'était le président, comte Villemanzy, noble pair, dont le père n'était ni pair ni noble, mais procureur fiscal, ou quelque chose d'approchant. Je note ceci pour vous qui aimez la nouvelle noblesse. Jadis Larochefoucault était de votre avis, il la voulait toute neuve; neuve elle se vendait alors; elle valait mieux. La vieille ne se vendait pas. Pour moi ce m'est tout un, l'ancienne, la nouvelle, la Tremouille ou Godin, Rohan ou Rovigo, j'en donne le choix pour une épingle.

Il tira de sa poche une longue écriture (c'est le président que je dis), et lut : *Le Roi tout seul pouvait faire les lois; il en avait le droit et la pleine puissance. Mais par un rare exemple de bonté paternelle, il veut bien prendre notre avis.* Je n'entendis pas le reste; on cria vive le roi, les princes, les princesses et le duc de Bordeaux. Puis le président se lève. Nous étions au parterre quelque deux cent cinquante, choisis par le préfet pour en choisir d'autres qui doivent lui demander des comptes. Le président debout nous donna des billets sur lesquels chacun de nous devait écrire deux noms; mais il fallut jurer d'abord. Nous jurâmes tous. Nous levâmes la main de la meilleure grâce du monde et en gens exercés. Puis, nos billets remplis, le président les reprenait avec le doigt index et le pouce seulement, ses manchettes retroussées, les remettait dans la boîte d'où nous vîmes sortir un ultra royaliste et un ministériel.

Sans être son compère, j'avais parié pour cela et deviné d'abord ce qui devait sortir de la boîte ou de l'urne, par un raisonnement tout simple, et le voici. Nous étions trois sortes de gens appelés par le préfet. Gens de droite, aisés à compter; gens de gauche, aussi peu nombreux, et gens du milieu à foison, qui, se tournant d'un côté, font le gain de la partie, et se tournent toujours du côté où l'on mange. Or, en arrivant, je sus que tous ceux de la droite dînaient chez le préfet ou chez l'homme aux crachats avec ceux du milieu, et que ceux de la gauche ne dînaient nulle part. J'en conclus aussitôt que leur affaire était faite, qu'ils perdraient la partie et paieraient le dîner dont ils ne mangeaient pas; je ne me suis point trompé.

J'étais là le plus petit des grands propriétaires, ne

sachant où me placer parmi tant d'honnêtes gens qui payaient plus que moi, quand je trouvai, devinez qui? Cadet Roussel, vieille connaissance, à qui je dis en l'abordant : Qu'as-tu Cadet? puis je me repris : Qu'avez-vous M. de Cadet? (car c'est sa nouvelle fantaisie de mettre un *de* avec son nom, depuis qu'il est éligible et maire de sa commune) je vous vois soucieux, inquiet. Ce n'est pas sans sujet, me dit-il. J'ai trois maisons, comme vous savez, l'une est celle de mon père, où je n'habite plus ; l'autre appartenait ci-devant à M. le marquis de... chose, qui s'en alla, je ne sais pourquoi, dans le temps de la révolution. J'achetai sa maison pendant qu'il voyageait. C'est celle où je demeure et me trouve fort bien. La troisième appartenait à Dieu, et de même je m'en suis accommodé. Je viens de voir là-bas, vers la droite, des gens qui parlaient de restituer, et disaient que de mes trois maisons la dernière doit retourner à Dieu, les deux autres pourraient servir à recomposer une grande propriété pour le marquis. A ce compte, je n'aurais plus de maison. Je vous avoue que cela m'a donné à penser. C'est dommage pour vous, lui dis-je, que d'autres comme vous, peu amis de la restitution, ne se trouvent point ici. On ne les a pas invités, et je m'étonne de vous y voir. Ah, me dit-il! c'est que je pense bien, je ne pense point comme la canaille. Je vois la haute société, ou je la verrai bientôt du moins, car mon fils me doit présenter chez ses parents. — Qui? quels parents? — Eh! oui, mon fils de la Rousselière se marie, ne le savez-vous point? il épouse une fille d'une famille... Ah! il sera dans peu quelque chose. J'espère par son moyen arranger tout. — J'entends, vous voudriez par son moyen voir la haute société et ne point restituer. — Justement. — Garder l'hôtel de *chose* et y recevoir le marquis? — C'est cela. — Vous aurez de la peine.

Comme je regardais curieusement partout, j'aperçus Germain dans un coin, parlant à quelques-uns de la gauche; il semblait s'animer, et m'approchant, je vis qu'il s'agissait entre eux de ce qu'on devait écrire sur ces petits billets. Écrivez, disait-il, écrivez le bonhomme Paul, qui demeure là haut, sur le coteau du Cher. Il n'est pas jacobin, mais il ne veut point du tout qu'on pende les jacobins; il n'aime pas Bonaparte, mais il ne veut point qu'on emprisonne les bonapartistes, nommez-le, croyez-moi. Il sait écrire, parler; il vous défendra bien; vous êtes sûrs au moins qu'il ne vous vendra pas; c'est quelque chose à présent. Non, répondirent-ils, ce Paul n'est pas des nôtres. Il en sera bientôt, reprit Germain, car on l'a vu toujours du parti opprimé. Aristocrate sous Robespierre, libéral en 1815, il va être pour vous, et ne vous renoncera que quand vous serez forts, c'est-à-dire insolents. — Non, nous voulons des nôtres. — Mais personne n'en veut; vous allez être seuls, et que pensez-vous faire? — Rien, nous voulons ceux-là. Ils ne savent pas grand'chose et sont peut-être un peu sujets à caution. Mais ce sont nos compères, et Paul, dont vous parlez, n'est compère de personne. Germain à ce discours : Mes amis, leur dit-il, je crois que vous serez pendus vous et les vôtres, oui, pendus à vos pruniers, et j'aurai le plaisir d'y avoir contribué. Car je vais de ce pas me joindre à messieurs de droite et voter avec eux. Que me faut-il à moi? culbuter les ministres, pour cela les ultra sont aussi bons que d'autres, sinon meilleurs. Adieu.

Je voulais passer avec lui du côté des honnêtes gens. Mais en chemin je trouvai des ministériels, qui parlaient de *places* et disaient : Il n'y en a point qui soit sûre. Comme j'entends un peu la fortification, je m'arrêtai à les écouter. Il n'y en a pas une, disaient-ils, sur laquelle on puisse compter. C'est sans doute, leur dis-je, que les remparts ne sont pas bien entretenus, ou faute d'approvisionnement? Ils me regardaient étonnés. Oui, reprit un d'eux, que je meure s'il y a une place à présent, qu'aucune compagnie d'assurance voulût garantir pour un mois. Cependant, leur dis-je, il me semble qu'avec de grandes demi-lunes, des fronts en ligne droite et un bon défilement, on doit tenir un certain temps. Ils me regardèrent plus surpris que la première fois, et le même homme continua : Ma foi, vu leur peu de sûreté, les places aujourd'hui ne valent pas grand'chose. Vous voulez dire, lui répliquai-je, que les meilleures ont été livrées à l'ennemi.

Comme je semblais les gêner, je m'en allai, fâché de quitter cette conversation, et plus loin je rencontrai l'honnête procureur, qui passe pour mener tout le parti noble ici. C'est Calas, ou Colas qu'on le nomme, je crois, garçon d'un vrai mérite. Avez-vous remarqué que depuis quelque temps les nobles nulle part ne font rien, s'ils ne sont menés par des vilains ? Qu'est-ce que Lainé, de Villèle, Ravez, Donnadieu, Martainville, sinon les chefs de la noblesse, et tous vilains ? sans eux, que deviendrait le parti des puissances étrangères, réduit à M. de Marcellus ? et chez ces puissances, qu'aurait fait la noblesse allemande, si les vilains ne l'eussent entraînée contre l'armée de Bonaparte, qui elle-même alla très-bien, étant menée par des vilains, mal aussitôt qu'elle fut commandée par des nobles; autre point à noter. Mais où en étions-nous ? à Colas, procureur et chef de la noblesse. Je suis content, disait-il, oui, je suis fort content de M. de Duras, il a du caractère, et je n'aurais pas cru qu'un gentilhomme, un duc...., aussi l'ai-je fait président de notre club des Carmélites, club d'honnêtes gens; nous nous assemblâmes hier, lui président, moi secrétaire ; nous avons tous prêté serment entre les mains de M. le duc. Ils ont juré foi de gentilhomme, moi, foi de procureur, et j'ai fait le procès-verbal de la séance. Mais le bon de l'affaire, c'est que le préfet s'est avisé d'y trouver à redire. Là-dessus nous l'avons mené de la belle manière, et M. de Duras a montré ce qu'il est : Monsieur, lui a-t-il dit, je vous défends, au nom de mon gouvernement, de vous mêler des élections. Voilà parler cela, et voilà ce que c'est que de la fermeté. Le pauvre préfet n'a su que dire. Je vous assure, moi, que la noblesse a du bon et fera quelque chose, Dieu aidant, avec les puissances étrangères. Tout cela ne demande qu'à être un peu conduit, et j'en fais mon affaire.

Il continua et je l'écoutais avec grand plaisir, quand le président m'appelant, me donna un de ces billets où il fallait écrire deux noms. Pour moi, j'y voulais mettre Aristide et Caton. Mais on me dit qu'ils n'étaient pas sur la liste des éligibles. J'écrivis Bignon, et un autre ; Bignon, vous le connaissez, je crois, celui qui ne veut pas qu'on proscrive ; et je m'en allai comme j'étais venu, à travers les gendarmes.

Je voudrais bien répondre à ce monsieur du journal. Car, comme vous savez, j'aime assez causer. Je me fais tout à tous et ne dédaigne personne; mais je le crois fâché. Il m'appelle jacobin, révolutionnaire, plagiaire, voleur, empoisonneur, faussaire, pestiféré ou pestifère, enragé, imposteur, calomniateur, libelliste, homme horrible, ordurier, grimacier, chiffonnier. *C'est tout, si j'ai mémoire* : je vois ce qu'il veut dire, il entend que lui et moi sommes d'avis différent ; peut-être se trompe-t-il.

Il aime les ministres, et moi aussi je les aime, je leur suis trop obligé pour ne pas les aimer. Jamais je n'ai eu recours à eux qu'ils ne m'aient rendu bonne et prompte justice. Ils m'ont tiré trois fois des mains de leurs agents. C'est bien, si vous voulez, un peu ce que ce Romain appelait *beneficium latronis, non occidere.* Mais enfin c'est *beneficium.* Et quand tout le monde est larron, le meilleur est celui qui ne tue pas.

J'aime bien mieux les ministres que messieurs les jurés

nommés par le préfet, beaucoup mieux que les électeurs choisis par le préfet, beaucoup mieux que mes juges qu'on appelle naturels, et dont je n'ai jamais pu obtenir une sentence qui eût le moindre air d'équité. J'aime cent fois mieux le gouvernement ministériel qu'un jeu, une piperie, une ombre de gouvernement rimant en *el;* je suis plus ministériel que monsieur du journal, et *si* je le suis gratis.

Il dit que nous sommes libres, et j'en dis tout autant; nous sommes libres, comme on l'est la veille d'aller en prison. Nous vivons à l'aise, ajoute-t-il, et rien ne nous gêne à présent. Je sens ce bonheur, et j'en jouis comme faisait Arlequin, dit-on, qui, tombant du haut d'un clocher, se trouvait assez bien en l'air, avant de toucher le pavé.

Il n'est que de s'entendre. Cet homme-là et moi sommes quasi d'accord, et ne nous en doutons pas. Il se plaint de mon langage. Hélas! je n'en suis pas plus content que lui. Mon style lui déplaît; il trouve ma phrase obscure, confuse, embarrassée. Oh! qu'il a raison, selon moi! Il ne saurait dire tant de mal de ma façon de m'exprimer, que je n'en pense davantage, ni maudire plus que je ne fais la faiblesse, l'insuffisance des termes que j'emploie. Autant la plupart s'étudient à déguiser leur pensée, autant il me fâche de savoir si peu mettre la mienne au jour. Ah! si ma langue pouvait dire ce que mon esprit voit, si je pouvais montrer aux hommes le vrai qui me frappe les yeux, leur faire détourner la vue des fausses grandeurs qu'ils poursuivent, et regarder la liberté, tous l'aimeraient, la désireraient. Ils connaîtraient, en rougissant, qu'on ne gagne rien à dominer, qu'il n'est tyran qui n'obéisse, ni maître qui ne soit esclave, et perdant la funeste envie de s'opprimer les uns les autres, ils voudraient vivre et laisser vivre. S'il m'était donné d'exprimer, comme je le sens, ce que c'est que l'indépendance, Decazes reprendrait la charrue de son père, et le roi, pour avoir des ministres, serait obligé d'en requérir, ou de faire faire ce service à tour de rôle, par corvée, sous peine d'amende et de prison.

Sur les injures je me tais : il en sait plus que moi ; je n'aurais pas beau jeu. Mais il m'appelle *loustic*, et c'est là-dessus que je le prends. Il dit, et croit bien dire, parlant de moi, *le loustic du parti national*, et fait là une faute, sans s'en douter, le bonhomme! Ce mot est étranger. Lorsqu'on prend le mot des puissances étrangères, il ne faut pas le changer. Les puissances étrangères disent loustig, non *loustic*, et je crois même qu'il ignore ce que c'est que le *loustig* dans un régiment *Teutsche*. C'est le plaisant, le jovial qui amuse tout le monde, et fait rire le régiment, je veux dire les soldats et les bas officiers; car tout le reste est noble, et, comme de raison, rit à part. Dans une marche, quand le *loustig* a ri, toute la colonne rit et demande : Qu'a-t-il dit? Ce ne doit pas être un sot, pour faire rire des gens qui reçoivent des coups de bâton. Le *loustig* les distrait, les amuse, les empêche quelquefois de se pendre, ne pouvant déserter, les console un moment de la schlague, du pain noir, des fers, de l'insolence des nobles officiers. Est-ce là l'emploi qu'on me donne? Je vais avoir de la besogne: Mais quoi? j'y ferai de mon mieux. Si nous ne rions encore, quoiqu'il puisse arriver, il ne tiendra pas à moi; car j'ai toujours été de l'avis du chancelier Thomas Morus : Ne faire rien contre la conscience, et rire jusqu'à l'échafaud inclusivement. Comme cet emploi d'ailleurs n'a point de traitement, ni ne dépend des ministres, je m'en accommode d'autant mieux.

Tout cela ne serait rien, et je prendrais patience sur les noms qu'il me donne. Mais voici pis que des injures. Il me menace du sabre, non du sien; je ne sais même s'il en a un, mais de celui du soldat. Écoutez bien ceci : Quand le soldat, dit-il (faites attention; chaque mot est officiel, approuvé des censeurs), quand le soldat voit ces gens qui n'aiment pas les hautes classes, les classes à privilége, il met d'abord la main sur la garde de son sabre. *Tudieu, ce ne sont pas des prunes que cela.* Le chiffonnier valait mieux. On ne me sabre pas encore comme vous voyez; mais on tardera peu; on n'attend que le signal du noble qui commande. Profitons de ce moment; je quitte mon journaliste et je vais au soldat. Camarade, lui dis-je. Il me regarde à ce mot : Ah! c'est vous, bonhomme Paul. Comment se portent mon père, ma mère, ma sœur, mes frères et tous nos bons voisins? Ah! Paul, où est le temps que je vivais avec eux et vous, vous souvient-il? labourant mon champ près du vôtre.

Combien ne m'avez-vous pas de fois prêté vos bœufs lorsque les miens étaient las! Aussi vous aidais-je à semer, ou serrer vos gerbes, quand le temps menaçait d'orage. Ah! bonhomme, si jamais.... Comptez que vous me reverrez. Dites à mes bons parents qu'ils me reverront, si je ne meurs. — Tu n'as donc point, lui dis-je, oublié tes parents? — Non plus que le premier jour. — Ni ton pays? — Oh! non. Pays de mon enfance! terre qui m'as vu naître! — Mon ami, tu es triste. Tu te promènes seul; tu fuis tes camarades; tu as le mal du pays. — Nous l'avons tous, bonhomme Paul.

Touché de pitié, je m'assieds et il continue : Vous savez, père Paul, comment je vivais chez nous, toujours travaillant, labourant ou façonnant ma vigne, et chantant la vendange ou le dernier sillon; attendant le dimanche pour faire danser ma Sylvine aux *assemblées* de Véretz ou de Saint-Avertin. On m'a ôté de là, pourquoi? pour escorter la procession, ou bien prendre les armes lorsque le bon Dieu passe. On m'apprend la charge en douze temps. A quoi bon? Pour quelle guerre? On s'y prend de manière à n'avoir jamais de querelle avec les puissances étrangères. Pourquoi donc charger, et sur qui faire feu? Je sers; mais à quoi sers-je? A rien, bonhomme Paul. Tout cela nous ennuie et nous fait regretter le pays dans nos casernes. Ah! Véretz, ah! Sylvine! ah! mes bœufs, mes beaux bœufs! Fauveau à la raie noire, et l'autre qui avait une étoile sur le front! Vous en souvient-il, bonhomme Paul?

Là dessus, sans répondre, je lui glisse ce mot: Sais-tu bien ce qu'on m'a dit de toi? Mais je n'en crois rien. Je me suis laissé dire que tu voulais nous sabrer. — Moi, vous sabrer, bonhomme! Quiconque vous l'a dit est un.... — Oui, mon ami, c'est un gazetier censuré.

Mais que fais-tu? Comment te trouves-tu à ton régiment? Es-tu content, dis-moi, de tes chefs? — Fort content, bonhomme, je vous jure. Nos sergents et nos caporaux sont les meilleures gens du monde. Voilà là-bas Francisque, notre sergent-major, brave soldat, bon enfant; il a fait les campagnes d'Égypte et de Russie, et il fait aujourd'hui sa première communion. — Tout de bon? — Oui vraiment : c'est aujourd'hui le numéro cinq, demain ce sera le numéro six. — Comment? que veux-tu dire? — Nous communions par numéro de compagnie, la droite en tête. — Fort bien. Tes officiers? — Mes officiers? Ma foi, je ne les connais guères. Nous les voyons à la parade. Nous autres soldats, bonhomme Paul, nous ne connaissons que nos sergents. Ils vivent avec nous; ils logent avec nous; ils nous mènent à vêpres. — En vérité? Cependant, tu dois savoir, mon cher, si ton capitaine te veut du bien. — Notre capitaine n'a pas rejoint; nous ne l'avons jamais vu. Il prêche les missions dans le midi. — Bon! Mais ton colonel? — Oh! celui-là nous l'aimons tous. C'est un joli garçon, bien tourné, fait à peindre, bel homme en uniforme, jeune; il est né peu de temps avant l'émigration. — Dis-moi: il a servi? — Oh! oui; en Angleterre, il a servi la messe;

et il y paraît bien, car il aime toujours l'Angleterre et la messe.

— A ce que je puis voir, tu ne te soucies point de rester au régiment, de suivre jusqu'au bout la carrière militaire. — Où me mènerait-elle ? Sergent après vingt ans, la belle perspective ! — Mais, par la loi Gouvion, ne peux-tu pas aussi devenir officier ? — Ah ! officier de fortune ! Si vous saviez ce que c'est ! J'aime mieux labourer et mener bien ma charrue, que d'être ici lieutenant mal mené par les nobles. Adieu, bonhomme Paul ; la retraite m'appelle. Au revoir, mon bonhomme. — Au revoir, mon ami.

A quatre pas de là, je trouve le seigneur du fief de Haubert, et je lui dis : Mon gentilhomme, vous n'aurez jamais ces gens là. — Pourquoi, s'il vous plaît ? — C'est qu'ils ont tâté de l'avancement. Vous voulez toutes les places, mais surtout vous voulez toutes les places d'officiers, et vous avez raison ; car sans cela point de noblesse. Eux veulent avancer. Le marquis aura beau faire, c'est une fantaisie qu'il ne leur ôtera pas. Je ne vois guères moyen de vous accommoder. M. Quatremere de Quincy, bourgeois de Paris, vous accordera ce que vous voudrez ; priviléges, pensions, traitements, et la restitution, et la substitution et la grande propriété. Vous le gagnerez aisément en l'appelant mon cher ami, et lui serrant la main quelquefois. Mais les soldats ne se paient point de cette monnaie. Pour lui, l'ancien régime est une chose admirable. C'est le temps des belles manières, mais, pour les soldats, c'est le temps des coups de bâton. Vous ne les ferez pas aisément consentir à rétrograder jusque-là. Puis le public est pour eux. On sait qu'un bon soldat est un bon officier et un bon général, tant qu'il ne se fait point gentilhomme. On ne le savait pas autrefois. En un mot comme en cent, vous n'aurez jamais en ce pays une armée à vous. — Nous aurons les gendarmes et le procureur du roi.

P.S. M. le Tissier, le dernier de nos députés (j'entends dernier nommé), nous assure, par une circulaire, qu'il a de la vertu plus que nous ne croyons. Il n'acceptera, nous dit-il, ni places, ni titres, ni argent. Beau sacrifice! car sans doute on ne manquera pas de lui tout offrir. Ses talents oratoires, ses rares connaissances, sa grande réputation vont lui donner une influence prodigieuse sur l'assemblée des députés de la nation. Les ministres tenteront tout pour s'acquérir un homme comme M. le Tissier; mais leurs avances seront perdues, il n'acceptera rien, dit-il, quand on voudrait le faire gentilhomme et le mettre à la garde-robe.

On va ici couper le cou à un pauvre diable pour tentative d'homicide. Il se plaint et dit à ses juges : Supposons qu'en effet j'aie voulu tuer un homme. Vous connaissez des gens qui ont tenté de faire tuer la moitié de la France par les puissances étrangères. Ils voulaient de l'argent, et moi aussi. Le cas est tout pareil. Vous n'avez contre moi que des preuves douteuses; vous avez leurs notes secrètes signées d'eux; vous me coupez le cou, et vous leur faites la révérence.

Je lis avec grand plaisir les mémoires de Montluc. C'est un homme admirable, il raconte des choses ! par exemple celle-ci : Un jour, il avait pris quinze cents huguenots, et ne sachant qu'en faire, il écrit à la cour. Le roi lui mande de les bien traiter. La reine lui fait dire de les tuer. Le roi, qui alors négociait avec leur parti, se flattait d'un accommodement. Mais la reine-mère ne voulait point d'accommodement. Voilà le bon maréchal en peine entre deux ordres si contraires. Enfin il se décide. Je crus, dit-il, ne pouvoir faillir en obéissant à la reine. Je tuai mes huguenots et fis bien ; car le traité manqua, la guerre continua et la reine me sut gré de tout. Ce livre est plein de traits pareils. Mais pour en entendre le fin, il faut savoir l'histoire du temps. Il y avait en France alors deux gouvernements.

Est-il donc vrai que les notes secrètes ne savent plus où s'adresser et que tout se brouille là-bas. Leurs excellences européennes veulent, dit-on, se couper la gorge ; l'Anglais défie l'Allemand. Celui-ci, plus rusé, lui joue d'un tour de diplomate, gagne le postillon de milord, qui verse sa Grâce dans un trou, pensant bien lui rompre le cou. Mais l'Anglais roule jusqu'au fond sans s'éveiller, et cuve son vin ; puis, sorti de là, demande raison. Voilà les contes qu'on nous fait, et nous écoutons tout cela. Que vous êtes heureux à Paris de savoir ce qui se passe, et de voir les choses de près, surtout la garderobe et Rapp dans ses fonctions ! C'est là ce que je vous envie.

RÉPONSES

AUX ANONYMES

QUI ONT ÉCRIT DES LETTRES

A P.-L. COURIER,

VIGNERON.

RÉPONSE

AUX ANONYMES.

N° 1.

Je reçois quelquefois des lettres anonymes ; les unes, flatteuses, me plaisent, car j'aime la louange ; d'autres, moqueuses, piquantes, me sont moins agréables, mais beaucoup plus utiles : j'y trouve la vérité, trésor inestimable, et souvent des avis que ne me donneraient peut-être aucun de ceux qui me veulent le plus de bien. Afin donc que l'on continue à m'écrire de la sorte, pour mon très grand profit, je réponds à ces lettres par celle-ci imprimée, n'ayant autre moyen de la faire parvenir à mes correspondants, et répondrai de même à tous ceux qui voudraient me faire part de leurs sentiments sur ma conduite et mes écrits. Un pareil commerce, sans doute, aurait quelques difficultés sous ces gouvernements faibles, peureux, ennemis de toute publicité, serait même de fait impossible, sans la liberté de la presse, dont nous jouissons, comme dit bien M. de Broë, dans toute son étendue, depuis la restauration. Si la presse n'était pas libre, comme elle l'est par la charte, il pourrait arriver qu'un commissaire de police saisît chez l'imprimeur toute ma correspondance; qu'un procureur du roi envoyât en prison et l'imprimeur, et moi, et mon libraire, et mes lecteurs. Ces choses se font dans un pays où règne un pouvoir odieux, complice de quelques-uns, et ennemi de tous. Mais en France heureusement, sous l'empire des lois, de la constitution, de la charte jurée, sous un gouvernement ami de la nation et cher à tout le monde, rien de tel n'est à craindre. On dit ce que l'on pense; on imprime ce qui se dit, et personne n'a peur de parler ni d'entendre. J'imprime donc ceci, non pour le public, mais pour ces personnes seulement qui me font l'honneur de m'écrire, sans me dire leur nom ni leur adresse.

Paul-Louis Courier, vigneron de la Chavonnière, bûcheron de la forêt de Larçay, laboureur de la Filonière, de la Toussière, et autres lieux, à tous les anonymes inconnus qui ces présentes verront, salut :

J'ai reçu la vôtre, signée : le trop rusé marquis d'Effiat; elle m'a diverti, instruit, par les curieuses notes qu'elle contient sur l'histoire ancienne et moderne;

Et la vôtre, timbrée de Béfort, non signée, où vous me reprochez d'une façon peu polie, mais franche, que je ne suis point modeste. M'examinant là-dessus, j'ai trouvé qu'en effet je ne suis pas modeste, et que j'ai de moi-même une haute opinion; en quoi je puis me tromper comme bien d'autres. Vous en jugez ainsi à tort et par envie, à ce qu'il me paraît; toutefois l'avis est bon, et, pour en profiter, j'userai des formules dont se couvre l'estime que chacun fait de soi, heureuse invention de nos académies! Je dirai de mes écrits qui sont assurément les plus beaux de ce siècle, faibles productions qu'accueille avec bonté le public indulgent; et de moi, le premier homme du monde, sans contredit, votre très humble serviteur vigneron, quoiqu'indigne.

Dans celle-ci, venant d'Amiens, sans signature pareillement, vous me dites, Monsieur, que je serai pendu. Pourquoi non? D'autres l'ont été d'aussi bonne maison que moi; le président Brisson, honnête homme et savant, pour avoir conseillé au roi de se défier des courtisans, fut pendu par les Seize, royalistes quand même, défenseurs de la foi, de l'autel et du trône. Il demanda comme grâce, de pouvoir achever, avant qu'on le pendît, son Traité des usages et coutumes de Perse qui devait être, disait-il, une tant belle œuvre. Peu de chose y manquait; c'eût été bientôt fait : il ne fut non plus écouté que le bonhomme Lavoisier, depuis en cas pareil, et Archimède jadis. Parmi tous ces grands noms je n'ose me placer; mais pourtant j'ai aussi quelque chose à finir, et l'on va me juger, et je vois bien des Seize. Tout beau, soyons modeste.

Dans la vôtre, Monsieur, qui m'écrivez de Paris, vous me dites...., voici vos termes : Je suis de vos amis, Monsieur, et comme tel je vous dois un avis. On va vous remettre en prison; c'est une chose résolue, et je le sais de bonne part, non pas pour votre pétition des villageois qui veulent danser, écrit innocent et benin, où personne n'a rien vu qui pût offenser le parti régnant. C'est le prétexte tout au plus, l'occasion qu'on cherchait pour vous persécuter, mais non le vrai motif. On vous en veut, parce ce que vous êtes orléaniste, ami particulier du duc d'Orléans. Vous l'avez loué dans quelques brochures ; vous êtes du parti d'Orléans. Voilà ce qui se dit de vous, et que bien des gens croient, non pas moi. Je juge de vous tout autrement. Vous n'êtes point orléaniste, ami ni partisan du duc ; vous m'aimez aucun prince, vous êtes républicain.

Ce sont vos propres mots. Suis-je donc républicain? J'ai lu de bons auteurs et réfléchi long-temps sur le meilleur gouvernement. J'y pense même encore à mes heures de loisir ; mais j'avance peu dans cette recherche, et, loin d'avoir acquis par de telles études l'opinion décidée que vous me supposez, je trouve, s'il faut l'avouer, que plus je médite et moins je sais à quoi m'en tenir ; d'où vient que dans la conversation, et bien des gens m'en font un reproche, aisément je me range, sans nulle complaisance, à l'avis de ceux qui me parlent, pourvu qu'ils aient un avis, et non de simples intérêts sur ces grandes questions débattues de nos jours avec tant de chaleur. Je conteste fort peu : j'aime la liberté par instinct, par nature. Je serais républicain avec vous en causant, car vous l'êtes, je le vois bien, et vous m'étaleriez toutes les bonnes raisons qui se peuvent donner en faveur de ce gouvernement. Vous n'auriez point de peine à me gagner ; mais bientôt, rencontrant quelqu'un qui me dirait et montrerait par vives raisons qu'il peut y avoir liberté dans la monarchie, s'il n'allait même jusqu'à prétendre, car c'est l'opinion de plusieurs, et elle se peut soutenir, qu'il n'y a de liberté que dans la monarchie, alors je passerais de ce côté, abandonnant la république, tant je suis maniable, docile, doutant de mes propres idées, en tout aisé à convertir, pour peu qu'on me veuille prêcher, non forcer.

Et voilà le tort qu'ont avec moi les gouvernants et leurs agents. Ils ne causent jamais, ne répondent à rien. Je leur dis qu'il ne faut pas nous faire payer Chambord, et le prouve de mon mieux, assez clairement, ce me semble. Étant d'avis contraire, s'ils daignaient s'expliquer, s'ils entraient en propos, on verrait leurs raisons, et le moindre discours, fondé sur quelque apparence de bon sens, m'amènerait aisément à croire que je me trompe; qu'acheter Chambord est pour nous la meilleure affaire, et que nous avons de l'argent de reste. On m'a persuadé des choses plus étranges; mais ils ne répondent mot, et me mettent en prison. Quel argument, je vous prie? Est-ce là raisonner? Dès-lors plus de doute. J'ai dit la vérité; j'abonde dans mon sens et n'en veux pas démordre. Ma remarque subsiste. Me voilà convaincu, et le public avec moi, qu'ils ne savent que dire, qu'ils n'ont pas même pour eux de mauvaises raisons; que ne voulant s'amender ni s'avouer dans l'erreur, c'est le vrai qui les fâche; et je triomphe en prison.

Une autre fois, je les avertis que de jeunes curés de

nos campagnes, par un zèle indiscret, compromettent la religion, en éloignent le peuple au lieu de l'y ramener. Que font mes gouvernants là-dessus? Vous croyez qu'ils vont examiner si je dis vrai, afin d'y apporter remède. J'en use de la sorte et vous aussi, je pense, quand on vous donne quelque avis. Mais des ministres, fi! ce serait s'abaisser. Ce serait ce qu'à la cour on nomme recevoir la loi des sujets? Sans rien examiner, on me remet en prison, et je triomphe encore comme Wackefield à Newgate; il y mourut; voici l'histoire.

C'était un homme de bien, fameux par son savoir. Les ministres, voulant augmenter le budget, vantaient l'économie et la gloire que ce serait à la nation anglaise de payer plus d'impôts qu'aucune de l'Europe. Les impôts, selon eux, ne pouvaient être trop forts. Que l'on ôte à chacun la moitié de son bien, le rapport des fortunes entre elles restant le même, personne n'est appauvri. Si, disaient-ils, une maison s'enfonçait d'un étage ou deux, en gardant son niveau, elle en serait plus solide. Ainsi la réduction de toutes les fortunes au profit du trésor consolide l'État, et cette réduction est une chose en soi absolument indifférente. Oui bien pour vous, dit Wackefield dans un écrit célèbre alors, pour vous qui habitez le haut de la maison; mais nous, dans les étages bas, nous sommes enterrés, monseigneur. Ce mot parut séditieux, offensant le roi, la morale, subversif de l'ordre social, et le bon Wackefield, traduit devant ses juges naturels qui tous dépendaient des ministres, avec un avocat également naturel, qui dépendait des juges, son procès instruit dans la forme, s'entendit condamner à trois ans de prison. Il n'y fut pas ce temps; au bout de quelques mois malade, ses amis, comme il était peu riche, avaient souscrit entre eux, pour que sa femme et ses enfants pussent loger près de la prison : mais l'autorité s'y opposant au nom de l'ordre social, il mourut sans secours, sans consolation, moins à plaindre que ceux qui le persécutaient ; car il avait pour lui l'approbation publique, l'assurance d'avoir bien dit et bien fait. Mais ils vécurent eux, dévorés de soucis, de rage ambitieuse, ou se coupèrent le cou, las de mentir, de tromper, d'augmenter le budjet et de faire curée des entrailles du peuple à de lâches courtisans.

Ainsi périt Wackefield, pour une seule parole. Rien n'est si dangereux que de parler à ceux qui sont forts et veulent de l'argent. C'est la bourse à la main qu'il faut répondre. Eh bien, connaissant ces exemples, que n'en profitiez-vous? de semblables leçons devaient vous rendre sage, même avant celle que vous avez eue en votre personne ; voilà ce qu'on me dit : pourquoi écrire enfin? et qui diantre vous pousse à vous faire imprimer? Ne sauriez-vous vous taire, et comme dit Boileau, imiter de Conrard le silence prudent? Ce Conrard, bel esprit, par principe de conduite, parlait peu et n'écrivait point; il réussit dans le monde et fut de l'académie. Car alors aussi, on faisait académiciens ceux qui n'écrivaient point, sans toutefois mettre en prison ceux qui écrivaient. Vous,

Paul-Louis, vous deviez être non seulement prudent, mais muet, afin, sinon de parvenir à l'académie, de vivre en paix, du moins. Il fallait vous tenir coi, tailler votre vigne, non votre plume; vous faire petit, ne bouger, de peur d'être le moins du monde aperçu, entendu. On vous guettait, vous le voyez; on ne vous pardonnera pas. Pourquoi cela, monsieur l'anonyme, s'il vous plaît? on a bien pardonné à M. Pardessus. Mais écoutez encore avant que je réponde, écoutez ce récit qui ne vous tiendra guères.

Un écrivain célèbre en Angleterre, auteur d'un des meilleurs ouvrages que l'on ait jamais faits, l'auteur de Robinson, Daniel de Foe, publia un écrit tendant à insinuer que les dépenses de la cour étaient considérables. Aussitôt les ministres le livrent à leurs juges; on le mit en prison; il écrivit encore, on le mit au carcan. Ses amis le blâmaient; mais il leur répondit : Il ne dépend pas de moi de parler ou de me taire; et lorsque l'esprit souffle, il faut lui obéir. C'était le langage du temps. On tirait tout de l'Écriture, comme à présent de Jean-Jacques. On parlait la Bible, aujourd'hui on parle Rousseau. Un abbé met en pièces Émile, pour prêcher aux indifférents en matière de religion.

Quant à moi, ce n'est pas l'esprit, c'est la sottise qui me fait aller en prison. J'ai cru bonnement à la Charte; j'ai donné dans la Charte en plein; je le confesse à ma très grande honte, et pourtant de plus fins y ont été pris comme moi. De ma vie, sans la Charte, je n'eusse imaginé de parler au public de ce qui l'intéresse. Robespierre, Barras et le grand Napoléon, depuis plus de vingt ans, m'avaient appris à me taire. Bonaparte, surtout, ce héros ne trompait pas. Il ne nous baillait pas le lièvre par l'oreille, jamais ne nous leurra de la liberté de la presse ni d'aucune liberté. Un peu Turc dans sa manière, il mettait au bagne ce bon peuple, mais sans l'abuser le moins du monde, et ne nous cacha point sa royale pensée, qui fut toujours d'avoir en propre nos corps et nos biens seulement. Des âmes, il en faisait peu de cas. Ce n'est que depuis lui qu'on a compté les âmes. Voulant parler tout seul, il imposa silence à nous premièrement, puis à l'Europe entière ; et le monde se tut : personne ne souffla, homme ne s'en plaignit ; ayant cela de commode, qu'avec lui on savait du moins à quoi s'en tenir. J'aime cette façon, et j'ai tâté de l'autre. La Charte vint, on me dit : Parlez, vous êtes libre, écrivez, imprimez ; la liberté de la presse et toutes libertés vous sont garanties. Que craignez-vous ? si les puissants se fâchent, vous avez le jury et la publicité, le droit de pétition ; vos députés à vous, élus, nommés par vous. Ils ne souffriront pas que l'on vous fasse tort. Parlez un peu pour voir ; dites-nous quelque chose. Moi, pauvre, qui ne connaissais pas le gouvernement provocateur, pensant que c'était tout de bon, j'ouvre la bouche et dis : Je voudrais, s'il vous plaisait, ne pas payer Chambord. Sur ce mot, on me prend ; on me met en prison. Sorti, je ne pus croire, tant j'étais de mon pays, qu'il n'y eût à cela quelque malentendu.

Ils m'auront mal compris, me disais-je, assurément. Un peu de sens commun (chose rare!) eût suffi pour me tirer d'erreur : mais imbu de ma Charte et de mes garanties; persuadé qu'on m'écouterait sans mauvaise humeur, cette fois je hasarde une autre requête. Si c'était, dis-je, tenant mon chapeau à deux mains, si c'était votre bon plaisir de nous laisser danser devant notre logis le dimanche.... Gendarmes, qu'on le mène en prison; maximum de la peine, amende, etc. Du jury, point de nouvelles; droit de pétition, chansons; mes députés, ils sont à moi comme mon préfet à peu près. La publicité des jugements ; savez-vous, Monsieur, ce que c'est? mes ennemis pourront, s'ils le jugent à propos, imprimer ma défense dans des feuilles à eux, me faire dire cent sottises; à eux il est permis de déduire mes raisons comme ils veulent au public; à moi, à mes amis, défendu d'en dire mot, de réfuter, démentir en aucune façon les réponses absurdes et les impertinences qu'il leur aura plu m'attribuer. Voilà ce que je gagne à la publicité des débats judiciaires. Heureux, cent fois heureux, ceux que Laubardemont faisait condamner à huis clos par ordre de son éminence! ils étaient opprimés, mais non déshonorés.

Ce langage est monarchique. De tels sentiments ne sont point du tout républicains, et si je me contente en pareille matière, des formes usitées sous ce grand Cardinal, je ne suis pas si Romain que vous l'imaginez. Sur quel fondement? je ne sais, et ne devine pas davantage ce qui vous a pu faire croire que je n'aimais ni le duc d'Orléans, ni aucun prince. Assurément rien n'est plus lóin de la vérité. J'aime, au contraire, tous les princes, et tout le monde en général; et le duc d'Orléans particulièrement (voyez comme vous vous trompiez), parce qu'étant né prince il daigne être honnête homme. Du moins n'entends-je point dire qu'il attrape les gens. Nous n'avons, il est vrai, aucune affaire ensemble, ni pacte, ni contrat. Il ne m'a rien promis, rien juré devant Dieu; mais le cas avenant, je me fierais à lui, quoiqu'il m'en ait mal pris avec d'autres déjà. Si faut-il néanmoins se fier à quelqu'un. Lui et moi nous n'aurions, m'est avis, nulle peine à nous accommoder, et l'accord fait, je pense qu'il le tiendrait sans fraude, sans chicane, sans noise, sans en délibérer avec de vieux voisins, gentilshommes et autres, qui ne me veulent point de bien, ni en consulter les jésuites. Voici ce qui me donne de lui cette opinion. Il est de notre temps; de ce siècle-ci, non de l'autre, ayant peu vu, je crois, ce qu'on nomme ancien régime. Il a fait la guerre avec nous; d'où vient, dit-on, qu'il n'a pas peur des sous-officiers : et depuis, émigré, malgré lui, jamais ne la fit contre nous, sachant trop ce qu'il devait à la terre natale, et qu'on ne peut avoir raison contre son pays. Il sait cela, et d'autres choses qui ne s'apprennent guère dans le rang où il est. Son bonheur a voulu qu'il en ait pu descendre, et jeune, vivre comme nous. De prince, il s'est fait homme. En France, il combattit nos communs ennemis; hors de France, les sciences occupaient son loisir. De lui n'a pu se dire le mot, rien oublié, ni rien appris. Les étrangers l'ont vu s'instruire, et non mendier. Il n'a point prié Pitt, ni supplié Cobourg de ravager nos champs, de brûler nos villages, pour venger les châteaux; de retour, n'a point fondé des messes, des séminaires, ni doté des couvents à nos dépens; mais sage dans sa vie, dans ses mœurs, donne un exemple qui prêche mieux que les missionnaires. Bref, c'est un homme de bien. Je voudrais, quant à moi, que tous les princes lui ressemblassent; aucun d'eux n'y perdrait, et nous y gagnerions : ou je voudrais qu'il fût maire de la commune; j'entends, s'il se pouvait (hypothèse toute pure), sans déplacer personne; je hais les destitutions. Il ajusterait bien des choses, non-seulement par cette sagesse que Dieu a mise en lui, mais par une vertu non moins considérable et trop peu célébrée; c'est son économie, qualité si l'on veut bourgeoise, que la cour abhorre dans un prince, et qui n'est pas matière d'éloge académique, ni d'oraison funèbre; mais pour nous si précieuse, pour nous administrés, si belle dans un maire, si... comment dirai-je? divine, qu'avec celle-là, je le tiendrais quitte quasi de toutes les autres.

Lorsque j'en parle ainsi, ce n'est pas que je le connaisse plus que vous, ni peut-être autant, ne l'ayant même jamais vu. Je ne sais que ce qui se dit; mais le public n'est point sot, et peut juger les princes, car ils vivent en public. Ce n'est pas non plus que je veuille être son garde champêtre, au cas qu'il devienne maire. Je ne vaux rien pour cet emploi, ni pour quelqu'autre que ce soit ; capable tout au plus de cultiver ma vigne, quand je ne suis pas en prison. J'y serais, je crois, moins souvent, mais cela même n'étant pas sûr, je puis dire que tout changement dans la mairie et les adjoints, pour mon compte, m'est indifférent. Au reste, ce qu'on pense de lui généralement, vous l'avez pu voir ou savoir ces jours-ci, lorsqu'il parut au théâtre avec sa famille. On ne l'attendait pas ; l'assemblée n'était point composée, préparée comme il se pratique pour les grands, c'était bien là le public, et il n'y avait rien que l'on pût soupçonner d'être arrangé d'avance. La police n'eut point de part aux marques d'affection qui lui furent données en cette occasion ; ou, si de fait elle était là, comme on le peut croire aisément, partout invisible et présente, ce n'était pas pour accueillir le duc d'Orléans. Il entra, on le vit ; et les mains et les voix applaudirent de toutes parts. On n'a point mis, que je sache, le parterre en jugement, ni traduit l'assemblée à la salle Martin. Aussi ne crois-je pas, moi qui l'ai loué moins haut de ce qu'il a fait de louable, que ce soit pour cela qu'on me réemprisonne. Mais vous pouvez être là-dessus beaucoup mieux instruit.

Ainsi, contre votre opinion, Monsieur, j'aime le duc d'Orléans ; mais son ami, je ne le suis pas, comme ces gens le croient, dites-vous. A moi tant d'honneur n'appartient, et sans vouloir examiner ce dont on a douté quelquefois, si les princes ont des amis, ou si lui, moins prince qu'un autre, ne pourrait pas faire exception, je vous dirai que j'ai toujours ri de Jean-Jacques Rousseau, philosophe, qui ne put souffrir ses égaux, ni s'en faire supporter, et en toute sa vie crut n'avoir eu d'ami que le prince de Conti.

Bien moins suis-je son partisan. Car il n'a point de parti premièrement. Le temps n'est plus où chaque prince avait le sien; et jamais je ne serai du parti de personne. Je ne suivrai pas un homme, ne cherchant pas fortune dans les révolutions, contre-révolutions qui se font au profit de quelques-uns. Né d'abord dans le peuple, j'y suis resté par choix. Il n'a tenu qu'à moi d'en sortir comme tant d'autres qui, pensant s'ennoblir, de fait ont dérogé. Quand il faudra opter suivant la loi de Solon, je serai du parti du peuple, des paysans comme moi.

Accusez réception, s'il vous plaît, de la présente.

RÉPONSE

AUX ANONYMES.

N° 2.

Véretz, 6 février 1823.

Vous êtes deux qui m'engagez à faire encore des pétitions. A votre aise vous en parlez, et vous n'irez pas en prison pour les avoir lues. Mais moi, voyez ce qu'a pensé me coûter la dernière. Quinze mois de cachot et mille écus d'amende, sont-ce des bagatelles? de combien s'en est-il fallu que je ne fusse condamné? Les juges ont trouvé mon fait répréhensible, et plus répréhensible encore mon intention. La police, dans sa plainte, me dénonce comme un homme profondément pervers; messieurs de la police m'ont déclaré pervers, et ont signé Delaveau, Vidoc, etc. Je prenais patience. Mais ce procureur du roi, m'accuser de cynisme! Sait-il bien ce que c'est, et entend-il le grec? *Cynos* signifie chien: cynisme, acte de chien. M'insulter en grec, moi helléniste juré! j'en veux avoir raison. Lui rendant grec pour grec, si je l'accusais d'*Anisme*, que répondrait-il ? mot. Il serait étonné. Quand il me donne du chien, si je lui donne de l'âne, pourvu toutefois que ce ne soit pas dans l'exercice de ses fonctions, serons-nous quittes? je le crois.

Voilà pourtant, mes chers anonymes, comme on traite votre correspondant, pour avoir demandé à danser le dimanche, et notez bien, peut-être n'aurais-je pas dansé s'il m'eût été permis; on n'use pas de toute permission qu'on obtient. Peut-être ensuite m'eût-on fait danser malgré moi; car ces choses arrivent : tel, dont je tais le nom, sollicita la guerre, et, contraint de la faire, enrage. Mais que serait-ce, si j'allais demander, comme vous le voulez, la punition du prêtre qui a tué sa maîtresse, ou le mariage de celui qui a rendu la sienne grosse? alors triompherait le procureur du roi; la morale religieuse me poursuivrait, aidée de la morale publique, et de toutes les morales, hors celle que nous connaissons, que long-temps nous avons crue la seule.

D'ailleurs, je ne suis pas si animé que vous contre ce curé de Saint-Quentin. Je trouve dans son état de prêtre de quoi, non l'excuser, mais le plaindre. Il n'eût pas tué assurément sa seconde maîtresse, s'il eût pu épouser la première devenue grosse, et qu'il a tuée aussi, selon toute apparence. Voici comme on conte cela, dont vous semblez mal informés.

Il s'appelle Maingrat, n'avait guères plus de vingt ans quand, au sortir du séminaire, on le fit curé de Saint-

Opre, village à six lieues de Grenoble. Là, son zèle éclata d'abord contre la danse et toute espèce de divertissement. Il défendit ou fit défendre par le maire et le sous-préfet, qui n'osèrent s'y refuser, les assemblées, bals, jeux champêtres, et fit fermer les cabarets, non-seulement aux heures d'office, mais, à ce qu'on dit, tout le jour, les dimanches et fêtes. Je n'ai pas de peine à le croire; nous voyons le curé de Luynes défendre aux vignerons de boire le jour de Saint-Vincent, leur patron. L'autre entreprit de réformer l'habillement des femmes. Les paysannes en manches de chemise, ayant le bras tout découvert, lui parurent un scandale affreux.

Remarquez que sur ce point les prêtres ont varié. Menot, du temps de Henri II, prêcha contre les nudités en termes moins décents peut-être que la chose qu'il reprenait. Ainsi firent Maillard, Barlette, Feu-Ardent et le petit Feuilland. C'est même le texte ordinaire de leurs sermons, qu'on a encore. Mais depuis, sous Louis XIV vieux, un curé trouva fort mauvais que la duchesse de Bourgogne vînt à l'église, en habit de chasse qui boutonnait jusqu'au menton et avait des manches. Il la renvoya s'habiller, hautement loué du roi d'abord, puis de toute la cour. La duchesse alla s'habiller, et revint bientôt à peu près nue, les épaules, les bras, le dos, le sein découverts, la chute des reins bien marquée. C'était l'habit décent, et elle fut admise à faire ses dévotions.

Mais l'abbé Maingrat ne souffrait point qu'un bras nu se montrât à l'église, et même ne pouvait sans horreur dans les vêtements d'une femme soupçonner la forme du corps. Ami du temps passé, d'ailleurs, il prêchait les vieilles mœurs à l'âge de vingt ans, la restauration, la restitution, tonnant contre la danse et les manches de chemises. Les autorités le soutenaient, les hautes classes l'encourageaient, le peuple l'écoutait, les gendarmes aussi et le garde champêtre, qui jamais ne manquait au sermon. Enfin il voulait rétablir, d'accord avec ses supérieurs, la pureté de l'ancien régime. Pour y mieux réussir, il forma chez sa tante, venue avec lui à Saint-Opre, une école de petites filles auxquelles elle montrait à lire, les instruisant et préparant pour la communion. Il assistait aux leçons, dirigeait l'enseignement. Deux déjà parmi elles approchaient de quinze ans, et lui parurent mériter une attention particulière. Il les fit venir chez lui; distinction enviée de toutes leurs compagnes, flatteuse pour leurs parents. Ces jeunes filles donc vont chez le jeune curé. Partout cela se fait depuis quelques années, aux champs comme à la ville; les magistrats l'approuvent, et les honnêtes gens en augurent le prompt rétablissement des mœurs. Elles y allaient souvent, ensemble ou séparées; c'était pour écouter des lectures chrétiennes, répéter le catéchisme, apprendre des versets, des psaumes, des oraisons; et tant y allèrent, qu'à la fin une d'elles se sent mal à l'aise, souffrante : elle avait des maux de cœur.

Lisez l'histoire, et comparez, monsieur l'anonyme, le passé avec le présent. Pour moi je ne fais autre chose :

c'est la meilleure étude qu'il y ait. Je trouve que, du temps de nos pères, Guillaume Rose, étant curé d'une paroisse de Paris, catéchisait de jeunes filles, qui s'assemblaient pour recevoir les pieuses leçons chez une dame. Là venait entre autres assidument la fille unique, âgée de treize à quatorze ans, du président de Neuilly, qui bientôt fut grosse des œuvres de l'abbé Guillaume. Au temps des bonnes mœurs, pareille chose arrivait sans qu'on y prît trop garde, quand les filles n'avaient point de père président. Celui-ci porta plainte : on décréta Guillaume; le clergé intervint. La justice n'a jamais beau jeu contre le clergé, qui d'abord ne veut pas qu'on le juge, et en ce temps-là menait le peuple. Messire Guillaume se moqua du parlement, du président et de la fille et de l'enfant, puis fut évêque de Senlis, dévoué au pape, son créateur, comme on dit à Rome.

De ce genre est un autre fait moins ancien, mais horrible et par là plus semblable à celui de Maingrat. Il n'y a pas quarante ans que, dans un couvent près de Nogent-le-Rotrou, on élevait de jeunes demoiselles sous la direction d'un saint homme prêtre-abbé qui les confessait, les instruisait, les catéchisait, et continua longues années, sans qu'on eût de lui nul soupçon. Mais à la fin, on découvrit qu'il en avait séduit plusieurs, et que, quand une devenait grosse, il l'empoisonnait, la gardait, écartant d'elle tout le monde, sous prétexte de confession ou d'exhortation à la mort, ne la quittait point qu'elle ne fût morte, ensevelie, enterrée. De tels faits rarement parviennent à la connaissance du public. Le saint personnage fut enlevé secrètement et enfermé, suivant la coutume d'alors. Retournons à l'abbé Maingrat.

Cette enfant se trouve grosse; ne sachant comment faire, ayant peur de sa mère, va se confesser au curé d'un village, non loin de celui-là, à un homme tout différent de Maingrat. Il laissait danser, ne songeait point aux manches de chemise. La pauvrette lui dit son malheur, et refusant de déclarer qui en était cause, ne voulait accuser qu'elle seule. Mais, lui dit le curé, ma fille, est-il marié, cette homme? Non. — Il faut l'épouser. — Impossible! elle se trompait; car qui peut empêcher un homme de se marier s'il ne l'est, de faire une épouse de celle qu'il a rendue mère? quelle loi le défend? quelle morale? elle devait dire, pauvre enfant! Dieu, les hommes, le bon sens, la nature, l'Évangile et la religion le veulent, mais le pape ne veut pas; et pour cela je meurs, pour cela je suis perdue. Ainsi, à peine répondait-elle, avec plus de sanglots que de mots, aux questions de ce bon curé qui, enfin pourtant, parvenu à lui faire nommer l'abbé Maingrat, dès le soir même alla chez lui et lui parla. L'autre se fâche au premier mot, s'emporte et crie contre le siècle, accusant Voltaire et Rousseau et la philosophie, et la corruption de la révolution. Le bonhomme eut beau dire et faire, il n'en put tirer autre chose. Au bout de quelques jours, la fille disparut, sans que jamais parents ni amis en pussent avoir de nouvelles. On en demanda de tous côtés et long-temps inutilement; on finit par n'y plus penser. Voilà la première partie de l'histoire du curé Maingrat.

La seconde est connue par les papiers publics où vous aurez pu voir comment, à cause des bruits qui couraient, on le transféra de Saint-Opre à la cure de Saint-Quentin. C'est la discipline. Quand un prêtre a donné quelque part du scandale, on l'envoie ailleurs. Dans les cas graves seulement, il est suspendu *à sacris*, privé pour un temps de dire messe, et si la justice s'en mêle, le clergé proteste aussitôt; car on ne peut juger les oints. Le curé de Pezai en Poitou, l'abbé Gelée, ex-capucin, ayant commis là une grosse et visible faute contre son vœu de chasteté, la justice se tut malgré toutes les plaintes; on le transféra où il est et ne semble pas corrigé, comme ne le fut point l'abbé Maingrat, qui dans sa nouvelle paroisse, redoublant de sévérité, fit la guerre plus que jamais à la danse et aux manches de chemise. Certaine dévote, bientôt, femme d'un tourneur, jeune et belle, le prit pour confesseur, et le voyait chez elle souvent, sans qu'on en causât néanmoins; car elle passait pour très sage. Un soir qu'elle était venue sur le tard à confesse, il la retint long-temps, puis l'envoie voir sa tante, qui demeurait chez lui, mais qu'il savait absente, ne devoir point revenir ce jour-là, et, partant par un autre chemin, arrive avant cette femme, entre, quand elle vint, la fit entrer. Ce qui se passa là-dedans, on l'ignore. Il l'emporta morte dans une grotte près du village, où, avec un couteau de poche, l'ayant dépecée par morceau, un à un, il les alla jeter dans la rivière; c'est l'Isére. Ces lambeaux quelque temps après furent trouvés flottants sur l'eau, et réunis et reconnus, comme le couteau plein de sang oublié par lui dans la grotte. Alors on se souvint de la fille de Saint-Opre.

Vous savez aussi comme il s'est soustrait aux poursuites, qui n'eussent pas eu lieu sans le maire. Par le maire seul tous les faits furent constatés, publiés malgré les dévots et le clergé qui ne voulaient pas qu'on en parlât. Telle est leur maxime de tout temps. S'il arrive, dit Fénélon, que le prêtre fasse une faute, on doit modestement baisser les yeux et se taire. Mais le bruit d'un acte si atroce s'étant promptement répandu, on essaya d'en jeter le soupçon sur quelque autre. Même un grand vicaire à Grenoble, l'abbé Bochard, prêcha un sermon tout exprès sur les jugements téméraires, disant : « Mes frères, prenez garde ; tel peut vous paraître coupable, qui, par son devoir, est tenu, lui en dût-il coûter et l'honneur et la vie, de céler le crime d'autrui; et la malice d'autre part est si grande en ce siècle ci, que, pour se laver, on ne feint point de calomnier et noircir les plus gens de bien. » C'était le mari de cette femme qu'on indiquait par là comme son meurtrier, et le vrai curé comme un martyr du secret de la confession. Cette pieuse invention, soutenue de toute la cabale dévote, aurait peut-être réussi et donné le change au public, sans le maire de Saint-Quentin, qui n'étant dévot ni dévoué, mais honnête homme seulement, par une information qu'il fit, força la justice d'agir. Le curé ne fut pas arrêté, parce que le Seigneur a dit : Gardez de toucher à mes oints. Condamné comme contumace, il s'est retiré en Savoie, où maintenant il passe pour un saint et fait des miracles. On vient à lui de la vallée, de la montagne, en pèlerinage, on accourt, les femmes surtout, le voir, lui demander sa bénédiction. Cette main les bénit : il leur tend cette main qu'elles baisent, femmes et filles, sans penser, sans frémir, sachant ce qu'il a fait; car d'un lieu si voisin, personne ne l'ignore. Mais on lui pardonne beaucoup parce qu'il a beaucoup aimé ; ou peut-être il se repent, et dès-lors il vaut mieux que quatre-vingt-dix-neuf justes. Qu'il en confesse encore quelqu'une jeune, jolie, et qu'elle lui résiste, il en fera comme des autres, sans perdre pour cela paradis. Saint-Bon avait tué père et mère. Saint-Maingrat ne tue que ses maîtresses et ensuite fait pénitence.

Vous l'appelez hypocrite ; moi je le crois dévot sincère et de bonne foi. La dévotion s'allie à tout. Lorsqu'on fait en Italie assassiner son ennemi, cela coûte vingt ou six ducats, selon qu'on veut le damner ou qu'on ne le veut pas. Pour ne le point damner, on lui dit avant de le tuer : Recommande ton âme à Dieu ; pardonne-moi, et fais un acte de contrition. Il dit son *in manus*, pardonne et on l'égorge ; il va en paradis. Mais voulant le damner, on s'y prend autrement. Il faut tâcher de le trouver en péché mortel ; et, pour le plus sûr on lui dit, le poignard levé : Renie Dieu, ou je te tue. Il renie, on le tue, et il va en en enfer. Ces choses se font tous les jours, là où personne ne voudrait, pour rien au monde, avoir goûté d'un potage gras le vendredi. Voilà la dévotion vraie, naïve, non feinte, non suspecte d'hypocrisie. La morale, dit-on, est fondée là-dessus.

Ces gens sont dévots sans nul doute, et Maingrat l'est aussi ; amoureux de plus, c'est-à-dire, sujet à l'amour, qui, chez les hommes de sa robe, se tourne souvent en fureur. Un grand médecin l'a remarqué : cette maladie, sorte de rage qu'il appelle érotomanie, semble particulière aux prêtres. Les exemples qu'on en a vus, assez nombreux, sont tous de prêtres catholiques, tels que celui qui massacra, comme raconte Henri Étienne, tous les habitants d'une maison, hors la personne qu'il aimait, et l'autre dont parle Buffon. Celui-là, parce qu'on sut à temps le lier et le traiter, guérit ; sans quoi il eût commis de semblables violences. Il a écrit lui-même au long, dans une lettre qui depuis est devenue publique, l'histoire de sa frénésie, dont il explique les causes aisées à concevoir. Dévot et amoureux, jeune, confessant les filles, il voulut être chaste.

Quelle vie en effet, quelle condition que celle de nos prêtres ! on leur défend l'amour, et le mariage surtout ; on leur livre les femmes. Ils n'en peuvent avoir une, et vivent avec toutes familièrement, c'est peu, mais dans la confidence, l'intimité, le secret de leurs actions cachées, de toutes leurs pensées. L'innocente fillette, sous l'aile de sa mère, attend le prêtre d'abord, qui bientôt l'appelant, l'entretient seul à seule; qui le premier, avant qu'elle puisse faillir, lui nomme le péché. Instruite, il la marie, mariée, la confesse encore et la gouverne. Dans ses affections, il précède l'époux, et s'y maintient toujours. Ce qu'elle n'oserait confier à sa mère, avouer à son mari, lui, prêtre, le doit savoir, le demande, le sait, et ne sera point amant. En effet le moyen? n'est-il pas tonsuré? il s'entend déclarer à l'oreille, tout bas, par une jeune femme, ses fautes, ses passions, ses désirs, ses faiblesses, recueille ses soupirs sans se sentir ému; et il a vingt-cinq ans.

Confesser une femme! imaginez ce que c'est. Tout au fond de l'église, une espèce d'armoire, de guérite, est dressée contre le mur exprès, où ce prêtre, non Maingrat, mais quelque homme de bien, je le veux, sage, pieux, comme j'en ai connu, homme pourtant et jeune, ils le sont presque tous, attend le soir après vêpres sa jeune pénitente qu'il aime; elle le sait, l'amour ne se cache point à la personne aimée. Vous m'arrêterez là : son caractère de prêtre, son éducation, son vœu.... Je vous réponds qu'il n'y a vœu qui tienne; que tout curé de village, sortant du séminaire, sain, robuste et dispos, aime sans aucun doute une de ses paroissiennes. Cela ne peut être autrement; et si vous contestez, je vous dirai bien plus, c'est qu'il les aime toutes, celles du moins de son âge; mais il en préfère une, qui lui semble, sinon plus belle que les autres, plus modeste et plus sage, et qu'il épouserait; il en ferait une femme vertueuse, pieuse, n'était le pape. Il la voit chaque jour, la rencontre à l'église ou ailleurs, et devant elle assis aux veillées de l'hiver, il s'abreuve, imprudent, du poison de ses yeux.

Or, je vous prie, celle-là, lorsqu'il l'entend venir le lendemain, approcher de ce confessionnal, qu'il reconnaît ses pas et qu'il peut dire, c'est elle ; que se passe-t-il dans l'âme du pauvre confesseur ? honnêteté, devoir, sages résolutions, ici servent de peu, sans une grâce du ciel toute particulière. Je le suppose un saint ; ne pouvant fuir, il gémit apparemment, soupire, et se recommande à Dieu ; mais si ce n'est qu'un homme, il frémit, il désire, et déjà malgré lui, sans le savoir peut-être, il espère. Elle arrive, se met à ses genoux, à genoux devant lui dont le cœur saute et palpite. Vous êtes jeune, Monsieur, ou vous l'avez été ; que vous semble entre nous d'une telle situation ? Seuls, la plupart du temps, et n'ayant pour témoins que ces murs, que ces voûtes, ils causent ; de quoi ? hélas ! de tout ce qui n'est pas innocent. Ils parlent, ou plutôt murmurent à voix basse, et leurs bouches s'approchent, leur souffle se confond. Cela dure une heure ou plus, et se renouvelle souvent.

Ne pensez pas que j'invente. Cette scène a lieu telle que je vous la dépeins, et dans toute la France ; chaque jour se renouvelle par quarante mille jeunes prêtres avec autant de jeunes filles qu'ils aiment, parce qu'ils sont hommes, confessent de la sorte, entretiennent tête à tête, visitent, parce qu'ils sont prêtres, et n'épousent point, parce que le pape s'y oppose. Le pape leur pardonne tout, excepté le mariage, voulant plutôt un prêtre adultère, impudique, débauché, assassin, comme Maingrat, que marié. Maingrat tue ses maîtresses, on le défend en chaire : ici on prêche pour lui; là, on le canonise. S'il en épousait une, quel monstre! il ne trouverait d'asile nulle part. Justice en serait faite bonne et prompte, comme du maire qui les aurait mariés. Mais quel maire oserait?

Réfléchissez maintenant, Monsieur, et voyez s'il était possible de réunir jamais en une même personne deux choses plus contraires, que l'emploi de confesseur et le vœu de chasteté; quel doit être le sort de ces pauvres jeunes gens, entre la défense de posséder ce que nature les force d'aimer, et l'obligation de converser intimement, confidemment avec ces objets de leur amour, si enfin ce n'est pas assez de cette monstrueuse combinaison pour rendre les uns forcenés, les autres, je ne dis pas coupables, car les vrais coupables sont ceux qui, étant magistrats, souffrent que de jeunes hommes confessent le jeunes filles, mais criminels et tous extrêmement malheureux. Je sais là-dessus leur secret.

J'ai connu à Livourne le chanoine Fortini, qui peut-être vit encore, un des savants hommes d'Italie, et des plus honnêtes du monde. Lié avec lui d'abord par nos études communes, puis par une mutuelle affection, je le voyais souvent, et ne sais comme un jour je vins à lui demander s'il avait observé son vœu de chasteté. Il me l'assura, et je pense qu'il disait vrai en cela comme en toute autre chose. Mais, ajouta-t-il, pour passer par les mêmes épreuves, je ne voudrais pas revenir à l'âge de vingt ans. Il en avait soixante et dix. J'ai souffert, Dieu le sait, et m'en tiendra compte, j'espère ; mais je ne recommencerais pas. Voilà ce qu'il me dit, et je notai ce discours si bien dans ma mémoire, que je me rappelle ses propres mots.

A Rocca di Papa je logeais chez le vicaire où je tombai malade. Il eut grand soin de moi, et prit cette occasion pour me parler de Dieu, auquel je pensais plus que lui et plus souvent, mais autrement. Il voulait me convertir, me sauver, disait-il. Je l'écoutais volontiers ; car il parlait toscan, et s'exprimait des mieux dans ce divin langage. A la fin je guéris; nous devînmes amis, et, comme il me prêchait toujours, je lui dis : Cher abbé, demain je me confesse, si tu veux te marier et vivre heureux. Tu ne peux l'être qu'avec une femme, et je sais celle qu'il te faut. Tu la vois chaque jour, tu l'aimes, tu péris. Il me mit la main sur la bouche, et je vis que ses yeux se remplissaient de pleurs. J'ai ouï conter de lui depuis des choses fort étranges, et qui me rappelèrent ce qu'on lit d'Origènes.

Voilà où les réduit le malheur de leur état. Mais pourquoi, me direz-vous, quand on est susceptible de telles impressions, se faire prêtre ? Eh ! Monsieur, se font-ils ce qu'ils sont? Dès l'enfance élevés pour la milice papale, séduits, on les enrôle ; ils prononcent ce vœu abominable, impie, de n'avoir jamais femme, famille ni maison, à peine sachant ce que c'est, novices adolescents, excusables par là ; car un vœu de la sorte, celui qui le ferait avec une pleine connaissance, il le faudrait saisir, séquestrer en prison, ou reléguer au loin dans quelque île déserte. Ce vœu fait, ils sont oints, et ne s'en peuvent dédire; que si l'engagement était à terme, certes peu le renouvelleraient. Aussitôt on leur donne filles, femmes à gouverner. On approche du feu le soufre et le bitume; car ce feu a promis, dit-on, de ne point brûler. Quarante mille jeunes gens ont le don de continence pris avec la soutane, et sont dès-lors comme n'ayant plus sexe ni corps. Le croyez-vous? De sages il en est; si sage se peut dire, qui combat la nature. Quelques-uns en triomphent. Mais combien, au prix de ceux que la grâce abandonne dans ces tentations? la grâce est pour peu d'hommes, et manque même au plus juste. Comment auraient-ils, eux ce don de continence, jeunes, dans l'ardeur de l'âge, quand les vieux ne l'ont pas!

Le curé de Paris, que Vautrin, tapissier, le trouvant avec sa femme, tua et jeta par la fenêtre, il y a peu d'années (l'aventure est connue dans le quartier du Temple, on n'en fit point de bruit à cause du clergé), avait soixante ans, et celui de Pezai en a soixante-huit qui ne l'ont pas empêché, dernièrement encore, de prendre dans les boues une fille mendiante et tombant du haut mal. Il en fit sa maîtresse : autre affaire étouffée par le crédit des oints; car le père se plaignit, voyant sa fille grosse; mais l'église intervint. Celui qui ne peut à cet âge s'abstenir d'un objet horrible et dégoûtant, que pensez-vous qu'il ait fait à vingt ou vingt-cinq ans, gouverneur d'innocentes et belles créatures? Si vous avez une fille, envoyez-la, Monsieur, au soldat, au hussard qui pourra l'épouser, plutôt qu'à l'homme qui a fait vœu de chasteté, plutôt qu'à ces séminaristes. Combien d'affaires à étouffer, si tout ce qui se passe en secret avait des suites évidentes, ou s'il y avait beaucoup de maires comme celui de Saint-Quentin! que d'horreurs laissent entrevoir ces faits qui transpirent malgré la connivence des magistrats, les mesures prises pour arrêter toute publicité, le silence imposé sur de telles matières! et sans même parler des crimes, quelles sources d'impuretés, de désordres, de corruption, que ces deux inventions du pape, le célibat des prêtres et la confession nommée auriculaire! Que de mal elles font! que de bien elles empêchent! Il le faut voir et admirer là où la famille du prêtre est le modèle de toutes les autres; où le pasteur n'enseigne rien qu'il ne puisse montrer en lui, et, parlant aux pères, aux époux, donne l'exemple avec le précepte. Là, les femmes n'ont point l'imprudence de dire à un homme leurs péchés; le clergé n'est point hors du peuple, hors de l'état, hors la loi: tous abus établis chez nous dans les temps de la plus stupide barbarie, de la plus crédule ignorance, difficiles à maintenir aujourd'hui que le monde raisonne, que chacun sait compter ses doigts.

COLLECTION

DE LETTRES ET ARTICLES

PUBLIÉS

DANS DIFFÉRENTS JOURNAUX.

AVERTISSEMENT

DU LIBRAIRE.

Nous possédons un manuscrit et publierons, quand la censure sera rétablie, différentes brochures de *Paul-Louis*, toutes *excessivement* utiles et *prodigieusement* agréables, comme on le peut voir par ces titres :

1° *La Lanterne de Rovigo*, ou Considérations sur la nouvelle noblesse.

2° *De l'Indifférence en matière de B....v......*

3° *Vue sur la Septennalité*, ou l'an climatérique de la Charte constitutionnelle.

4° *Obligations d'un Député ministériel*, avec cette épigraphe de l'ami Paul : LA VIANDE EST POUR LE VENTRE, LE VENTRE EST POUR LA VIANDE.

5° *De l'Influence de la Russie sur le chien du garde champêtre de la commune de Bagnolet.*

6° *Thèses contre les Hérétiques*, où l'on démontre *a priori* que le célibat des jeunes p...... et la c......... des j..... f..... sont principalement cause de la pureté des mœurs dans tous les états catholiques.

7° *De la* PORNOCRATIE *en France, depuis Brennus jusqu'à nos jours*, avec une dissertation sur le principe PORNOCRATIQUE dans les gouvernements de l'Europe.

8° RECEPI NUMMOS *à gogo*, ou Diachylon pour les plaies de la révolution, aux dépens de qui n'en peut mais.....

9° *Hommage des employés de Montmartre*, offrant par l'organe du Préfet la moitié de leur picotin pour l'acquisition de C........

10° *Pétition des mêmes*, demandant double ratelier pour les services par eux rendus dans les dernières élections, en votant à billet ouvert.

11° EPISTOLA CRITICA DOCTISSIMO VIRO *Champolion Figeac*, dans laquelle on lui prouve par les hiéroglyphes qu'il ne sait ce qu'il dit sur les dynasties égyptiennes, attendu que jamais il n'y eut en Égypte que deux races de souverains, dites les DEMOBORUS et les ALIBORUS, depuis ALIBORON Ier jusqu'à DÉMOBORON le grand.

12° *Autopsie du cadavre de la défunte Charte*, avec cette épigraphe de Virgile : CUNCTANTES INTER CECIDIT MORIBUNDA SINISTROS.

Nota. Ces titres de brochures coururent dans le temps imprimés ; les éditeurs comptent qu'il n'est pas besoin d'avertir les lecteurs que M. Courier n'eut jamais l'intention de faire ces brochures, et que l'*Avertissement du libraire* n'est qu'une forme sous laquelle ce spirituel et incomparable écrivain voulut faire passer quelques malices nouvelles.

COLLECTION

DE LETTRES ET ARTICLES

PUBLIÉS

DANS DIFFÉRENTS JOURNAUX.

COURRIER FRANÇAIS. — 23 mai 1822.

Lettre en réponse à un article du Drapeau Blanc, *inséré dans le numéro du* 14 *mai* 1822.

Au Rédacteur du Drapeau Blanc.

Monsieur,

Je lis dans votre journal qu'aux élections de Chinon, M. le marquis d'Effiat a obtenu deux cent vingt voix, et que son concurrent (c'est moi sans vanité que vous nommez ainsi) en a eu cent soixante. Cela peut être vrai, je ne le conteste point; j'aime mieux m'en rapporter, comme vous avez fait, aux scrutateurs choisis par M. le marquis: mais de grâce, corrigez cette façon de parler. Je ne fus concurrent de personne à Chinon, n'ayant nulle part concouru, que je sache, avec qui que ce soit : je n'ai demandé ni souhaité d'être député, non que je ne tinsse à grand honneur d'être ***vraiment élu***, comme dit Benjamin-Constant; mais diverses raisons me le faisaient plutôt craindre que désirer : les périls de la tribune, l'appréhension fondée de mal remplir l'attente de ceux qui me croyaient capable de quelque chose pour le bien général, plus que tout, l'embarras d'être d'une assemblée où je n'aurais pu me taire en beaucoup d'occasions sans trahir mon mandat, ni parler sans risquer d'outre-passer la mesure de ce qui s'y peut dire : vous m'entendez assez. Pour M. le marquis, de tels inconvénients n'étaient point à redouter. Il sera dispensé de parler, et peut opiner du bonnet, chose qui ne m'eût pas été permise. Il n'aura qu'à recueillir les fruits de sa nomination; c'est pour lui une bonne affaire; aussi s'en était-il occupé de longue main avec l'attention et le soin que méritait la chose. Il a heureusement réussi; aidé de toute la puissance du gouvernement, de son pouvoir comme maire du lieu, de son influence comme président, de sa fortune considérable; tandis que moi, son concurrent, pour user de ce mot avec vous, moi laboureur, je n'ai bougé de ma charrue.

Quelques personnes, dont l'estime ne m'est nullement indifférente, m'ont blâmé de cette tranquillité. On n'exigeait pas de moi de tenir table ouverte comme un riche marquis, de loger, défrayer, nourrir et transporter à mes dépens les électeurs; mais on voulait qu'au moins je parusse à Chinon. Un homme de grand sens (1), qui s'est rendu célèbre en enseignant et pratiquant la philosophie, a dit à ce sujet qu'il ne donnerait sa voix, s'il était électeur, qu'à quelqu'un qui la demanderait, à un candidat déclaré : je n'ai pu savoir ses raisons. Il en a sans doute, et de fort bonnes ; quant à moi, le raisonnement n'est pas ce qui me guide en cela, c'est une répugnance invincible à postuler, solliciter : j'ai pour moi des exemples à défaut de raisons. Montaigne et Bodin furent tous deux députés aux états de Blois sans l'avoir demandé. Pareille chose est arrivée de nos jours, en Angleterre, à Samuel Romilly, et je pense aussi à Shéridan. Voilà de graves autorités ; vous me citerez Caton, qui demanda le consulat : ce n'est pas ce qu'il a fait de mieux ; on lui préféra Vatinius, le plus grand maraud de ce temps-là. Mon désappointement, si j'eusse brigué, comme Caton, serait moins fâcheux que le sien. M. le marquis d'Effiat est un fort honnête homme, et même je crois ses scrutateurs de fort honnêtes gens aussi.

D'ailleurs je suis élu dans le sens de Benjamin, je suis vraiment élu, comme vous allez voir; car aux cent soixante voix que m'accorde le bureau de M. le marquis d'Effiat, si vous ajoutez celles des électeurs absents par différentes causes, qui tous étaient miens sans nul doute, et puis les voix de ceux des électeurs présents qui n'osèrent, sous les yeux de M. le marquis, écrire un autre

(1) Le professeur Cousin.

nom que le sien, de ceux qui, ne sachant pas lire, ..., de ceux encore.....; mais que sert? Voilà déjà bien plus que la majorité. Je puis donc dire que je suis l'élu du département, et que M. le marquis est l'élu des ministres. Cela vaut mieux pour lui, je crois; l'autre me convient davantage. Que si, sortant un peu de la salle électorale, nous prenions les votes de ceux qui paient moins de cent écus, ou n'ont pas trente ans d'âge, parmi ceux-là, Monsieur, j'aurais beaucoup de voix. En effet, les amis de M. le marquis se trouvaient là tous dans cette salle, où pas un d'eux ne manqua de se rendre, gens dont la grande affaire, l'unique affaire était l'élection du marquis. Au lieu que mes amis, à moi, dispersés, occupés ailleurs, dans les champs, dans les ateliers, partout où se faisait quelque chose d'utile, n'étaient aux élections qu'en petite partie : la millième partie ne se trouvait pas là présente. J'ai pour amis tous ceux qui ne mangent pas du budget, et qui comme moi, vivent de travail. Le nombre en est grand dans ces pays et augmente tous les jours. En un mot, s'il faut vous le dire, mes amis ici sont dans le peuple; le peuple m'aime, et savez-vous, Monsieur, ce que vaut cette amitié? il n'y en a point de plus glorieuse; c'est de cela qu'on flatte les rois. Je n'ai garde, avec cela, d'envier au marquis la faveur des ministres, et ses deux cent vingt voix, pour lesquelles je ne donnerais pas, je vous assure, mes cent soixante, non quêtées, non sollicitées.

J'ai l'honneur d'être, etc.

Veretz, le 18 mai.

COURRIER FRANÇAIS. — 1er février 1823.

(Le public entendit mal cette lettre : on y chercha des allusions qui n'y étaient pas. Ce fut la faute de l'auteur ; le public ne peut avoir tort. Il s'agit d'un fait véritable, le procès de Paul-Louis Courier contre certains chasseurs anglais. Cette affaire fut arrangée par l'entremise de quelques amis.)

Au Rédacteur du Courrier-Français.

MONSIEUR,

Apparemment vous savez, comme tout le monde, mon procès avec cet Anglais qui est venu chasser dans mes bois. Vous serez bien aise d'apprendre que nous nous sommes accommodés ; la chose fait grand bruit. On ne parle que de cela depuis le Chêne-Fendu jusqu'à Saint-Avertin ; et, comme il arrive toujours dans les affaires d'importance, on en parle diversement. Les uns disent que j'ai bien fait d'entendre à un arrangement ; que la paix vaut mieux que la guerre ; que l'Angleterre est à ménager dans les circonstances présentes ; qu'on ne sait ce qui peut arriver. Mais d'autres soutiennent que j'ai eu tort d'épargner ces coureurs de renards, qu'il en fallait faire un exemple, qu'il y va du repos de toute notre commune. Pour moi, c'était mon sentiment ; aussi l'avais-je fait assigner, et j'allais parler de la sorte devant les juges :

« Messieurs, d'après le procès-verbal qu'on vient de

mettre sous vos yeux, vous voyez de quoi il s'agit. Monsieur Fisher, Anglais, cité devant vous plusieurs fois pour avoir chassé sur les terres de différents particuliers, autant de fois condamné, paie l'amende, et se croit quitte envers ceux dont il a violé la propriété. C'est une grande erreur que cela, et vous le sentirez, j'espère. Outre que ceux même qui reçoivent de lui quelque argent ne sont point par-là satisfaits, plusieurs ne reçoivent rien, et souffrent par son fait; car nos terres, comme vous savez, étant, grâces à Dieu, divisées en une infinité de petites portions et les héritages mêlés, avec ses chiens et ses piqueurs il ravage les champs de cent cultivateurs, ou de mille peut-être, et n'en dédommage qu'un seul qui a le temps et les moyens de lui faire un procès, c'est-à-dire, le riche. Celui qui ne possède qu'un arpent, un quartier, raccommode sa haie comme il peut, refait son fossé; le blé foulé cependant ne se relève pas, ni la vigne froissée ne reprend son bourgeon. Le bonhomme disait, du temps de La Fontaine : *Ce sont là jeux de princes*, et on le laissait dire; mais aujourd'hui les princes même ne se permettent plus de pareils jeux; et l'on m'assure qu'en Angleterre, dans son pays, M. Fisher ne ferait pas ce qu'il fait ici. Je ne sais et ne veux point trop examiner ce qui en est; mais vous y pourrez réfléchir, et m'entendez à demi-mot. Votre pensée, sans doute, n'est pas qu'on doive tout endurer de messieurs les Anglais, et qu'ils puissent ici, chez nous, ce qu'ils n'osent chez eux ni ailleurs.

« Vous jugerez celui-ci d'après nos lois françaises ; vous ne sauriez guère faire autrement, et la chose même semble juste au premier coup-d'œil. Cependant il y a beaucoup à dire. Si j'allais, moi Français, en Angleterre, chasser sur les terres de M. Fisher, ne croyez pas, Messieurs, que je fusse jugé d'après la loi commune, ainsi qu'un Anglais natif. Les étrangers, en ce pays-là, sont tolérés, non protégés ; une loi est établie pour eux, contre eux serait plutôt le mot. En vertu de cette loi qu'on appelle *alien-bill*, si je faisais là quelque sottise, comme de courir avec une meute à travers vignes et guérets (il n'y a point de vignes, je le sais bien, faute de soleil, en Angleterre ; mais je parle par supposition), si je commettais là de semblables dégâts, d'abord on me punirait d'une peine arbitraire, selon le bon plaisir du juge, puis je serais banni du royaume, ou, pour mieux dire, déporté ; cela s'exécute militairement. L'étranger qui se conduit mal ou déplaît on le prend, on le mène au port le plus proche, on l'embarque sur le premier bâtiment prêt à faire voile, qui le jette sur la première côte où il aborde. Voilà comme on me traiterait si j'allais chasser sur les terres de M. Fisher, ou même, sans que j'eusse chassé, si M. Fisher témoignait n'être pas content de moi dans son pays. Pour un même délit, on distingue les étrangers des nationaux ; on ne punit point l'un comme l'autre. Et quoi de plus juste, en effet ? Puis-je, avec mon hôte, en user comme je ferais avec mes enfants ? Si mon hôte casse mes vîtres, je les lui fais payer, je le bats, je le chasse; mon fils, je le gronde seulement. Vous comprenez la différence, grande sans doute, et cette loi admirable de l'*alien-bill* que je voudrais voir appliquer à M. Fisher, non pas les nôtres, faites pour nous. De notre part, ce serait justice, réciprocité, représailles; non pas le faire jouir avec nous des bénéfices d'une société dont il ne supporte aucune charge. Soyons, si vous voulez, plus polis que les Anglais, afin de conserver le caractère national; ne chassons pas M. Fisher. Sans l'embarquer ni le conduire où peut-être il n'aurait que faire, prions-le de s'en aller et ne point revenir, enfin, délivrons-nous de lui, qui trouble l'ordre de céans. Si vos pouvoirs, Messieurs, ne s'étendent pas jusque-là, c'est un grand mal, et c'est le cas de demander une loi exprès. J'en veux bien faire la pétition au nom de toutes nos communes, et m'offre pour cela volontiers, quelque danger qu'il puisse y avoir, comme je le sais par expérience, à user de ce droit aujourd'hui. »

J'avais ce discours dans ma poche, et l'aurais lu au tribunal, sans y changer une syllabe; car lorsqu'il faut improviser, j'appelle mon ami Berville; mais comme je montais l'escalier, plus animé, plus échauffé que je ne le fus jamais, l'Anglais vint à moi, me parla, me fit parler par des personnes auxquelles on ne peut rien refuser. Que voulez-vous? Ma foi, Monsieur, l'affaire en est demeurée là. J'en suis fâché, lorsque j'y pense, car enfin l'intérêt de toute la commune a cédé, en cette rencontre, aux recommandations, sollicitations de femmes, d'amis, que sais-je? C'est, je crois, la première fois que cela soit arrivé en France, et, sans doute, ce sera la dernière.

Je suis, Monsieur, etc.

COURRIER FRANÇAIS.— 4 octobre 1823.

A monsieur le Rédacteur du Courrier-Français.

Monsieur,

Dans une brochure publiée sous mon nom en pays étranger, on attaque des gens que je ne connais point et d'autres que j'honore. L'imposture est visible; peu de personnes, je crois, y ont été trompées. Cependant je vous prie, à telle fin que de raison, de vouloir bien déclarer que cet écrit n'est pas de moi. On y parle des grands, ce que je ne fais point sans quelque nécessité; on y blâme le gouvernement d'actes, selon moi pernicieux. En ce sens je pourrais être auteur de la brochure : mais on blâme en ennemi, ce n'est pas ma manière; je suis aussi loin de haïr que d'approuver le gouvernement dans la marche qu'il suit; je n'en espère pas de sitôt un meilleur, et le crois moins mauvais que ceux qui l'ont précédé.

Annoncez, je vous prie, ma traduction de Longus, qui s'imprime à présent, corrigée, terminée : c'est un joli ouvrage, un petit poëme en prose, où il s'agit de moutons, de bergers, de gazons; la première édition fut saisie à Florence, par l'ordre de l'empereur Napoléon-le-Grand : j'imprimai le grec à Rome, il fut saisi de même. Revenu à Paris, quand il n'y eut plus d'empereur, et toujours occupé de Chloé, de ses brebis, je retouchais ma version, lorsqu'on me mit en prison à Sainte-Pélagie : ce fut là que je fis ma seconde édition; la troisième va bientôt paraître chez Merlin, quai des Augustins, beau papier, impression de Didot.

J'ai l'honneur, etc.

CONSTITUTIONNEL. — 8 octobre 1823.

A monsieur le Rédacteur du Constitutionnel.

MONSIEUR,

Parlez un peu, je vous prie, dans vos feuilles, de ma belle traduction d'Hérodote, fort belle suivant mon opinion. Des personnes habiles, sur un premier essai qui parut l'an passé, en ont dit leur avis, qui n'est pas tout-à-fait d'accord avec le mien. Je leur réponds aujourd'hui par un autre fragment traduit du même auteur, avec une préface où je défends ma méthode, expose mes principes, montrant d'une façon claire et incontestable, que j'ai raison contre la critique, dont pourtant je tâche de profiter : croire conseil est ma devise.

Annoncez l'édition des *Cent nouvelles nouvelles*, à laquelle je travaille avec M. Merlin, jeune libraire instruit, qui m'est d'un grand secours, soit pour la collation des premiers imprimés et des vieux manuscrits, soit dans les recherches qu'exigent ma préface et mes notes : mes notes font un volume. J'essaie sur ce texte de comparer nos mœurs à celles de nos pères ; matière délicate, sujet intéressant, où il est mal aisé de contenter tout le monde.

Qui vous empêcherait de dire un mot en passant de ma traduction de Longus corrigée, terminée enfin selon mon petit pouvoir? Elle se vend chez Merlin, et celle-là, Monsieur, on ne l'a point critiquée ; mais on a fait bien pis, on l'a persécutée. La première édition fut saisie à Florence ; je fis la seconde en prison à Sainte-Pélagie : la troisième va paraître.

A propos de prison et de Sainte-Pélagie, vous pourriez dire encore que je n'ai aucune part à certaines brochures qui mènent là tout droit, imprimées, sous mon nom, en pays étranger. On y parle d'un prince dont certes je n'oserais faire un éloge public, bien que sa vie, ses mœurs, ses sentiments connus, méritent à mon gré toute sorte de louanges; mais c'est le grand chemin de Sainte-Pélagie, et j'en sais des nouvelles. Dans ces écrits on blâme des choses sur lesquelles je dis peu ma pensée, parce qu'il y a du danger; et quand je veux la dire, j'emploie d'autres termes. Je puis blâmer quelquefois, mais non pas en ennemi, ce que fait le gouvernement, dont, en un certain sens, je suis toujours content; car c'est Dieu qui gouverne, ce ne sont pas les hommes. Ainsi le monde est bien, et tout va pour le mieux quand je ne suis pas en prison.

Agréez, etc.

CONSTITUTIONNEL. — Paris, 14 octobre 1812.

A monsieur le Rédacteur du Constitutionnel.

MONSIEUR,

Conseillez-moi, je vous prie, dans un cas extraordinaire. Je serai bref, la vie est courte.

J'étais ici, on me cite là-bas, à Tours, lieu de mon dicomile, devant un juge d'instruction. Je vais là-bas; on me dit que le dossier, les pièces (vous entendez cela, j'imagine), sont retournées à Paris. Je reviens, et fais demander au parquet, par mon avocat, à qui des juges d'instruction mon affaire se trouve envoyée; on refuse de lui répondre. Ainsi me voilà sans savoir par qui je dois être jugé, ou interrogé seulement; car je ne pense pas que la chose puisse aller plus loin. Il s'agit, m'a-t-on dit, de mauvaises brochures auxquelles je n'ai, Monsieur, non plus de part que vous, quoiqu'on y ait mis mon nom. Quel avis me donnerez-vous, *dedans cette occurrence*, comme dit le grand Corneille? d'attendre; car que faire? Mais il est bon que ceux qui me doivent juger sachent que je les cherche; ils l'apprendont si cette feuille tombe entre leurs mains.

J'ai l'honneur, etc.

CONSTITUTIONNEL. — 18 octobre 1823.

Nos abonnés de Tours sont priés de faire lire l'article suivant à madame Courier, femme de PAUL-LOUIS, vigneron.

« Envoie-moi, ma chère amie, six chemises et six » paires de bas. Point de lettre dans le paquet, afin qu'il » me puisse parvenir. Je sais que tu ne reçois pas les » miennes et que tu t'inquiètes fort. Sois tranquille; il » y a dans ce monde plus de justice que tu ne crois. Je

» ne suis ni mort, ni malade, ni en prison pour le mo-
» ment. »

Adieu. Ton mari.

CONSTITUTIONNEL. — 1er novembre 1823.

M. Courier, avant-hier, allant dîner chez ses amis, fut arrêté en pleine rue par plusieurs agents de police, et conduit en fiacre à l'hôtel de la préfecture. Là, d'abord, on l'interrogea sur ses noms, prénoms, qualités, sa demeure, les motifs de son séjour à Paris. Il satisfit à tout, et fut mis en dépôt, c'est le mot, à la salle Saint-Martin. M. Courier, l'homme du monde le moins propre à être en prison, goûte peu la salle Saint-Martin, qu'il n'a pas trouvée cependant si terrible qu'on le dit. Seul dans une chambre passable, il a dormi dans un bon lit : même le porte-clefs semblait assez bon homme, causeur et communicatif. Le lendemain, qui était hier, M. Courier fut entendu sur des écrits qu'on lui impute, par un des juges d'instruction. Visite faite de ses papiers, dans l'appartement qu'il occupe, rien ne s'y est trouvé suspect. Il se loue fort, en général, du procédé de ces messieurs. On ne saurait être écroué avec plus de civilité, interrogé plus sagement, ni élargi plus promptement qu'il n'a été.

JOURNAL DU COMMERCE. — 3 novembre 1823.

Au Rédacteur de la Quotidienne.

Vous parlez de moi, Monsieur, dans une de vos feuilles, et paraissez peu informé de ce qui me touche. Vous dites que *Paul-Louis, vigneron,* moi-même, votre serviteur, *ensuite de petits démêlés avec la justice, fut quelque temps en prison à Sainte-Pélagie,* et puis vous ajoutez : *Nous le savons bien.* Non, vous le savez mal, Monsieur, et cela n'est pas surprenant qu'ayant à parler de tant de choses, de tant de gens, vous vous mépreniez, et trompiez quelquefois le public. Sur votre parole, il va croire que j'ai fait des tours de Scapin, dont on m'a justement puni. C'est ce que vous pensez ou donnez à penser par de telles expressions. La vérité m'oblige de vous apprendre, Monsieur, que le cas était bien plus grave pour lequel je fus condamné, l'affaire autrement scandaleuse. Il ne s'agissait pas de quelques peccadilles, mais d'un outrage fait à la morale publique. Oui, Monsieur, je l'avoue, et le déclare ici, afin que mon exemple instruise. Je fus en prison deux mois à Sainte-Pélagie, par l'indulgence des magistrats, pour avoir outragé la morale publique, crime de Socrate, comme vous savez. Sur la morale particulière, un peu différente de l'autre, je n'ai eu de démêlés avec qui que ce soit, et même n'entends point dire qu'on me reproche rien.

A ce propos, Monsieur, un doute m'est venu souvent

à l'esprit, question purement littéraire que vous me pourrez éclaircir. M. de Lamartine, dont vous louez les ouvrages, me semble avoir pris dans nos lois une bonne partie de son style, ou bien nos lois ont été faites en style de M. de Lamartine, celles au moins qui ne sont pas vieilles. Outrager la morale publique est une phrase tout-à-fait dans le goût des *Méditations* et hors de ce commun langage que le monde parle et entend; elle s'applique à bien des choses. Si le ministre des finances fait quelque faute dans ses calculs, un de nos députés lui dira qu'il outrage l'arithmétique publique. Nos codes sont des odes. Enfin, sur une loi si sagement écrite, le tribunal requis du procureur du roi, mes réponses ouïes, sur ce délibéré, m'envoya en prison deux mois. Ce fut bien fait, et je n'ai garde de m'en plaindre.

A quelque temps de là, pour un acte pareil, qui semblait récidive, on me remit en jugement. Le procureur du roi, défenseur vigilant de la morale publique, demandait contre moi treize mois de prison et mille écus d'amende. Le cas parut aux juges seulement répréhensible, et ils me renvoyèrent blâmé, mais moins coupable que la première fois. On ne peut devenir tout à coup homme de bien. Voilà, Monsieur, la vérité que vous devez à vos lecteurs, au sujet de mes démêlés avec la justice.

Mais sur un autre point, vous me chagrinez fort, en me prêtant des termes et des façons de dire dont je n'usai jamais. Selon vous, je me plains de certaines brochures imprimées sous mon nom, *dans l'étranger*, dites-vous, et vous notez ces mots : Monsieur, excusez-moi, je n'ai pas dit ainsi : vous êtes de la Cour et parlez comme vous voulez, avec pleine licence et liberté entière. Nous, gens de village, sommes tenus de parler français, pour n'être point repris, et nous disons qu'une brochure s'imprime en *pays étranger*. Du moins, c'est ainsi qu'on s'exprime généralement à Larçai, Cormery, Ambillou, Montbazon et autres lieux que je fréquente.

Vous changez encore mes paroles, quand vous me faites dire, Monsieur, qu'il y a un prince dont les sentiments me sont connus; à moi vigneron! y pensez-vous? Corrigez cela, s'il vous plaît, et de vos quatre mots n'en effacez pas trois, comme le veut Boileau, mais un; vous direz, en toute vérité, que les sentiments de ce prince sont connus; c'est-à-dire, publics, et que personne ne les ignore. Il croit, par exemple, que les princes sont faits pour les peuples et non les peuples pour les princes; sentiment moins bizarre que vous ne l'imaginez, vous autres courtisans. Il n'est ni le premier, ni seul de sa maison à penser de la sorte, si les bruits en sont vrais.

Êtes-vous plus exact et mieux instruit, Monsieur, quand vous nous assurez que monsieur le duc d'Orléans part pour l'Angleterre? J'ai foi à vos discours où le mensonge n'entre point, *le ciel n'est pas plus pur*..... Mais à ceci je vois bien peu de vraisemblance. On sait, et c'est encore une chose connue, qu'il aime son pays, n'en sort pas volontiers, ayant pour cela moins de raison qu'en aucun temps, comme vous dites, lorsqu'il voit une guerre, d'abord mal entreprise......, être heureusement terminée.

Rare bonheur si, en effet, elle est terminée sans qu'il nous en coûte autre chose que des millions et quelques hommes. L'état-major est sain et sauf.... Remarquez-vous, Monsieur, comme il y a peu de guerres à présent, et dans ces guerres peu de combats? Jamais on n'a moins massacré. Cependant, vous me l'avouerez, jamais on n'a tant raisonné, tant lu, tant imprimé; ce qui me ferait quasi croire que le raisonnement et la lecture ne sont pas cause de tous maux, comme des gens ont l'air de se l'imaginer. Nous en voilà au point que les révolutions se font sans tuer personne, et les guerres presque sans batailles. Si les contre-révolutions se pouvaient adoucir de même, ce serait un grand changement et amendement; qu'en dites-vous? Le faut-il espérer, à moins que ceux qui les font ne se mettent à lire; mais ils haïssent les livres. Ils ne voulurent point de l'Évangile, lorsqu'il parut, et le combattent dans la Grèce. Malgré eux, l'Évangile, mais en langue vulgaire, est entendu de tous. Par lui, peut-être eux-mêmes enfin s'humaniseront quelque jour, et consentiront les derniers à vivre et laisser vivre; mais cependant voilà passées une dixaine d'années sans beaucoup de carnage dans le monde, ce qu'on n'avait guères vu encore, si ce n'est sous les Antonins, quand la philosophie régnait.

P. S. Pourriez-vous m'apprendre, Monsieur, si monsieur l'abbé de la Mennais continue son *Indifférence en matière de religion,* ouvrage auquel je m'intéresse? Le temps ne lui saurait manquer, car je le crois quitte à présent de ses fonctions de journaliste. Ses actions sont vendues, ses comptes réglés avec ses associés. Un petit mot là-dessus dans votre prochain numéro me satisferait extrêmement.

Note du rédacteur. L'auteur de cet écrit est homme de bon sens, et, sur bien des choses, nous paraît penser assez juste. Mais il vit loin du monde, et ignore la mesure de ce qui se peut dire. En publiant sa lettre, nous en avons retranché quelques phrases, et des mots que ceux qui connaissent son style n'auront nulle peine à suppléer.

CONSTITUTIONNEL. — 4 mars 1824.

ANNONCE.

Pamphlet des Pamphlets, par Paul-Louis Courier, vigneron; brochure où il n'est point question des élections. On a fort engagé l'auteur à publier son opinion sur ce qui se passe actuellement, et ce qu'il a vu de curieux aux assemblées électorales du département d'Indre-et-

Loire. Ils s'y est refusé, vu la difficulté de parler de ces choses avec modération et en termes décents. Dix ans de Sainte-Pélagie ne lui pourraient manquer, dit-il, s'il eût touché cette matière, et c'est même pour s'en distraire qu'il a composé la brochure que nous annonçons, sur une thèse générale, sans aucune allusion aux affaires présentes, de peur d'inconvénient.

CONSTITUTIONNEL. — 7 mars 1824.

Plusieurs libraires auraient envie d'imprimer le *Pamphlet des Pamphlets*, par Paul-Louis Courier, vigneron, mais aucun n'ose s'en charger. Les uns refusent, d'autres promettent ou même commencent et n'achèvent pas, tant l'entreprise leur paraît hardie, périlleuse, scabreuse. Ce n'est pas pourtant qu'ils voient rien, dans cet écrit, qui dût fâcher monsieur le procureur du roi, et leur attirer des affaires, si l'on agit légalement; mais le nom de l'auteur les effraie. Ils s'imaginent, on ne sait pourquoi, que Paul-Louis ne sera pas traité comme un autre, et que, quelque bien qu'il puisse dire, on le poursuivra au nom de la morale publique, lui, ses libraires et imprimeurs. Pour les rassurer, il a fait de grandes coupures, et retranché de cet opuscule tout ce qui regardait les jésuites, dix pages des mœurs de la Cour, tout le chapitre intitulé : *Obligations d'un Député ministériel*, avec cette épigraphe de saint Paul : *La viande est pour le ventre, le ventre est pour la viande;* une magnifique apostrophe aux abbés universitaires, deux paragraphes sur la Sorbonne (grand dommage, car ce morceau était travaillé avec soin), et sa péroraison entière sur l'état actuel de l'Espagne. Au moyen de ces sacrifices, qui coûtent tant à un auteur, il espère que son ouvrage, réduit à moitié environ, cessera d'être la terreur des libraires et des imprimeurs, et qu'il pourra paraître enfin, Dieu aidant, la semaine prochaine.

LITTÉRATURE.

MAGASIN ENCYCLOPÉDIQUE.

8me année, t. II, 1802.

Article sur une nouvelle édition d'Athénée, donnée par M. Schweighæuser.

Voici un ouvrage attendu et demandé depuis long-temps. Athénée est un auteur que ceux qui cultivent la littérature ancienne ont sans cesse entre les mains ; et les éditions en usage, qu'on peut réduire toutes à une seule, étaient tellement incorrectes et défectueuses, qu'il fallait la plupart du temps deviner plutôt que lire le texte qu'elles présentaient; ce qui, joint aux difficultés particulières à cet auteur, en rendait la lecture pénible aux hommes mêmes les plus versés dans l'étude de sa langue et de l'antiquité grecque. Cependant depuis plus de deux siècles, personne n'avait voulu se charger d'en donner au public une nouvelle édition purgée de toutes les fautes qui défigurent celles dont on se sert, et accompagnée des éclaircissements nécessaires pour faciliter aux lecteurs l'intelligence du texte. Ce n'est pas qu'après Casaubon, l'Europe n'ait eu d'habiles gens, capables de suivre ses traces, et de suppléer, autant que faire se pouvait, tout ce qui manque au commentaire de ce savant sur Athénée; mais il est à croire que ce travail a effrayé jusqu'à présent ceux qui auraient pu l'entreprendre, et il était tel en effet, qu'on peut dire qu'il ne s'en offre point de plus grand ni de plus difficile dans la carrière de l'érudition : car cette science (quelque nom qu'on veuille lui donner), qui a pour objet d'expliquer et de rétablir les textes anciens, se partage, comme toutes les autres, en différentes branches, dont chacune veut une étude toute particulière. L'explication d'un poète demande d'autres connaissances que celles d'un historien; et les recherches nécessaires pour bien entendre celui-ci, seraient de peu d'utilité pour l'intelligence du premier. Les philosophes, les orateurs, les grammairiens, ceux qui ont écrit des sciences et des arts, forment des classes séparées; et l'expérience a démontré qu'il n'était donné à personne de les connaître tous à fond, ni d'exceller également dans toutes les parties de la critique : c'était pourtant ce qu'il eût fallu pour interpréter Athénée, qui n'est pas un seul auteur, mais un composé de mille auteurs aussi différents pour le style que pour le fonds de leurs ouvrages, dont il a extrait tout le sien. Mais si l'on ne devait pas s'attendre qu'il parût jamais un critique en état de satisfaire à tout ce que les lecteurs peuvent exiger rigoureusement d'un éditeur d'Athénée, cependant le public connaissait parmi ceux qui ont cultivé avec le plus de succès ce genre de littérature, des hommes dont l'érudition laissait peu de choses à désirer pour cette grande entreprise, et souhaitait que quelqu'un d'eux eût la hardiesse de s'en charger. C'est ce que fait aujourd'hui le C. Schweighæuser. Son nom est assez connu pour n'avoir pas besoin d'éloge; et ce qui paraît de son ouvrage est digne de la réputation dont il jouit parmi les savants.

Dans une préface remplie de recherches intéressantes, il instruit le lecteur de tout ce que les anciens nous apprennent sur son auteur, des secours qu'il a eus pour son propre travail et de celui des éditeurs qui l'ont précédé. On sait peu de chose d'Athénée. Il paraît que de son temps même, ses écrits furent plus connus que lui, puisque les plus anciens auteurs qui aient fait mention de son ouvrage, ne nous disent rien de sa vie. On ne peut même fixer que d'une manière assez vague le temps où il a écrit, et ce n'est que sur une conjecture un peu hasardée que le C. Schweighæuser se croit fondé à nous dire qu'Athénée a fini son livre vers l'an 128 de l'ère vulgaire. Au reste, dans le jugement qu'il porte de son auteur, le C. Schweighæuser est fort éloigné de la partialité ordinaire aux commentateurs. Il avoue de bonne foi que l'ouvrage d'Athénée lui paraît en soi assez mal conçu, et que cette immense compilation, où tant de matières hétérogènes se trouvent entassées sans ordre ni mesure, tire aujourd'hui tout son prix de la perte des auteurs dont on y retrouve les débris. Du reste, peu d'anciens ont parlé d'Athénée. Quelques-uns, comme Ælien et Macrobe, l'ont pillé sans le nommer. Le plus ancien qui l'ait cité paraît être Harpocration ou bien Étienne de Bysance. Hésychius, et tous les autres glossateurs ou lexicographes s'en sont servis nécessairement; mais tous n'ont pas eu sous les yeux l'ouvrage même d'Athénée. Quelques-uns, et entre autres Eustache, n'en ont connu que l'abrégé. On ne sait quel est l'auteur de cet abrégé, ni en quel temps il a vécu, et c'est sans aucun fondement que quelques-uns l'ont attribué à Hermolaus de Bysance. Mais quel qu'ait été cet auteur, le nouvel éditeur en pense assez favorablement. Il lui trouve du jugement (tout en le blâmant d'avoir supprimé le plus souvent les titres des ouvrages, et les noms des écrivains allégués par Athénée) et ne découvre rien dans son style qui ne lui paraisse convenir au temps où la langue grecque s'écrivait encore purement.

Ensuite, venant au temps où le texte même d'Athénée parut imprimé, il parle de l'édition d'Alde, la première de toutes, donnée à Venise en 1414. Il en rapporte le titre accompagné d'une espèce de didascalie fort curieuse, où l'éditeur Musurus se vante d'avoir corrigé plusieurs milliers de fautes dans le texte, et réduit à la mesure qui leur convenait les vers qu'il a trouvés écrits sous la même forme que la prose; nouvelle preuve ajoutée à toutes celles qu'on a déjà de l'audace des premiers éditeurs, qui, plus ils étaient savants, plus ils doivent être suspects. Quant au mérite de cette édition, le C. Schweighæuser, d'accord avec Casaubon, dont il emploie les expressions, la trouve inexacte et indigne de ceux qui en ont pris soin. Cependant il rend justice à l'érudition de Musurus, qui a rétabli heureusement plusieurs passages altérés dans les manuscrits. La seconde édition se fit à Bâle, en 1535, par les soins de Jean Bedrot et de Christian Herlin. Ce ne serait qu'une réimpression de celle de Venise, avec de nouvelles fautes, comme il arrive toujours, si les éditeurs n'avaient corrigé, assez maladroitement, le texte d'Athénée, toutes les fois qu'ils l'ont pu faire, en recourant aux auteurs qu'il cite. Cependant le C. Schweighæuser ne fait pas de cette édition aussi peu de cas que Casaubon, qu'il accuse de l'avoir en même temps trop méprisée et trop suivie en beaucoup d'endroits, dont il eût trouvé de meilleures leçons dans Alde ou dans les manuscrits.

Après ces deux éditions, Athénée se trouvant dès-lors entre les mains de tous les savants, on ne tarda pas à le traduire. Le premier qui s'en occupa fut Noël le Comte (comme nous l'appelons), dont tout le travail, dit Casaubon, est de nulle ou de peu d'utilité, quoiqu'il ait eu l'avantage de remplir, à l'aide des manuscrits, une grande lacune qui se trouvait avant lui dans le quinzième livre. A cette occasion, le C. Schweighæuser entre dans des détails curieux sur les fragments et les variantes du texte d'Athénée, recueillis vers ce temps-là par des hommes très savants, tels que Pietro Vettori, Muret, Henry Étienne, et publiés depuis, ou seulement cités dans divers ouvrages, et cachés aujourd'hui dans les bibliothèques. Casaubon fait mention quelque part d'une édition d'Athénée, entreprise par Turnèbe, et dont il a vu le premier livre : c'est tout ce que l'on en sait. En 1583, on imprima à Lyon la version de Dalechamp, le premier travail considérable qui se soit fait sur Athénée. Pour peu qu'on connaisse Dalechamp, comme interprète d'Athénée, on souscrira sans peine au jugement qu'en porte le C. Schweighæuser, lorsqu'il dit qu'encore que ce traducteur ait manqué en mille endroits le vrai sens de son auteur, il ne laisse pas néanmoins de mériter beaucoup d'éloges pour avoir surmonté le premier, dénué des secours que nous avons, de grandes difficultés, et montré presque partout une sagacité admirable. Casaubon ne lui a pas rendu assez de justice, et c'est de quoi le C. Schweighæuser le reprend modérément. Enfin parut, en 1597, l'édition de Casaubon, la seule imprimée sous ses yeux, et l'original de celles dont on se sert aujourd'hui, qui fut suivie trois ans après de son grand commentaire. Il n'y a guère d'ouvrage plus connu, ni plus fréquemment cité parmi les savants, et on ne peut lire sans intérêt les détails que donne le C. Schweighæuser sur cet admirable livre. Par exemple, ce qu'il nous apprend des manuscrits dont Casaubon s'est servi, et des variantes qu'il a eues au moyen de divers extraits, montre à merveille l'usage qu'en faisaient alors les savants, moins minutieux, si l'on veut, mais aussi beaucoup moins exacts qu'on ne l'est aujourd'hui sur ce point.

Voilà en raccourci le tableau que trace M. Schweighæuser du petit nombre d'éditions qui ont précédé la sienne. Il parle ensuite des secours qu'il a dû tirer des ouvrages de plusieurs savants, qui, sans avoir travaillé *ex professo* sur son autenr, en ont traité quelque partie dans des recueils de fragments, corrigé ou éclairci par occasion divers passages ; car on sent que c'était un point des plus importants, et le premier devoir, sans contredit, d'un éditeur d'Athénée, de mettre sous les yeux des lecteurs toutes les conjectures ou explications éparses dans une infinité de livres de critique ou de philologie qui ont paru depuis Casaubon, et il n'y en avait presque point qui n'offrît quelques observations à citer ou à réfuter. Ce seul travail, bien exécuté, était un grand service à rendre à la littérature antique. Le C. Schweighæuser n'a rien négligé pour s'en acquitter autant que le lui ont permis les ressources qu'il avait à sa disposition ; et, comme il n'a point cherché (ainsi qu'on le fait trop souvent) à éblouir ses lecteurs par des promesses fastueuses, ses lecteurs lui sauront gré d'avoir tenu plus qu'il n'avait promis.

Mais un mérite inappréciable de cette nouvelle édition, ce sera d'avoir été revue sur deux excellents manuscrits, dont l'un était presque oublié, l'autre paraît n'avoir été connu de personne jusqu'à présent. Le premier contient en entier l'abrégé d'Athénée, et l'on y retrouve non seulement les passages que divers savants ont publiés séparément comme manquant dans les imprimés, mais encore quelques autres entièrement inédits. Quoiqu'il ne soit pas plus ancien que le milieu du quatorzième siècle, selon la conjecture de M. Schweighæuser, il ne laisse pas d'être d'une grande utilité, d'abord pour la correction de tous les endroits où l'abrégé nous tient lieu du texte perdu, et ensuite pour rétablir beaucoup de passages du texte même. Ce manuscrit est passé de la bibliothèque de Sédan dans celle de Paris, d'où il a été envoyé à M. Schweighæuser, par ordre du ministre de l'intérieur. Le second et le plus important est venu de Venise à Paris : on le croit du neuvième siècle, et par conséquent plus ancien qu'aucun des manuscrits connus du même auteur. Mais ce qui le rend plus précieux, c'est qu'il est évidemment l'original de tous ceux qui existent aujourd'hui. Aux preuves qu'on en apporte, il n'est pas permis d'en douter; et ces preuves sont les mêmes auxquelles on a reconnu également pour original un manuscrit de Longin de la même bibliothèque, c'est-à-dire, que toutes les lacunes qu'on trouve dans les exemplaires manuscrits ou imprimés, répondent exactement à des feuilles ou portions de feuilles qui manquent à celui-ci. Les avantages qui doivent résulter, pour la nouvelle édition, d'une pareille découverte, se conçoivent aisément : on regrette seulement que l'éditeur n'ait pu avoir sous les yeux, dans le cours de son travail, ce manuscrit qui devait en être la base; car, quoique cette collation ait été confiée aux soins d'un jeune homme des plus instruits (1), et qui a donné des preuves

(1) M. Schweighæuser le fils.

de son habileté en ce genre, cependant on sait (et M. Schweighæuser en fait l'aveu quelque part) que les yeux d'un éditeur découvrent en pareil cas mille choses qui échappent aux plus clairvoyants, et ce regret est d'autant plus grand, qu'on connaît M. Schweighæuser pour un des hommes les plus capables de tirer des manuscrits tout le parti possible, lui qui n'en a presque point touché, où il n'ait fait des découvertes curieuses et utiles.

Mais une réflexion qu'on ne peut s'empêcher de faire sur le sort de ce manuscrit, venu d'Italie en France depuis peu d'années, c'est que la grande révolution qui a transporté chez nous tant de monuments des sciences et des arts, tourne promptement au profit des unes et des autres. Ces chefs-d'œuvre de la sculpture antique et du pinceau moderne attiraient, de-là les monts, nos artistes obligés de les étudier à la hâte et de les quitter à regret. Désormais les modèles de l'art ne seront plus séparés de ceux qui les savent reproduire; et, dans Paris, Raphaël a maintenant plus d'élèves, Apollon plus d'adorateurs qu'à Rome même au temps des Césars et des Médicis. Mais ces premiers exemplaires des auteurs anciens, les seuls où l'on retrouve encore, après tant de siècles, les paroles même des maîtres de l'éloquence et du goût, étaient perdus pour le public, partout ailleurs que dans le lieu où se réunissent les lumières et tous les secours nécessaires pour en faire usage. Depuis la renaissance des lettres, le charmant recueil de l'Anthologie, et les débris de l'ancienne poésie conservée par Athénée, étaient dans les mains des savants et de tous les amateurs de la belle antiquité, mais défigurés par mille taches que la critique s'efforçait inutilement d'effacer, tandis que Saint-Marc et le Vatican renfermaient ces textes précieux dans l'état le plus approchant de leur pureté primitive. On ne connaissait qu'imparfaitement le fameux manuscrit dont M. de la Rochette va se servir pour nous donner l'Anthologie en son entier; celui-ci, plus important peut-être, était encore plus ignoré. Mais à peine entre nos mains, ces trésors de l'Italie sont aussitôt répandus dans tout le monde savant, et l'Italie elle-même jouit des dons qu'elle nous a faits.

Au reste, l'éditeur prévient qu'il n'a pas eu, comme beaucoup d'autres, l'avantage de se préparer pendant long-temps à un travail aussi difficile que le sien, et de rassembler à son aise tous les matériaux qui lui eussent été nécessaires, s'étant trouvé engagé à cette entreprise par une suite de circonstances, au refus d'un homme de lettres qui ne veut pas être nommé, et qui avait auparavant promis de s'en charger. Des secours importants, sur lesquels il avait compté, lui ont manqué au moment même d'en faire usage. Par exemple, le célèbre Brunck devait l'aider de ses lumières et de sa bibliothèque. Mais ayant renoncé tout à coup aux lettres qu'il a cultivées avec tant de succès, et résolu même de se défaire des livres qui lui restaient, il n'a pu contribuer en rien à cette édition, si ce n'est par quelques notes écrites, il y a long-temps, sur les marges de deux exemplaires, l'un desquels contenait ses propres conjectures, en assez grand nombre, mais faites, à ce qu'il paraît, dans le courant de la lecture, et sans aucune méditation; sur l'autre étaient les variantes d'un des manuscrits de Paris. Tout cela a été communiqué à M. Schweighæuser, qui en a enrichi ses notes. Deux savants des plus distingués, les CC. Dutheil et Coray, lui ont envoyé leurs observations insérées dans son commentaire. Les notes du premier, malheureusement peu nombreuses, répondent aux preuves qu'on a déjà de son érudition. Celles du second se rencontrent plus fréquemment, et paraissent toujours dignes de cette rare sagacité que les savants lui connaissent.

Venons à l'ouvrage même et à l'examen de son exécution. Il est imprimé par la Société typographique de Deux-Ponts, établie maintenant à Strasbourg, et l'on peut dire que cette célèbre imprimerie n'a point encore produit d'ouvrage aussi important ni aussi bien exécuté. Le texte et la version latine se trouvent sur la même page, accompagnés des variantes les plus considérables, forme qui ne plaît pas, comme on sait, à tous les savants, mais qui a pour elle l'usage et le suffrage d'un homme dont l'autorité est d'un grand poids en ces matières, c'est cette même forme que M. Vyttembach a adoptée pour son Plutarque, après en avoir montré les avantages dans sa Bibliothèque critique. Le volume qui paraît d'Athénée contient les trois premiers livres du texte, partie de l'abréviateur, partie d'Athénée lui-même. Les commentaires, sur les deux premiers livres seulement, forment un volume séparé. Des chiffres placés aux marges indiquent les pages et les chapitres de l'édition de Casaubon; et l'on n'a rien négligé de tout ce qui pouvait être commode aux lecteurs dans l'usage de cette édition, tellement qu'il est plus facile d'y retrouver les citations de celle de Casaubon, que dans Casaubon même.

La version latine était un article des plus importants, devant être comme une espèce de commentaire perpétuel, et épargner en même temps beaucoup de commentaires.

Aussi voit-on que M. Schweighæuser s'y est appliqué singulièrement. Il l'a refaite en entier, et, comme il écrit en latin avec beaucoup de facilité, il a des ressources toutes particulières pour rendre le texte avec précision, et faire entrer ses lecteurs dans le sens intime de l'auteur. Il n'y a que ceux qui connaissent le prix et la difficulté d'un pareil travail qui puissent lui en savoir le gré qu'il mérite. Les vers de Grotius lui ont servi pour ses fragments des différents poètes. Mais on sent qu'il lui a fallu les retoucher en beaucoup d'endroits, où les changements faits au texte produisaient un nouveau sens. Ces changements sont fréquents et considérables. Cela ne pouvait être autrement ; car, outre une infinité de passages qu'on a corrigés, à l'aide des conjectures et des manuscrits, les grammairiens anciens (Suidas surtout qui ne s'est pas servi, comme Eustache, de l'abrégé seulement, mais du texte même) ont fourni à M. Schweighæuser de quoi suppléer, en plusieurs endroits, les noms des auteurs ou les titres des ouvrages omis par l'abréviateur. Il a tiré du même Suidas des phrases entières dont on ne trouve aucune trace dans l'abrégé, et les a insérées dans le texte. S'il était en droit de le faire, c'est de quoi les savants jugeront ; mais sûrement il l'a fait avec la critique judicieuse et le discernement qu'on devait attendre d'un homme comme lui, exercé à découvrir et à remplir heureusement les lacunes dans les anciens textes.

Il n'adopte ordinairement, qu'avec beaucoup de circonspection, les conjectures de Casaubon et des autres critiques, quelque probables qu'elles paraissent, laissant dans le texte la leçon que donnent les manuscrits toutes les fois qu'on peut en tirer un sens supportable, du moins dans tout ce qui est écrit en prose ; car, dans les vers, il se montre bien moins difficile ; et pour rétablir le mètre, on le trouvera peut-être, en quelques endroits, trop prompt à recevoir les conjectures de plusieurs savants, dont les assertions, sur cette matière, ne sont pas toujours démontrées. D'ailleurs, on sait, en général, que ceux qui citent des vers dans un ouvrage en prose, les tronquent ou les altèrent souvent, faute de mémoire, ou à dessein. C'est ce que Casaubon lui-même a reconnu dans Athénée (page 13, E, et ailleurs). Brunck, sur Aristophane (frag., page 232) a fait la même remarque ; et c'est cette remarque qui doit nous tenir en garde contre l'audace des critiques, qui tous ont eu cette manie de refaire, sur un mètre quelconque, les fragments des anciens poètes cités par les grammairiens, à quoi il réussissent toujours, n'étant embarrassés de rien, et ayant même trouvé moyen de mettre en beaux vers la prose de divers auteurs qu'ils ont pris pour des poëtes. C'est ainsi qu'un fragment de l'historien Ménandre se lit en vers de six pieds, de la façon d'un savant (Schurfleiz sur Longin), qui a cru que ce Ménandre était le poëte comique. Turnèbe (voyez Casaubon sur Athénée, p. 8, D.) avait versifié, non moins heureusement, les paroles d'Athénée lui-même, pensant que ce fussent celles d'un poëte, et Casaubon qui l'en reprend, est tombé plus d'une fois dans la même erreur, comme nous le verrons bientôt. On pourrait appuyer ceci de beaucoup d'autres exemples, mais il suffit de voir, dans le volume que nous examinons, les peines que se donne l'éditeur pour remplir ou rétablir la mesure des vers, ajoutant par ci, par là, des hémistiches entiers, et recevant sans façon toutes les particules oiseuses que lui offrent les critiques, *afin de combler quelque vide, ou soutenir le rhythme tombant*, comme dit Lucien, au lieu d'avouer le plus souvent que l'auteur, et plus encore son abréviateur, ont pu retrancher des mots, des hémistiches, des vers entiers, les transposer et les couper en mille manières différentes, comme on reconnaît qu'il l'a fait dans beaucoup de citations, dont les originaux existent. Au reste, en cela même, M. Schweighæuser paraîtra fort modéré à ceux qui connaissent la furie de certains critiques de ce temps, lorsqu'il leur tombe entre les mains un poëte tragique ou comique. Il en est même peu avec qui ceux-ci en eussent été quittes à si bon marché, et qui n'eussent pas fait main-basse sur tout ce qu'il y a de vers dans Athénée, *Menando ad ambe man con molta fretta.* Mais le nouvel éditeur est de si bonne composition, qu'il a été jusqu'à souffrir, sous la forme de la prose, les fragments dont il n'a pu régler ou découvrir le mètre. D'ailleurs, il a soin de n'admettre aucune conjecture dans le texte sans en avertir, et donne scrupuleusement, dans les notes ou dans les variantes, la leçon des éditions et des manuscrits, sincérité plus rare qu'on ne croit.

Les variantes, comme on l'a dit, se trouvent entre le texte et la version latine, non toutes, mais seulement les plus intéressantes. Les autres seront rassemblées à la fin de l'ouvrage. La plus grande partie du commentaire est employée à la discussion de ces variantes, qu'on examine fort en détail; si cette méthode a des longueurs, elle a aussi ses avantages. M. Schweighæuser aurait pu réimprimer séparément les commentaires de Casaubon, à la suite de son ouvrage, ou les omettre tout-à-fait, et il se serait épargné tout le travail qu'il a fait sur ces mêmes commentaires, pour la commodité et l'utilité des lecteurs; mais il a mieux aimé les insérer dans les siens, morceaux par morceaux, et se charger d'éclaircir ce qui s'y trouve d'obscur ou d'embarrassé, soit en joignant aux passages, dont Casaubon s'est servi, l'indication exacte des lieux où il les a pris, soit en fortifiant lui-même ou mettant dans un plus grand jour les idées de ce savant homme par de nouvelles autorités. On se doute bien néanmoins qu'il n'est pas toujours de son avis. Mais s'il le combat quelquefois, c'est toujours avec de bonnes raisons, et le plus souvent avec succès; et ce parti qu'il a pris; d'unir ses commentaires avec ceux de Casaubon, de manière à n'en faire qu'un seul tout, a, pour le lecteur et pour lui, ce grand avantage, qu'à l'aide de quelques mots, ou même d'un simple renvoi, il confirme ou détruit le dire de Casaubon, sans être obligé d'en faire une discussion séparée, comme il eût été nécessaire, s'il eût fallu le citer, et développer au lecteur la suite du raisonnement. Quelquefois il se contente de faire mention, par extrait, des observations de Casaubon; mais le plus souvent il les rapporte tout au long, et n'en retranche que ce qui paraît entièrement étranger au texte de l'auteur.

Enfin les savants trouveront dans ces deux volumes une infinité de choses intéressantes et nouvelles qui jettent un grand jour sur toutes les parties de l'érudition. Mais pour mettre nos lecteurs à portée d'en juger eux-mêmes, nous fixerons leur attention sur quelques endroits pris au hasard, qui donneront une idée du tout, et dans cette espèce de revue de différents passages traités plus ou moins heureusement, nous donnerons par occasion quelques idées qui nous sont venues dans le courant de la lecture sur la correction ou le sens de quelques-uns de ces passages. Car encore que tout ce texte ait été traité, comme on voit, par les gens les plus habiles, il n'est presque pas possible que la lecture un peu attentive d'un auteur tel qu'Athénée, ne produise quelques réflexions qui ont échappé à ces savants hommes.

Commençons par deux corrections qui serviront d'échantillons pour toutes les autres.

(*Suivent une vingtaine de pages contenant des explications sur beaucoup de passages mal compris par les éditeurs, traducteurs et commentateurs d'Athénée.*)

MAGASIN ENCYCLOPÉDIQUE.

Année 1813, tome 5.

DISSERTATION DE M. AKERBLAD, INTITULÉE :

Iscrizione greca sopra una lamina di piombo, trovata in un sepolcro nelle vicinanze di Atene ; Roma, presso Lino Contedini, 1813.

M. Akerblad publia, il a quelque temps, une Dissertation fort savante sur une lame de bronze tirée d'un tombeau près d'Athènes, et appartenante à M. Dodwel, voyageur anglais, qui a rapporté de la Grèce une infinité de choses curieuses et intéressantes. Sur cette lame était gravé le nom d'un homme avec celui d'une des tribus d'Athènes, et une seule lettre M y paraissait isolément tracée en relief, tandis que le reste était en creux. L'explication que donna de tout cela M. Akerblad, aussi claire qu'ingénieuse et pleine d'érudition, dut plaire beaucoup aux savants. On ne sera pas moins satisfait de la manière dont il explique, dans ce nouvel ouvrage, un monument d'un autre genre, mais trouvé comme le premier dans les tombeaux d'Athènes, et appartenant également à M. Dodwel. C'est une feuille ou plaque de plomb sur laquelle ont été tracées, avec un poinçon, à ce qu'il paraît, plusieurs lignes de caractères grecs difficiles à déchiffrer, non tant à cause des lettres même dont la forme est assez connue, que parce que dans cette espèce d'écriture cursive, comme l'appelle M. Akerblad, les traits de chaque lettre, à peine ébauchés, se doivent le plus souvent deviner. Il faut voir, dans son Mémoire même, combien de peine il eut d'abord à nettoyer cette surface, où l'on apercevait seulement quelques traces d'inscription, et de quelle patience il eut besoin pour en enlever une espèce de croûte tartreuse, dont l'écriture était couverte en beaucoup d'endroits. Enfin, par son zèle obstiné, ces traits reparaissent au jour, et, comme dit un poete :

> Livrent à la lumière le secret des tombeaux.

Il serait inutile de rapporter ici le texte même de l'inscription, qui ne se peut guère entendre qu'à l'aide des doctes commentaires de M. Akerblad. Il suffira de dire qu'elle renferme une espèce d'imprécation contre un *Satyrus* de *Sunyum* et un certain *Démétrius*, qu'on dévoue eux et les leurs aux Dieux infernaux, à Mercure et à la Terre, invoqués pour les punir, sans doute comme auteurs de la mort de celui qui fait contre eux cette imprécation. Le but de l'inscription, l'orthographe, les formules qui s'y trouvent employées font l'objet des notes savantes de M. Akerblad, et sont expliqués d'une manière qui ne laisse rien à désirer. Il décrit les lieux où se fit cette découverte en homme qui les a vus, et à qui la Grèce moderne n'est pas moins connue que l'ancienne. Il cite une inscription du même genre que celle-ci, dernièrement communiquée à la troisième classe de l'Institut, par M. Visconti, dont les explications et les notes se verront dans le prochain volume des Mémoires de cette compagnie; et comme ces deux monuments ont entre eux beaucoup de rapports, et s'expliquent même mutuellement, malgré des différences assez considérables, il entre dans un examen approfondi de l'un et de l'autre. Il rapporte après le célèbre antiquaire romain, deux passages, l'un de Tacite, l'autre de Dion, qui viennent fort bien au sujet, et prouvent que l'usage était d'écrire ces sortes d'anathèmes sur des lames de plomb. Ensuite, citant d'autres passages de différents auteurs classiques, il fait voir que Mercure et la Terre sont ordinairement invoqués dans de telles imprécations; et, par occasion, il expose les diverses épithètes qu'on trouve jointes aux noms de ces divinités.

Tout cela est traité au long, avec l'érudition et la sagacité qu'on devait attendre d'un homme aussi expert en ces matières. Il examine aussi, par forme de digression, et communique au public une inscription nouvellement apportée d'Athènes par M. Bronstœdt, voyageur danois.

Les observations de M. Akerblad sur l'orthographe bizarre du monument qu'il explique, ne sont pas moins curieuses que le reste, et intéresseront surtout ceux qui n'approuvent pas la prononciation de certaines lettres dans le langage des Grecs modernes. C'est un article sur lequel les savants de cette nation souffrent avec peine qu'on les contredise, et qu'on oppose le témoignage d'une infinité de monuments à la tradition qu'ils prétendent avoir conservée de l'ancienne prononciation. Si quelque chose pouvait les convaincre de la fausseté de cette opinion, en un point du moins, ce serait cette inscription-ci où partout se trouvent confondues deux lettres qui, dans la prononciation actuelle, n'ont pas le moindre rapport, savoir, H et E. On y lit, par exemple, KOLAZHTH au lieu de KOLAZETE; erreur de l'écrivain, qui n'eût pu avoir lieu si alors on eût prononcé l'H comme on fait aujourd'hui.

On ne fait ici qu'indiquer les principaux points sur lesquels roule cette dissertation, dont l'auteur donne partout des preuves de l'habileté qu'on lui connaissait déjà dans la paloœographie, la littérature et les arts. Il n'en fallait pas moins sans doute pour déchiffrer et expliquer ce morceau presque unique en son genre; et si on fait réflexion qu'à ces rares connaissances l'auteur joint celle de la plupart des langues de l'Europe et de l'Orient, qu'il écrit et parle avec une égale facilité, on conviendra que peu d'hommes possèdent au même degré une érudition si variée, et qu'aucun ne paraît plus propre à jeter un nouveau jour, par de savantes recherches, sur les monuments de la Grèce et de l'Italie.

ÉLOGE D'HÉLÈNE,

TRADUIT D'ISOCRATE.

ÉLOGE D'HÉLÈNE,

TRADUIT D'ISOCRATE. (1)

A MADAME CONSTANCE PIPELET.

DANS ces derniers jours que j'ai passés, à mon grand regret, Madame, sans avoir l'honneur de vous voir, j'étais seul à la campagne. Là, ne sachant à quoi m'occuper, j'essayai de traduire quelques morceaux des auteurs de l'antiquité. Je croyais m'amuser à écrire en ma langue ce que je lisais avec tant de plaisir dans ces langues anciennes, et n'avoir qu'à mettre des mots pour des mots, quitte de tout soin quant à la pensée. Mais je me trouvai bien trompé. J'avais beau chercher des termes, je ne pouvais rendre à mon gré ce qui, dans mes auteurs, paraissait

(1) Ce petit discours d'Isocrate renferme beaucoup de traits qui ne peuvent être sentis, à moins qu'on n'ait quelque connaissance de la Mythologie grecque et de ce genre d'éloquence fort goûté chez les anciens. On l'a traduit pour une personne parfaitement instruite de toutes ces choses, et pour qui les éclaircissements, que d'autres pourraient désirer, eussent été fastidieux. C'est ce qui a empêché d'y joindre aucune note.

tout simple; et plus le sens était clair et naturel, plus l'expression me manquait. Cependant, soit obstination, soit défaut d'autre distraction, soit dépit de trouver au-dessus de mes forces un travail qui m'avait paru d'abord si facile, je fis vœu, quoi qu'il m'en coûtât, de mettre à fin la traduction que j'avais commencée d'un petit discours grec. C'était l'éloge d'*Hélène,* composé par *Isocrate;* et pour soutenir mon courage dans cette entreprise, il me vint une idée, que vous appellerez comme il vous plaira; pour moi, je la trouve un peu chevaleresque, si j'ose le dire. Ce fut de me figurer que je travaillais pour vous, Madame; que vous verriez avec plaisir cette copie, quelque faible qu'elle fût, d'un si beau modèle; qu'ayant peint *Sapho* en vers dignes d'elle, vous ne seriez pas indifférente au portrait d'*Hélène*, de la plus célèbre des belles, à laquelle vous deviez, par le même esprit de corps, vous intéresser aussi bien qu'à la dixième muse. Tout cela, comme vous voyez, Madame, n'était qu'une fiction dont je me servais pour tromper ma propre paresse, par ce chimérique espoir de vous plaire; car, au fond, j'avais résolu de ne jamais vous en parler. Mais admirez le pouvoir de l'imagination ! je ne me fus pas plus tôt mis cette fantaisie dans l'esprit, que les difficultés disparurent; et ce que je n'eusse pas fait en toute ma vie, peut-être, sans cette illusion, fut l'ouvrage de quatre jours.

Maintenant je devrais m'en tenir à ma première résolution, et vous cacher le miracle que vous avez fait, de peur que vous n'en ayez honte. Cependant, si cette lecture pouvait vous amuser un quart-d'heure seulement, ce serait quelque chose pour vous, Madame, et beaucoup pour moi. S'il arrive le contraire, je ne serai pas plus coupable que les gens à la mode, les acteurs merveilleux, les écrivains sublimes, le jeu, les journaux, l'opéra, qui vous ennuient bien tous les jours et à qui vous le pardonnez. D'ailleurs, je me souviens d'avoir lu, qu'autrefois le comte de Bussy, se trouvant à la campagne, comme moi, militaire aussi désœuvré que je l'étais, à L***, traduisit, de l'antique, les amours d'*Hélène*, et qu'encore qu'il n'eût écrit que pour amuser son loisir, il ne laissa pas d'adresser ce qu'il avait fait, si ce fut à madame de *Sévigné*, ou bien à Madame de *Lafayette*, je ne sais, et peu importe; suffit que ce fut à une femme de beaucoup d'esprit. Je ne suis pas *Bussy*, mais, Madame, *il est beau de vouloir l'imiter*, comme a dit un poète; je l'imite fort bien en ce que je vous adresse ceci, moins heureusement sans doute dans le reste; mais c'est de quoi vous allez juger; car, sans y penser, vous voilà comme engagée à m'écouter.

Mais avant d'entendre *Isocrate* lui-même, il est bon que vous sachiez à quelle occasion il composa ce discours. Un autre orateur de ce temps-là, dont le nom n'est pas venu jusqu'à nous, ayant prononcé publiquement l'éloge d'*Hélène*, *Isocrate*, peu satisfait de ce qu'il en avait dit, voulut traiter le même sujet. Remarquez, je vous prie, Madame, ce trait de l'ancienne galanterie. Au milieu des troubles de la Grèce, menacée des armes de Philippe, et déchirée par les factions, ces orateurs dont l'éloquence gouvernait le peuple et l'état, suspendaient les grandes discussions de la paix et de la guerre, et ajournaient en quelque sorte le salut public, pour faire l'éloge de la beauté. Comparez à cela, s'il vous plaît, les doux propos et les fleurettes de nos petits-maîtres modernes, à quoi se réduisent aujourd'hui tous les honneurs qu'on rend aux belles, et admirez combien ce titre, quoi qu'on en puisse dire, a perdu chez nous de ses prérogatives. Pour moi, bien loin de convenir de la grande supériorité que nous nous attribuons à cet égard sur les anciens, je soutiens que plus on remonte dans l'antiquité, plus on retrouve les vrais principes de la galanterie; et j'ai vu des femmes, aux lumières desquelles on pouvait s'en rapporter, regretter en cela la simplicité des temps héroïques, aussi supérieure, selon elles, à tout le clinquant d'aujourd'hui, que la poésie d'Homère l'est aux bouquets à Iris. Pour traiter à fond cette matière il en faut savoir plus que moi. Ce ne sont pas toutefois les observations qui me manquent, mais l'art de les développer; et si je me tais, c'est plutôt faute d'expressions que d'idées. En un mot, Madame, tout tombe depuis un certain temps, et ce culte de la beauté que nous appelons galanterie, penche comme les autres vers sa décadence. Voilà une chose, convenez-en, dont vous ne vous doutiez guères; de vous-même vous ne vous en seriez jamais aperçue, et il n'y avait qu'*Isocrate* qui pût vous faire faire cette remarque, en vous apprenant quels hommages vous eussiez reçus de son temps.

Dans le dessein qu'il annonce de faire l'éloge d'*Hélène*, il commence naturellement par parler de son origine.

« Elle fut, dit-il, la seule de son sexe, parmi tant d'enfants de Jupiter, dont ce Dieu daigna se déclarer le père. Quelque tendresse qu'il eût pour le fils d'Alcmène, *Hélène* lui fut encore plus chère; et dans les dons qu'il leur fit, ses plus précieuses faveurs furent d'abord pour sa fille; car Hercule eut en partage la force à qui rien ne résiste, *Hélène*, la beauté qui triomphe de la force même. S'il eût voulu leur épargner toutes les misères de la vie, et les faire jouir en naissant de la félicité suprême, il n'en eût coûté que de l'ambroisie, et le maître de l'Olympe y eût aisément trouvé des places pour ses enfants, auxquels n'aurait manqué ni l'encens, ni les autels. Mais son dessein n'était pas qu'ils prissent rang parmi les Dieux, avant de l'avoir mérité autrement que par leur naissance : il voulait non que le ciel les reçût, mais qu'il les demandât, et qu'à leur égard l'admiration seule forçât les vœux de la terre. Sachant donc que cette gloire qui devait les conduire à l'immortalité, ne s'acquiert point dans la langueur d'une vie oisive et cachée, mais se dispute au grand jour, comme un prix que l'univers adjuge au plus digne, il multiplia pour eux les périls et les aventures, dans lesquels Hercule défaisant les monstres et punissant les brigands, se servait de sa force pour exterminer le crime : *Hélène*, armant pour sa conquête les plus vaillants hommes d'alors, et ajoutant à leur courage l'aiguillon de la rivalité, employait ses charmes à faire briller la vertu.

» Elle ne faisait encore que sortir de l'enfance, quand Thésée, l'ayant vue dans un chœur de jeunes filles, fut frappé de cette beauté, qui, à peine commençant d'éclore, effaçait déjà toutes les autres. Accoutumé à tout vaincre, ce fut à lui cette fois, de céder à tant de grâces; et quoiqu'il eût dans son pays tout ce qui pouvait satisfaire les désirs et l'ambition, croyant dès-lors n'avoir rien s'il ne possédait *Hélène,* et n'osant la demander (parce qu'il savait que les Oracles devaient disposer d'elle), il résolut de l'enlever, dans Sparte, au milieu de sa famille, sans se soucier, ni de ses frères, Castor et Pollux, ni des forces qui la gardaient, ni des périls auxquels il semblait ne pouvoir échapper dans cette entreprise. Il l'exécuta cependant, aidé d'un seul de ses amis, qui voulant à son tour enlever aux Enfers la fille de Cérès, lui demanda le même secours. Thésée voulut l'en détourner, en lui remontrant les dangers, les obstacles insurmontables, et la témérité d'aller braver la mort dans son empire. Mais le voyant obstiné, il partit avec lui, car il ne crut pas pouvoir rien refuser à un homme auquel il devait *Hélène.*

» De tout autre on pourrait dire qu'il se faisait par là plus de tort à lui-même que d'honneur à *Hélène,* et que cette conduite marquait moins le mérite de l'héroïne que la folie de son amant. Mais il s'agit de Thésée, qui n'était pas tellement dépourvu de sens, ni de femmes, que d'attacher tant de prix à des conquêtes vulgaires. Il était homme sage; il se connaissait en beauté; ce qu'il estimait *Hélène* prouve ce qu'elle valait dès-lors; et pour toute autre femme qu'elle, c'eût été assez de gloire d'avoir inspiré tant d'amour à un héros tel que Thésée. En effet, on sait que parmi ceux qui ont réussi comme lui à immortaliser leur nom, il ne s'en trouve point dont le caractère, bien examiné, ne laisse toujours quelque chose à désirer : aux uns la prudence a manqué, aux autres l'audace ou l'habileté ; mais je ne vois pas ce qu'on pourrait dire avoir manqué à Thésée, dont la vertu me paraît de tout point si accomplie, qu'il ne s'y peut rien ajouter. Ici, puisque j'en suis venu à parler de ce héros, me blâmera-t-on si je m'arrête à louer en peu de mots ses grandes qualités ? Et par où pourrais-je mieux faire l'éloge d'*Hélène*, qu'en montrant combien ses admirateurs furent eux-mêmes dignes d'être admirés ? On juge par soi des choses de son temps. Nous avons mille moyens de prendre une juste idée des hommes et des faits plus rapprochés de nous ; mais sur ce que le passé dérobe à nos regards, lorsqu'il s'agit de personnages dont rien ne reste que le bruit de ce qu'ils furent autrefois, nous ne pouvons que suivre le jugement de ceux qui, vivant avec eux dans ces temps reculés, se montrèrent vaillants et sages.

» Rien donc ne me paraît plus à la louange de Thésée, que d'avoir su, étant contemporain d'Hercule, égaler sa gloire à celle de ce héros ; car leur plus grande ressemblance n'était pas dans leur manière de s'armer et de combattre, mais dans l'usage qu'ils firent l'un et l'autre de leur puissance, et surtout dans leur constance à servir l'humanité par des entreprises dignes du sang dont ils étaient issus. La seule différence qui se remarque entre eux, c'est que les actions de l'un furent plus éclatantes, celles de l'autre plus utiles. Hercule, soumis dès sa naissance aux ordres d'un tyran cruel, fut condamné à des travaux difficiles et périlleux, mais dont il ne résultait, le plus souvent, aucun avantage, ni pour lui, ni pour les autres. Thésée, maître de lui-même, chercha des dangers où la gloire de vaincre fût accompagnée de la reconnaissance publique, et voulut que tous ses titres à l'admiration des hommes fussent autant de bienfaits. Car, sans attaquer le Ciel, sans faire violence à la nature, sans aller chercher aux bornes du monde une gloire stérile, en détruisant les monstres qui désolaient l'Attique, exterminant les brigands dans toute la Grèce, punissant partout l'injustice et protégeant l'innocence, mais surtout en délivrant son pays de l'exécrable tribut qu'il payait aux Crétois, ce prince montra qu'il songeait bien moins à faire briller son courage, qu'à s'en servir utilement pour procurer à sa patrie et aux peuples de la Grèce, tous les avantages qui résultent de la paix intérieure, et de la facilité des relations réciproques.

» Ces grandes choses, dont la mémoire doit être éternelle, ne forment encore que la moindre partie de sa gloire, si on les compare à la conduite qu'il tint dans le gouvernement d'Athènes. Car, qu'était-ce qu'Athènes avant lui? un peuple sans frein, un état sans lois, où chacun abusant du pouvoir passager que le hasard lui donnait, travaillait de concert à la ruine publique, et ressentait lui-même tout le mal qu'il faisait. Thésée, à la mort de son père, trouva le désordre et la confusion parvenus au point que les citoyens, en proie aux attaques du dehors et à leurs propres fureurs, se défiant autant les uns des autres que de l'ennemi commun, avaient sans cesse la crainte dans le cœur et le fer à la main. Nulle propriété n'était assurée, nulle autorité respectée. La force était la seule loi. Malheur à qui ne pouvait défendre ce qu'il possédait; heureux qui pouvait conserver ce qu'il avait usurpé; ou pour mieux dire, tous étaient également misérables, les opprimés ne voyant point de terme à leurs maux, et les oppresseurs menacés des violences qu'ils exerçaient, se craignant non-seulement l'un l'autre, mais redoutant jusqu'à ceux qu'ils faisaient trembler; aussi esclaves que tyrans et plus malheureux que leurs victimes. Mais sous Thésée, on vit bientôt succéder à ce chaos, l'ordre et l'harmonie. Comme sa valeur éloignait tout danger à l'extérieur, sa sagesse établit au dedans le calme et la concorde. D'abord jugeant avec raison que rien ne pourrait dissiper les haines, et réunir les citoyens sous une commune loi, tant que la nation, dispersée par bourgades et par cantons, renfermerait pour ainsi dire autant de factions que de familles, il commença par rassembler le peuple entier dans une seule ville, qui, en peu de temps, devint la plus florissante de la Grèce. Ensuite il lui donna des lois, dont il établit pour fondement la souveraineté du peuple, et le droit qu'il étendit à tous les citoyens de prendre part aux affaires publiques ; car, pour lui, quelle que fût la forme du gouvernement, il ne pouvait perdre l'empire que lui assuraient ses vertus, et il aimait mieux se voir le chef d'une nation libre et fière, que le maître d'un troupeau d'esclaves. Les Athéniens, de leur côté, loin de se montrer jaloux du pouvoir qu'il conservait, voulurent, au contraire, qu'il tînt de leur confiance une seconde fois l'autorité absolue à laquelle il avait renoncé, ne doutant pas qu'il ne leur valût mieux dépendre de lui que d'eux-mêmes. On vit alors ce spectacle extraordinaire : un roi qui voulait que son peuple fût maître, un peuple qui priait son souverain de régner ; un chef tout-puissant dans une république, et la liberté sous la monarchie. Aussi ses maximes n'étaient-elles pas celles de la plupart des princes, qui se croient faits pour jouir en repos du travail d'autrui, et nourrir leur propre mollesse de la sueur de leurs sujets. Thésée se croyait obligé de travailler lui seul, pour le repos de tous, et d'assurer à ceux qui vivaient sous ses lois, la paix et le bonheur, en prenant pour lui les fatigues et les dangers. C'est ainsi qu'il régna long-temps, sans employer, pour se maintenir, ni alliance, ni secours étrangers, n'ayant de garde que son peuple, et d'ennemis que ceux de l'état. La sagesse et la douceur de son gouvernement se retrouvent encore aujourd'hui dans nos lois et dans nos mœurs.

» Qu'on se figure à présent, ce que devait être celle qui, non-seulement fut préférée par un héros de ce caractère à toutes les femmes de son temps, mais dont la beauté à peine formée triompha d'une vertu si rare, au point de l'amener à une démarche, qui faite pour toute autre qu'*Hélène* eût été le comble de la folie et de la témérité. Ici le prix de l'objet justifie seul l'entreprise : et peut-être, au temps où vivait Thésée, n'était-il point d'homme, qui se sentant comme lui digne de la posséder, n'eût tenté ce qu'il exécuta pour y parvenir. Du reste, il faut avouer qu'on ne peut guère exiger de preuve plus sensible, ni de témoignage plus éclatant du mérite d'*Hélène*, que ce que fit Thésée pour s'en rendre maître.

» Mais, de peur qu'on ne m'accuse d'abuser ici de la réputation de son premier amant, pour la faire briller d'une gloire empruntée, je passe à l'examen des autres époques de sa vie. Ayant perdu tout espoir de revoir jamais Thésée, demeuré captif aux enfers, dans cette généreuse entreprise, où, quittant sa maîtresse pour servir son ami, il perdit l'un et l'autre avec la liberté; après lui, elle vit bientôt, de retour à Lacédémone, tout ce qu'il y avait de rois et de princes dans la Grèce, faire éclater pour elle les mêmes sentiments. Car chacun d'eux pouvant, dans son propre pays, se choisir une femme parmi les plus belles, ils aimaient mieux venir à Sparte demander *Hélène* à son père; et avant qu'on pût soupçonner lequel serait préféré, les espérances étant égales, ainsi que les prétentions, et la palme suspendue, comme il était aisé de prévoir que le possesseur d'une beauté si vantée, aurait tout à craindre de la part de ses rivaux connus ou cachés, tous les prétendants firent serment que, quel que fût celui qui l'obtiendrait, le premier qui tenterait de la lui ravir aurait pour ennemis tous les autres ; chacun d'eux croyant assurer son bonheur par cette précaution. En cela tous s'abusaient, hors Ménélas ; mais sur le reste, on vit bientôt qu'ils ne s'étaient pas trompés, et que d'un bien si envié la garde était plus difficile encore que l'acquisition.

» En effet, peu de temps après survint, entre les Déesses, cette fameuse querelle, de laquelle Pâris fut établi juge, et l'une d'elles lui promettant de le rendre invincible à la guerre, l'autre de le faire régner sur toute l'Asie, la troisième de l'unir à *Hélène ;* dans l'impossibilité de fixer son jugement sur ce qui s'offrait à sa vue, arbitre confus de tant de beautés trop éblouissantes pour des yeux mortels, et réduit à se décider par la seule comparaison des dons qui lui étaient offerts, il préféra, à tout le reste, le titre d'époux d'*Hélène* et de gendre de Jupiter. Car il ne faut pas croire que le plaisir seul l'eût déterminé (encore que ce motif ne soit pas sans force, même aux yeux des sages), s'il n'eût réfléchi que la plus haute fortune est souvent le partage du moindre mérite, et que mille autres après lui s'illustreraient par des victoires, tandis que bien peu se pourraient vanter d'être en même temps issus et alliés du maître des Dieux. D'ailleurs, par un calcul tout simple, forcé de choisir entre trois Déesses, et devant opposer à la haine de deux l'amitié d'une seule, pouvait-il ne pas se décider pour celle dont la faveur lui promettait les plus douces jouissances de la vie, et dont la haine seule eût empoisonné toutes les faveurs des deux autres? Il n'est point d'esprit raisonnable qui ne trouve dans ces motifs de quoi justifier le choix que fit Pâris; et si on l'en voit blâmé, ce n'est que par ceux dont l'opinion se règle sur les événements et sur l'apparence des choses; erreur où il faut les laisser. Car enfin, que dire à des gens qui prétendent, en cette affaire, voir plus clair que Pâris, qui appellent d'un arrêt auquel s'en rapportent les Dieux, et osent taxer de peu de jugement celui que tout l'Olympe reconnut pour juge?

» Ce qui m'étonne, quant à moi, c'est qu'on puisse dire qu'il eut tort de vouloir vivre avec *Hélène*, pour qui moururent tant de rois. Comment d'ailleurs Pâris eût-il méprisé la beauté, dont les Dieux se montraient à lui si jaloux? Et que pouvait une Déesse lui offrir de plus séduisant que ce qu'elle-même estimait le plus? Quel homme enfin eût dédaigné cet objet de tant de vœux, dont la Grèce entière ressentit la perte, comme si on lui eût ôté ses Dieux et ses temples, et dont la possession rendit le barbare aussi orgueilleux que l'aurait pu faire la plus belle victoire remportée sur nous? Car depuis long-temps diverses offenses avaient donné lieu, de part et d'autre, à des plaintes, sans jamais produire de rupture ouverte; mais *Hélène* ravie arma tout d'un coup l'Europe et l'Asie. Des peuples que rien jusque-là n'avait pu porter à se combattre, pour elle seule se firent une guerre, la plus grande et la plus terrible qu'on eût encore vue, mais dans laquelle rien ne parut aussi surprenant que l'obstination des deux partis. Car les Troyens pouvant, s'ils eussent voulu rendre *Hélène*, arrêter le cours de tant de maux, et prévenir leur propre ruine, et les Grecs, en l'abandonnant, retrouver chez eux la paix et le repos; un tel sacrifice leur parut à tous impossible : mais les uns, pour la conserver, virent pendant dix ans leurs champs dévastés et leurs toits livrés aux flammes; les autres, plutôt que de la perdre, se laissèrent vieillir loin de leur patrie, et pour la plupart ne revirent jamais leurs Dieux domestiques. Or, une guerre si désastreuse ne se faisait ni pour Pâris, ni pour Ménélas, mais pour décider une grande querelle entre les deux moitiés du monde, dont chacune croyait triompher de l'autre en lui enlevant *Hélène*. Et tel était l'intérêt que prenaient à cette guerre, non-seulement les nations qui s'y trouvaient engagées, mais même les Dieux, que plusieurs de leurs enfants, qui devaient périr devant Troie, y furent envoyés par eux-mêmes. Ainsi connaissant les destins, Jupiter ne laissa pas d'y faire aller Sarpédon, Neptune Cycnus, Thétis Achille, l'Aurore Memnon; trouvant qu'il était plus glorieux et plus digne de ces héros, de mourir dans les combats livrés pour *Hélène*, que de vivre sans partager l'honneur de tant d'exploits fameux. Et comment auraient-ils songé à réprimer, dans leurs enfants, une ardeur qu'ils justifiaient par leur propre exemple? Car, si pour l'empire du Ciel ils combattirent les géants, pour *Hélène*, ils firent plus, ils tournèrent leurs armes les uns contre les autres.

» Voilà ce que peut la beauté, dont l'empire s'étend jusques sur les Dieux, et réduit souvent Jupiter lui-même à la condition des mortels. Partout ce Dieu montre ce qu'il est, et s'annonce en maître du monde ; mais auprès de Léda ou d'Alcmène, que lui serviraient la foudre et ce sourcil qui fait tout trembler ? Ailleurs il commande, mais là il demande, et obtient si peu, qu'il est obligé de tromper ce qu'il aime. Il ne peut, à moins de passer pour un autre, être heureux dans ses amours ; inférieur alors aux créatures mêmes, dont il emprunte la forme, qui plaisent sans imposture, et dans le bonheur qu'elles goûtent ne doivent rien à l'erreur. La beauté ayant les mêmes droits dans le ciel que sur la terre, il ne faut donc pas s'étonner que les Dieux aient combattu pour elle. Leurs querelles n'eurent jamais un plus digne objet. Rien n'est si précieux que la beauté, qui fait le prix de toutes choses. C'est par elle que tout plaît, et rien, sans elle, ne peut être ni aimé, ni admiré. Toute autre qualité s'acquiert, se perfectionne par l'art ou par l'exercice; la nature seule donne la beauté avec l'existence, et nul n'en peut avoir que ce qu'il a reçu de la nature. Il n'est étude ni artifice qui puissent (encore que la plupart se persuadent le contraire) ni la suppléer où elle manque, ni même l'accroître où elle est. Car c'est un trésor dont les Dieux se sont réservé la distribution. Certains avantages sont utiles à ceux seulement qui les ont, odieux ou dangereux aux autres. La force inspire de la crainte, la richesse de l'envie. La beauté ne produit qu'amour et admiration.

Elle seule n'a point d'ennemis, et n'en peut jamais avoir. Car tous ces biens, tels que la force, la richesse, la gloire même, ceux qui les possèdent en jouissent seuls, au lieu que la beauté semble être le bien de tous ceux qui ont des yeux, et n'avoir été donnée à quelques individus que pour le bonheur de tous. Les qualités, même les plus louables, de l'esprit et du cœur, veulent du moins être connues pour qu'on les prise ce quelles valent, et n'obtiennent qu'avec le temps les sentiments qu'on leur accorde. La beauté, pour se faire aimer, n'a besoin que de paraître. Un avantage qu'elle a d'ailleurs sur tous les dons naturels ou acquis, c'est qu'en même temps qu'elle plaît elle inspire le désir de plaire : par-là elle polit les mœurs et fait le charme de la vie; par-là elle excite, dans une âme noble, l'enthousiasme de la gloire, et fait éclore plus de vertus que toutes les leçons de la morale et de la philosophie; elle allume le génie, et les arts qu'elle a créés lui doivent leurs chefs-d'œuvre comme leur origine, ayant tous pour unique but de plaire et d'instruire par l'image du beau, prise dans la nature. Mais, si cette image a le pouvoir de captiver l'âme et de charmer à la fois le sens et la pensée, que sera-ce du modèle? Et combien doit être sublime en elle-même une chose dont la seule représentation est si ravissante! Pour moi, je ne vois rien qui tienne tant de la Divinité, rien qui s'attire si aisément les hommages de la terre. Un héros couronné de gloire, ayant gagné des batailles, pris des villes, fondé des empires, éprouve qu'il est plus aisé de conquérir l'univers, que de s'en faire adorer, et au prix de tant de travaux, il obtient à peine, en mourant, une place entre les Demi-Dieux. Une belle n'a besoin que de naître pour se voir au rang des Déesses; sitôt qu'elle apparaît au monde, elle jouit de son apothéose. Il n'est pas question de la placer au ciel; on suppose qu'elle en vient, et tous les vœux qu'on lui adresse, sont pour la retenir sur la terre. C'est ainsi qu'*Hélène* adorée vit les peuples et les Dieux combattre à qui la posséderait.

» A dire vrai, ce n'était pas simplement une belle, mais un miracle d'attraits et de perfections. Elle parut telle à Thésée, qui en avait vu tant d'autres, et depuis, quelle impression ne fit-elle pas sur Pâris, qui avait vu Vénus même? Jamais beauté n'obtint un suffrage si flatteur de juges si éclairés. Après cela, faut-il s'étonner qu'elle entraînât sur ses pas une jeunesse idolâtre? Les vieillards mêmes, pour la suivre, passèrent les monts et les mers. Elle charmait tout le monde; mais, ce qu'on ne peut trop admirer, c'est que, ayant eu tant d'amants, elle les conserva tous. Ayant été tant de fois mariée, enlevée, surprise, dérobée à elle-même, ou aux autres, elle ne fut jamais quittée; et tandis que les autres femmes, à force de tendresse et de fidélité, se peuvent à peine assurer un cœur, elle sut les fixer tous, et ne se fixa jamais. Le mérite de ses amants donne une grande idée du sien. La préférence qu'elle obtint d'eux montre combien elle l'emportait sur les beautés de son temps; mais leur constance la met au-dessus de toute comparaison; surtout lorsqu'on réfléchit qu'elle ne les trompait en rien, qu'elle n'employait pas même avec eux les plus innocents artifices en usage parmi les belles ; qu'elle ne savait ni allumer une passion par des avances, ni l'attiser par des froideurs, ni l'entretenir par des espérances ; qu'en un mot, elle ne ménageait ni les rigueurs, ni les faveurs, n'ayant pas même des éléments de ce qu'on appelle coquetterie, soit qu'alors ce grand art ne fût pas encore inventé, soit, comme il est plus vraisemblable, qu'elle crût pouvoir s'en passer. Dans cette foule d'adorateurs, elle n'en flattait aucun d'une préférence exclusive. Elle ne cachait point à l'un le bien qu'elle voulait à l'autre. Ménélas, quand il l'épousa, savait tout ce qui s'était passé entre elle et Thésée. Il ne l'en aima pas moins, et se contenta d'en être aimé, sans prétendre l'être seul ; car le sort s'y opposait, et sans doute c'eût été trop de bonheur pour un mortel. Pâris non plus n'ignorait aucune de ses amours, quand il lui sacrifia les siennes, et quitta pour elle, non seulement les bergères d'Ida, mais OEnone, nymphe et immortelle. Après lui encore, Ménélas la reprit, quoiqu'elle ne fût plus jeune alors, persuadé qu'il valait mieux être son dernier amant, que le premier de de toute autre ; et l'événement fit bien voir qu'il ne s'était pas trompé. Dans ces sanglantes catastrophes où périt la race de Pélops, elle seule le préserva de la ruine de sa maison, et obtint même de Jupiter, qu'il serait avec elle admis dans l'Olympe. Car n'ayant pu sur la terre être toute à lui, elle voulut que dans le ciel au moins il la possédât sans partage, et lui fût à jamais uni, juste récompense de ce qu'il avait fait et souffert pour elle.

» Pâris en avait fait autant, et souffert encore plus..... Ah! qu'elle l'en eût bien payé, s'il n'eût tenu qu'à elle, et lui eût rendu l'immortalité plus douce qu'à pas un des Dieux! *Hélène* ne fut point ingrate à ceux qui l'aimèrent avec tant d'ardeur; mais sa reconnaissance, arrêtée par mille obstacles divers, ne put leur faire à tous tout le bien qu'ils avaient mérité d'elle. Femme de Ménélas, les destins ne lui permirent pas de rendre à son mari tout ce qu'il eut pour elle de constance et d'amour; Déesse, elle ne fut pas plus libre à l'égard de Pâris, lorsqu'il mourut. Jamais Minerve ni Junon ne l'eussent souffert dans l'Olympe. Ne pouvant donc faire ce qu'elle eût voulu pour récompenser l'amant et l'époux, elle fit ce qu'elle pouvait. Elle rendit l'un immortel, et l'autre le plus heureux des hommes.

» Mais dans les grâces qu'elle obtint de la tendresse de Jupiter, sa propre famille ne fut pas oubliée. Sans elle, ses deux frères Castor et Pollux, qui avaient déjà terminé leur vie, n'eussent jamais joui des honneurs divins; sans elle, peu leur eût servi d'avoir aidé de leur valeur Hercule et Jason; avec les titres de héros et d'enfants de Jupiter, ils périssaient, eux et leur nom, si elle ne les eût arrachés à la mort, et placés entre les astres, d'où ils apaisent les tempêtes, et sauvent du naufrage ceux dont la piété a su se les rendre propices. Pour elle, à qui sa patrie ne cessa jamais d'être chère, elle protége Lacédémone, où son culte est établi, et les mêmes lieux qui la virent si belle, désirée de tant de héros, la voient encore adorée de toute la Grèce. C'est là qu'elle reçoit les vœux des mortels, et signale son pouvoir sur ceux qui ont mérité ses bienfaits ou sa colère. L'épouse d'Ariston, roi de Sparte, n'était pas née pour devenir la plus belle personne de la Grèce. Même à Lacédémone, où nulle femme n'est sans beauté, on se souvenait de l'avoir vue si disgrâciée de la nature, que ses parents la cachaient et ne se pouvaient consoler; car ils n'avaient point d'autre enfant. Chaque jour ils la menaient au temple d'*Hélène*, dont il invoquaient la pitié pour elle. Dès qu'elle put parler, elle sut avec eux implorer la Déesse. Qu'arriva-t-il? La piété de ces bons parents eut sa récompense. Leur fille changeait de jour en jour, et bientôt cet enfant qu'on rougissait de montrer fit la gloire de sa famille. Ce poète qui, dans ses vers, osa offenser *Hélène*, n'eut pas lieu de s'en réjouir; en punition de son blasphême, elle le rendit aveugle. Qui médit de la beauté n'est pas digne de voir; mais employer à l'outrager un art consacré à sa louange! un pareil abus de la faveur des Muses aurait mérité que les Dieux lui ôtassent la voix avec la lumière. *Hélène* toutefois lui pardonna. Lorsqu'il reconnut sa faute, et répara par d'autres chants l'impiété des premiers, elle lui rendit la vue; car ayant été femme sensible, elle ne pouvait être Déesse inexorable.

» Mais ces exemples nous apprennent qu'elle peut également récompenser et punir. Comme fille de Jupiter, ayant fait l'ornement de son siècle et la gloire de son pays, elle a mérité ses autels; comme Déesse, il faut la craindre et l'honorer, les riches, par des hécatombes, et les sages par des hymnes; car c'est l'offrande que les Dieux aiment de ceux qui les savent composer. J'ai tâché de rassembler ici quelques traits de son éloge; mais ce que j'en ai dit est loin d'égaler ce que je laisse à dire à d'autres. Car, sans parler de tant de connaissances utiles ou agréables, dont nous serions encore privés, sans la guerre entreprise pour elle, on peut dire que nous lui devons de n'être pas aujourd'hui assujettis aux Barbares. Ce fut par elle, en effet, que la Grèce apprit à unir toutes ses forces contre eux, et l'Europe lui doit le premier triomphe qu'elle ait obtenu sur l'Asie, triomphe qui fut l'époque d'un changement total dans le sort de la Grèce. Car nous étions depuis long-temps accoutumés à voir nos villes commandées par ceux d'entre les Barbares que la fortune réduisait à fuir leur propre pays. C'est ainsi que Danaüs était sorti de l'Égypte pour venir gouverner Argos; que Cadmus, né à Sidon, avait régné sur les Thébains; que les Cariens bannis s'étaient emparés des îles, et la postérité de Tantale, de tout le Péloponèse. Mais après avoir détruit Troie, la Grèce reprit bientôt une telle supériorité, qu'elle soumit, à son tour, jusques dans le cœur de l'Asie, des villes et des provinces.

» Ceux donc qui voudront entreprendre d'ajouter à l'éloge d'*Hélène* de nouveaux ornements, trouveront assez, dans de semblables considérations, de quoi composer à sa louange des discours fleuris. »

OPUSCULES

INÉDITS.

CONVERSATION

CHEZ LA COMTESSE D'ALBANY,

A NAPLES, LE 2 MARS 1812.

CONVERSATION

CHEZ LA COMTESSE D'ALBANY,

A NAPLES, LE 2 MARS 1812.

« .... Ce fut moi qui leur dis, je ne sais à quelle occasion, que notre siècle valait bien celui de Louis XIV. Fabre se récria là-dessus : Quelle différence, bon Dieu ! tout sous Louis XIV fleurit. — Si vous parlez des arts, lui dis-je, en quel temps les a-t-on vus plus florissants qu'aujourd'hui ? Je voulais le faire un peu causer. La comtesse me devina, et entrant dans ma pensée : Il est vrai, dit-elle, que les arts sont aujourd'hui tellement cultivés, encouragés... — On en parle beaucoup, dit Fabre. — Oh ! on fait plus qu'en parler. J'appuyai ce sentiment de madame d'Albany, et pour preuve je citai le salon du Louvre à Paris, où tous les ans... — Oui, oui, interrompit Fabre ; et s'approchant de la fenêtre du côté de Pausilipe : Où donc vont toutes ces troupes le long de Chiaia, là-bas, vers la grotte ? — Je ne sais, répondis-je. Mais, par exemple, ce tableau de Gérard que nous vîmes hier chez le roi, n'est-ce pas là un bel ouvrage, et qui eût paru tel du temps de Lesueur et du Poussin? — Ma foi, dit-il, les canonniers nos voisins montent à cheval. Il y a quelque parade sans doute. Le roi sera venu de Caserte. Il tâchait ainsi de détourner la conversation; mais moi : Et David, lui dis-je, David n'est-il pas fondateur d'une nouvelle école? Guérin, Girodet et vous-même, ne faites-vous tous rien qui vaille? Il me repartit : — Eh bien! oui; c'est mon métier; j'en puis parler, et je vous dis qu'il y a tel tableau du Poussin qui vaut mieux seul que tout ce qu'on a fait depuis.

» Je fus aise de le voir venir où je voulais. Je l'entretins sur ce propos, et il se mit à nous dire ce qu'étaient les arts sous Louis XIV, comparant les ouvrages d'alors à ceux d'aujourd'hui, et donnant de tout la prééminence aux siècles passés, hors qu'il avouait que depuis un temps on se relevait chez nous de ce méchant goût, de cette misère où tomba sitôt notre école après ses beaux jours. Nous l'écoutions, et pour moi je n'eusse jamais songé à l'interrompre, car véritablement il parle bien de tout; mais sur ces choses-là où il est expert, il y a plaisir à l'entendre. La comtesse lui dit : A ce que je puis voir en ce genre, selon vous, nous valons mieux que nos pères et moins que nos aïeux. Je vous crois, certes, plus capable que personne d'en bien juger; mais dans ce que vous nous dites n'entre-t-il point un peu de passion, quelque grain de partialité pour votre peintre favori? Car enfin ce tableau du Poussin.... c'est comme si vous préfériez une fable de La Fontaine.... — A merveille, dit-il ; en effet, pour une belle fable de La Fontaine on donnerait aisément tous les vers du dix-huitième siècle. — Vous moquez-vous ? la Henriade, les tragédies de Voltaire ? — Pourquoi non ? si Voltaire lui-même en est d'avis ? — Quoi ? — Chose sûre. N'a-t-il pas écrit, et je crois en plus d'un endroit, que personne, depuis l'âge d'or de notre poésie, n'a su faire vingt bons vers de suite ? L'âge d'or de notre poésie, c'est le siècle de Louis XIV. — Eh bien, que fait cela ? — Vous l'allez voir, pour peu que vous daigniez m'entendre.

» Vingt bons vers de suite dans une fable font une bonne fable, n'est-ce pas ? — Comment l'entendez-vous ? dit madame d'Albany. — J'entends qu'une fable ordinairement n'ayant guère plus de vingt vers, si vingt vers sont bons dans cette fable, et vingt de suite, la fable est bonne. — Assurément. — Or il y a, continua-t-il, telle fable de La Fontaine où ne se trouvent pas seulement vingt bons vers de suite, mais où les vers sont fort bons. Me trompé-je ? — Oh ! pour cela non. — Cette fable est bonne par conséquent ? — Sans contredit. — Et une bonne fable est un bon ouvrage ? — Qui en doute ? — Maintenant, ni dans la Henriade, ni dans les tragédies de Voltaire, il n'y a pas vingt bons vers de suite, de l'aveu même de Voltaire ? — Comment cela ? — Eh oui. Ne sont-ce pas tous vers faits depuis le règne de Louis XIV, c'est-à-dire depuis qu'est passé le temps où l'on savait faire vingt bons vers de suite ? Et les gens difficiles n'y en trouvent pas dix. Or, je vous prie, Madame, un ouvrage en vers, et un long ouvrage où ne se trouvent pas vingt bons vers de suite dans plusieurs milliers, est-ce un bon ouvrage? — Mais, dit-elle, ce pourrait bien être un ouvrage médiocre. — Non, reprit-il, car le médiocre n'est pas reconnu des poètes. Tout ce qui s'appelle poème, au dire des maîtres de cet art, est bon ou mauvais; point de milieu. Le médiocre et le pire c'est tout un. Vous savez le vers de Boileau. — Quoi? voudriez-vous dire que les tragédies de Voltaire sont de mauvais ouvrages? — Selon Boileau, dit-il; en effet vous le voyez; n'étant pas bonnes, puisqu'il n'y a pas vingt bons vers de suite, ni médiocres, puisqu'il n'y a pas de médiocre en poésie, elles sont de nécessité mauvaises. Mais je veux, pour l'amour de vous, Madame, que Boileau se trompe, Horace et toute la poétique; qu'il y ait des poèmes médiocres, et que la Henriade en soit aussi bien que les tragédies. Vous m'accorderez qu'un seul bon ouvrage vaut mieux que cent mauvais ouvrages, mieux que tous les mauvais ouvrages qu'on saurait faire en cent ans? — Il me semble bien, dit-elle. — Mieux même que tous les ouvrages médiocres? — Eh! je ne sais trop. — Quoi? la chose ne vous paraît pas claire? — Eh mais, dit-elle, par exemple, dix écus où il y aurait moitié seulement d'alliage et le reste d'argent fin vaudraient mieux qu'un bon écu sans aucun alliage. — Fort bien! parlant de la matière. Mais, à ne considérer que l'art, une médaille de Pikler vaut mieux que toutes les piastres du Pérou. Et puis le mérite de l'exécution, la difficulté vaincue; si un sauteur saute dix pas, tous ceux qui viendront après lui sauter quelque cinq ou six pas, fussent-ils dix mille, ne feront rien. Et c'est cela même, voyez-vous. La Fontaine saute les dix pas, il franchit le fossé, lui. Voltaire, et tous les autres qui n'en peuvent autant faire, tombent pêle-mêle au fond. — Voilà dit la comtesse, une comparaison..... Il avoua qu'elle était bizarre. — Mais enfin point de prix si on n'atteint le but. Vous avez beau en approcher, tout cela ne compte non plus que rien, et Boileau l'entend ainsi, ou je suis bien trompé. Que vous en semble? — Pour Dieu! dit-elle, concluez, et qu'il n'en soit plus parlé. — Non, Madame, non, c'est un chagrin que je veux vous épargner. Car vous voyez où cela va. Il se trouverait tout à l'heure que l'Ane et le Chien de La Fontaine effaceraient Orosmane et tous les héros de Voltaire. Mais pour mon tableau du Poussin, que ce soit, si vous voulez, le Ravissement de saint Paul, ou la Femme adultère, ou un des Sacrements, têtebleu! à de tels ouvrages opposer ce que l'on fait maintenant, c'est outrager le goût, c'est blasphémer les arts.

» Sa colère et cette dialectique nous divertirent, et nous convînmes qu'il fallait qu'il eût été à quelque autre école que celle de David, pour argumenter de la sorte. Enfin, savez vous bien, dit madame d'Albany, ce que vous avez fait avec votre logique et vos subtilités? C'est que vous ne m'avez point persuadée du tout. Jamais je ne croirai que les tragédies de Voltaire soient mauvaises, ni même médiocres. — Mais, Madame, ne vous le prouvé-je pas ***par raison démonstrative?*** Trouvez-vous rien à dire à mon raisonnement? — Que sais-je, si j'y voulais songer? disait-elle. Vous êtes préparé, vous, sur ces matières-là. Vous avez beau jeu contre nous, quand il s'agit des arts et de la littérature. — En effet, Madame, dis-je, il est là sur son terrain. Pour en avoir meilleur marché, il faut le dépayser un peu. Puis, quand il serait vrai, dis-je, m'adressant à lui, qu'on eut su mieux peindre alors et mieux écrire qu'aujourd'hui, n'avons-nous pas, nous, sur ce siècle-là d'autres avantages bien plus grands? Les sciences, la politique, la guerre... — Ah! dit la comtesse, qu'est-ce que tout cela au prix des tableaux et des fables? Le saint Paul et vingt vers de suite, voilà la gloire d'un siècle. Tout le reste est bagatelle.

» Il se mit à rire et nous dit : Ma foi, non-seulement vous me dépaysez, mais vous m'embarquez là dans des mers inconnues. Les sciences, la guerre, la politique; ce sont lettres closes pour moi. — Ah, ah, dit la comtesse, le voilà qui fléchit. Allons vous, me faisant un signe, ferme, achevez-le, c'est l'affaire de deux ou trois coups. — Quoi? dit-il, n'y a-t-il donc point d'accommodement? et qui vous céderait pour ce siècle-ci la guerre et les sciences, ne quitteriez-vous pas à l'autre les arts, la politesse, le goût? — Bon, vous voudriez, je crois, faire les choses égales; non, point de quartier, ou vous signerez que nous l'emportons en tout sur votre Louis XIV, et que quiconque a pu soutenir le contraire est extravagant, ridicule. — Vous me croyez abattu, dit-il, vous me portez le poignard à la visière. Eh bien! plus d'accord, plus de paix; je reprends tout ce que je voulais vous céder, et je vous soutiendrai mordicus, jusqu'à mon dernier syllogisme, que ce siècle-là est en tout supérieur au vôtre autant que le cèdre à l'hyssope. — Dans les sciences, dis-je? — Dans les sciences, dans toutes les sciences, depuis l'astronomie jusqu'à la Croix de par Dieu. — Et dans la guerre? — Oui. — Quelle folie! — Me voilà prêt à vous le prouver à pied et à cheval.

» Vous croyez qu'il se moque, me dit madame d'Albany; mais il est homme à se charger d'une pareille cause. — Pourquoi non? — Vous allez, lui dis-je, nous faire voir qu'on sait aujourd'hui moins de physique, de mathématiques. — Point du tout; ce n'est pas là de quoi il s'agit. — Comment? — Non, il n'est pas question d'examiner si nos savants en savent plus que ceux-là, étant venus après eux. Car d'abord, instruits par eux, ils ont su ce que ceux-là savaient; et depuis, il serait étrange qu'ils n'eussent pas appris quelque chose que ceux-là ignoraient. Les progrès qu'ont fait faire aux sciences les uns et les autres, voilà ce qu'il faudrait voir, et balancer les découvertes. — Eh mais, lui dis-je, ce serait pour n'en pas finir. — Non, reprit-il, les grandes découvertes sont en petit nombre. Les nôtres, celles de nos pères, tout cela serait bientôt compté; et mettant à part ce qu'ils nous ont laissé, à part ce que nous-mêmes avons amassé, on verrait à l'œil que tout notre fonds nous vient d'eux, et que depuis long-temps en ce genre nous acquérons peu; puis le mérite, qui n'est pas petit, de nous avoir, eux, ouvert la route et aplani les obstacles. — Oh, ce qu'ils ont fait pour nous; nous le faisons pour d'autres. — Oui, mais c'est le premier pas qui coûte. — Ils moissonnaient, dis-je; nous glanons. Au reste, ajoutai-je, peut-être avez-vous raison en un sens, et je pense qu'il y aurait assez à dire pour et contre. — Vraiment, dit madame d'Albany, la matière est belle, et ce serait affaire à vous deux d'éclaircir ce point, s'il ne vous manquait... — Quoi? dit Fabre. — Oh rien, une misère; de savoir de quoi vous parlez. — Quant à cela, dit-il, ce n'est pas une affaire. J'ai cru long-temps aussi, *qu'on n'était point docteur sans prendre ses degrés,* et que pour parler des choses il les fallait connaître; mais je vois tous les jours tant de gens raisonner des arts sans en avoir la moindre idée, et en faire de gros livres, et en tenir école, que, ma foi, je ne veux plus être ignorant sur rien, et je vais tout à l'heure vous parler de la guerre en amateur éclairé. Car je me doute que c'est là où vous m'attendez. — Vous soutenez donc, lui dis-je, la gageure jusqu'au bout? — Hautement. — Allons, voyons comme vous vous en tirerez. — Oui, dit la comtesse, voyons, parlez-nous batailles.

» Il fut un moment à rêver debout contre le mur de la fenêtre, regardant vers Capri, et à quelques mots que nous lui dîmes il ne répondit rien; puis revenant à nous: Il faut d'abord, dit-il, établir la question. — Quelle question? lui dis-je, il n'y a point de question. Vous vous mettez en tête de soutenir qu'aujourd'hui nous sommes moins guerriers qu'on ne le fut sous Louis XIV; appelez-vous cela.... — Oui, voilà ce que c'est, nous sommes moins guerriers; voilà ce que je veux démontrer. Or qu'est-ce que guerriers? — Guerriers, dis-je, ce sont les gens qui font la guerre. — Ainsi, dit-il, les plus guerriers seraient ceux qui font le plus la guerre? — Assurément. — Non, reprit-il, ce n'est pas là la question; ai-je raison de la vouloir déterminer exactement? Rien n'est si rare que de s'entendre et de savoir de quoi l'on dispute. Rappelez-vous donc qu'il s'agit de la gloire du siècle qui consiste non à faire beaucoup la guerre, mais à la bien faire; hé! — Sans doute. — Car, ajouta-t-il, si vous me disiez, dans notre première discussion, qu'on peint plus à présent que du temps du Poussin, j'en demeurerais d'accord; mais non pas si bien; et que l'on écrit davantage; sans contredit; mais de quelle façon? voilà le point. Or, il en va de même de la guerre à mon avis. — J'entends bien, dis-je; vous prétendez qu'on la faisait alors mieux, avec plus de science d'habileté qu'aujourd'hui. — Justement.

» Madame d'Albany riait, et elle lui dit : Après cela vous nous conterez vos campagnes, vos siéges, vos batailles; car, pour parler de ces choses-là, il faut bien que vous en ayez quelque expérience. — Je ne crois pas, dit-il, quant à moi, cette nécessité. — Quoi! vous connaîtrez qui fait mieux ou plus mal la guerre, sans l'avoir jamais faite, sans être du métier! — Fort bien. Ne puis-je juger les acteurs à moins d'être acteur moi-même? et de la pièce, n'oserai-je en dire mon avis si je n'ai composé? Mais vous, madame, je vous prie, fîtes-vous jamais la cuisine? — Non, dit-elle, qu'il me souvienne. — Eh bien! l'autre jour, chez madame votre sœur, vous déclarâtes son cuisinier le meilleur de Naples et du royaume. N'ayant jamais pratiqué l'art, vous prononçâtes hardiment sur le mérite de l'artiste; et en effet à l'œuvre on connaît l'ouvrier, sans qu'il faille être pour cela immatriculé dans la profession. Enfin on faisait mieux la guerre en ce temps-là; et voici comme je le prouve. — Un moment, dis-je, répondez-moi. Pourquoi fait-on la guerre? — Pourquoi? — Oui, quel est le but qu'on se propose en faisant la guerre? N'est-ce pas de battre l'ennemi? — Sans doute. — Et de le dépouiller? — Fort bien. — En quinze jours nous battons plus d'ennemis, et faisons plus de conquêtes qu'on n'en eût su faire en cent ans alors. — Un moment, me dit-il, à mon tour. Quel est le but du jeu? de gagner, si je ne me trompe? — Oui. — Eh bien! de deux joueurs jouant séparément contre différents adversaires, l'un gage dix sous, l'autre dix louis; et le premier qui gagne dix sous a joué trois heures durant, le second trois minutes; en trois coups il a donné le mat, et gagné dix louis. Lequel joue le mieux? — C'est selon, dis-je. — Comment selon? y pensez-vous? Dix louis en trois minutes, et dix sous en trois heures? — Mais, dis-je, si l'homme aux dix louis a eu affaire à une mazette? — Ah voilà ce que c'est. Dans vos guerres vous avez affaire à des mazettes qui vous laissent conquérir des royaumes en quinze jours, et en quinze ans alors à peine gagnait-on quelque place. Qu'est-ce à dire, sinon qu'alors on se battait ? la partie se défendait. Alors étaient les grands joueurs, alors se faisaient les beaux coups. Si on perdait à Malplaquet, on prenait sa revanche à Oudenarde. L'échec de Ramillies se réparait à Denain. C'était au plus habile. Aujourd'hui que voit-on? des marauds qui dépouillent quelque enfant de famille.

» Il dit autre chose encore.... Vos courses de Paris à Vienne.... On abandonne plus tôt la capitale maintenant qu'alors on ne reculait un pas sur la frontière.... L'honneur en ce temps-là, aujourd'hui le butin.... Et puis il ajouta, dont je me souviens bien : Voulez-vous que je vous dise? On pille, on massacre aujourd'hui, on ravage beaucoup plus qu'alors; mais certainement on se bat moins... Car la guerre, qui avait autrefois deux parties, l'attaque et la défense, n'en a plus qu'une maintenant; et s'il y eut jamais un art de s'égorger, la moitié en est perdue. —Assurément, dit la comtesse, ce n'est pas faute qu'on l'exerce. Pour moi j'aurais cru tout le contraire; c'était l'art que j'imaginais le plus perfectionné de nos jours.

» Mais, Madame, dis-je, remarquez-vous qu'il doute même s'il y a un art de faire la guerre? — Comment? — Demandez-lui plutôt. Et le voyant sourire : — Mais, dit-elle, il y en a tant de livres. — Oh! il y a, dit-il, des livres de théologie, et même des livres de magie. Cependant je ne crois pas plus à l'une qu'à l'autre. — Et qu'est-ce donc que la tactique, la fortification, la castramétation? — Que je meure si j'en sais rien! — Oh bien! je le sais, moi, et je m'en vais vous le dire, dit madame d'Albany. La tactique, c'est l'art de ranger des soldats selon certaines règles, pour donner des batailles. En un mot, c'est l'art de se battre. — Et sans cet art, dit-il, on ne se battrait pas? Oh la bonne science! ajouta-t-il, et bien nécessaire! car comment ferions-nous, je vous prie, pour nous entre-tuer, si de grands hommes ne nous en montraient la méthode? — Tout ce qu'il vous plaira; mais elle existe enfin cette méthode, cette science, vous ne le sauriez nier. — Écoutez, dit-il, je veux croire, puisque tout le monde l'assure, qu'il y a un art de la guerre; mais vous m'avouerez que c'est le seul qui ne demande point d'apprentissage. C'est le seul art qu'on sache sans l'avoir appris. Dans les autres il faut de l'étude et du temps; on commence par être écolier; mais dans celui-ci, on est d'abord maître, et pour peu qu'on y apporte de dispositions, on fait son chef-d'œuvre en même temps que son coup d'essai. — Expliquez-nous ceci, dit madame d'Albany; car votre idée est étrange, ou je ne vous comprends pas. — Eh quoi! dit-il, moi, par exemple, quand j'ai voulu être peintre, je ne me suis pas mis à peindre tout d'un coup. Il me fallut d'abord apprendre le dessin; je dessinai d'après la bosse; je dessinai d'après nature. Mais, avant d'en venir là, combien de temps croyez-vous que je demeurai à faire des yeux et des oreilles, des pieds, des mains, une demi-figure, puis une figure entière? Et venu là, nouveau travail, nouvelles études d'après le modèle vivant. Que d'application! que de patience! que de difficultés! et je n'avais pas encore commencé à peindre! Enfin je peignis, fort mal d'abord, ensuite moins mal, puis un peu mieux. Au bout de trente ans finalement, je suis peintre tel que j'ai pu l'être, et quand j'étudierais mon art encore trente années, je ne saurais jamais autant qu'il m'en resterait à apprendre. Or, voilà ce que je veux dire; dans ce grand art de commander les hommes à la guerre, la science ne vient pas comme cela peu à peu, mais toute à la fois. Dès qu'on s'y met, on sait d'abord tout ce qu'il y a à savoir. Un jeune prince à dix-huit ans arrive de la cour en poste, donne une bataille, la gagne, et le voilà grand capitaine pour toute sa vie, et le plus grand capitaine du monde. — Qui donc? demanda la comtesse; qui a fait ce que vous dites là? — Le grand Condé. — Oh! celui-là c'était un génie. — Sans doute, dit-il; et Gaston de Foix? L'histoire est pleine de pareils exemples. Mais ces choses-là ne se voient point dans les autres arts. Un prince, quelque génie qu'il ait reçu du ciel, ne fait point tout botté, en descendant de cheval, le *Stabat* de Pergolèse, ou la Sainte Famille de Raphaël.

» Voulez-vous, lui dis-je, qu'un prince soit peintre ou maître de chapelle? Non, dit-il; Dieu me garde d'avoir cette pensée. Molière l'a dit, je m'en souviens; *la coutume chez nous ne veut pas qu'un gentilhomme sache rien faire;* à plus forte raison un prince. Mais ces gens, qui ne savent rien faire, savent faire la guerre, n'est-ce pas? — Assurément, et mieux que d'autres. — Oh! pour mieux c'est une autre affaire. J'ai vu

Des gens de tous métiers, de tout poil, de tout âge,

comme dit La Fontaine, endosser le harnais et se trouver guerriers sans y avoir jamais pensé. J'ai vu des peintres, de mes camarades à moi, jeter là la palette et conduire des troupes à la guerre comme s'ils n'eussent fait autre chose de leur vie. Je doute qu'il y ait un maréchal qui ne se trouvât embarrassé, si l'empereur lui commandait un tableau d'histoire. — Je crois, lui dis-je, comme vous, que peu s'en acquitteraient bien, et vous seriez apparemment dans la même peine si on voulait vous obliger à commander un corps d'armée. — Peut-être. — Quoi! vous en doutez? — Mais c'est qu'en effet il y a une grande différence. — Et quelle? — Le maréchal est sûr de ne pas pouvoir faire un tableau. Il n'a pas besoin d'essayer; mais moi, je ne puis être sûr, avant d'en avoir fait l'épreuve, si je ne commanderais pas bien. — Pourquoi, dis-je, sauriez-vous moins que lui ce que vous pouvez faire, ou lui mieux que vous de quoi il est incapable? — Ah, c'est qu'on n'a jamais vu un général peindre, au lieu qu'on a vu commander des peintres, et des gens d'autre profession, ou même sans profession, au-dessous desquels je n'ai pas l'humilité de me placer, et je ne crois pas qu'on soit tenu d'être si modeste.

» Tout de bon, dit madame d'Albany, vous vous mettriez demain à la tête d'une armée? — Je n'irais pas, dit-il, m'offrir, mais si on m'en priait..... — Vous vous y prêteriez? — Et comment m'y refuser? j'aurai beau dire que je suis peintre, pauvre diable, sachant dans mon métier peut-être quelque chose, hors de là, quoi que ce soit, on me répondra que les princes qui ne savent rien du tout font ce qu'on exige de moi, et que ce que fait bien un prince, tout le monde le peut faire. Dire que je n'ai lu de ma vie une ligne de leur tactique, ni vu seulement la parade, mauvaise excuse que cela. Messieurs tels et tels, vivants ou morts depuis peu; sans en avoir plus de pratique, ni d'étude que vous, ont pris de ces commandements, et s'en sont acquittés avec l'applaudissement universel : que répondrai-je?

» Mais enfin, repartit madame d'Albany, il y a des règles à la guerre, et ces règles-là il les faut savoir. — Voulez-vous, Madame, que je vous dise là-dessus ma pensée? J'ai peur qu'il n'en soit de la guerre comme du langage. Il y a des règles pour parler, et ces règles font un art qu'on appelle la grammaire. Or, on a remarqué que les maîtres dans cet art, et tous ceux qui s'étudient à parler régulièrement, parlent plus mal que les autres. — Justement, dit-elle, et les princes et les gens de cour, qui ne savent point ces règles, sont ceux qui parlent le mieux; et voilà comme ils font la guerre. — Sans savoir ce qu'ils font, reprit Fabre. — Comme M. Jourdain, de la prose. — Ce qu'on pourrait vous dire, Madame, c'est que dans la vérité le langage de la cour... — Quoi? allez-vous encore me disputer cela, et avez-vous résolu de ne nous rien accorder? Expliquez-nous plutôt pourquoi, s'il est si commun de voir des gens faire la guerre sans l'avoir apprise, et si c'est une chose si aisée, pourquoi il y a si peu de grands capitaines. — Mais, Madame, de fait, y en a-t-il si peu? Comptez dans chaque siècle les sculpteurs et les peintres; je dis les bons, ceux dont les ouvrages se peuvent regarder deux fois; comptez les poètes, vous en trouverez de loin en loin, à certaines époques rares et fortunées, quelques-uns, en quelque coin de l'Europe. Car, des quatre parties de la terre, trois sont stériles pour les arts, et le sol à cet égard le plus favorisé de la nature est dix siècles sans rien produire. Dix siècles se passent sans qu'on voie un peintre, un écrivain passables. Mais de grands généraux, il y en a toujours en tous temps, en tous lieux. — Mon Dieu! dis-je, au contraire, il n'y en a jamais qu'un. Vous ne verrez nulle part dans l'histoire deux conquérants contemporains; et sous Alexandre il y avait plusieurs grands peintres, plusieurs sculpteurs, poètes, orateurs excellents; mais il n'y avait qu'un Alexandre. — Que dites-vous? Il y en avait mille auxquels il ne manquait qu'une armée; et son secrétaire même qui n'était point soldat, qui ne portait en campagne que la plume et l'écritoire, se trouva grand capitaine sitôt que Dieu le voulut, et battit les Cassander, les Polysperchon et tous les traîneurs de sabre. Allez, il y avait dans l'armée d'Alexandre cent officiers capables de la commander comme lui, et hors de l'armée mille individus ayant en eux, sans le savoir, tout ce qui fait les Alexandres. — Et croyez-vous, dis-je, qu'il n'y ait pas mille gens ignorés qui possèdent toutes les qualités propres à faire un grand peintre? — Sans doute il y en a, dit-il, mais beaucoup moins que de ceux-là dont on ferait de grands généraux. — Et à quoi le voyez-vous? — Parbleu cela est clair. La moitié des gens qui se battent sont vainqueurs et grands guerriers : de deux généraux opposés l'un battra l'autre, et sera grand; c'est l'affaire d'une heure. Combien peu, de tant de gens qui s'appliquent aux arts, parviennent en toute leur vie à la médiocrité! L'étude donne les talents, le hasard les commandements; mais vingt ans d'étude ne font pas toujours un bon peintre, chaque jour de bataille fait un grand général. — Sur ce pied-là, dit la comtesse, nous en devons avoir bon nombre; que d'exagération! — Vraiment, reprit-il, j'ai tort; non-seulement la moitié, mais tous sont d'étoffe à faire des héros, et la fortune manque à plusieurs, le mérite à aucun. — J'entends; selon vous on s'élève toujours par la fortune, jamais par le mérite. — Franchement, dit-il, le mérite a fort peu de part à tout cela. Un homme naît grand, ou on le fait grand, sans que le mérite s'en mêle. David n'est pas né peintre, et personne ne l'a fait peintre; il s'est fait lui-même ce qu'il est : à cela il peut y avoir du mérite. En un mot, on est général sitôt qu'on a une armée; on a une armée dès qu'on est fils de Philippe, ou gendre de Pompée, ou ami de Sylla, et on gagne des batailles. Est-on peintre dès qu'on a une toile et des couleurs, et peut-on faire un tableau ? N'y va-t-il que d'être parent de David ou de Canova, pour tenir un rang dans les arts ? — Mais aussi, dit-elle, est-ce tout d'avoir une armée ? — Si ce n'est pas tout, c'est beaucoup ; car après cela il n'y a plus qu'une bataille à gagner, et la fortune se charge encore de cette partie-là ; mais pour qu'un homme soit peintre, il y faut plus de façon ; cela ne se donne pas en dot ni ne se lègue par succession. Jamais le pinceau du Titien ne fut un héritage ; Raphaël ne dut rien au bon plaisir de Michel-Ange ; il eût servi de peu à Lysippe d'épouser la sœur de Scopas ou la fille de Praxitèle pour parvenir au comble de la gloire de son art ; ni alliance, ni parenté, ni naissance, ni faveur ne le pouvaient dispenser d'un seul des degrés nécessaires de ce pénible apprentissage ; et, pâlissant sur le modèle, encore eût-il perdu ses veilles comme tant d'autres, si le ciel ne l'eût doué d'une ame capable de sentir les beautés naturelles ; car il faut tout cela : une exquise sensibilité et un travail opiniâtre, un enthousiasme de génie et une patience à l'épreuve des difficultés, une conception vive et prompte et une lente méditation, tout ce que peut joindre l'étude à une heureuse nature, assemblage plus rare que la fortune et les commandements ; et voilà pourquoi si peu d'hommes excellent dans les arts, tandis qu'il y a un grand général partout où l'on se bat. — C'est là que vous en revenez toujours, dit la comtesse. — Et notez bien, poursuivit-il, remarquez encore ceci, de grace. Ce général n'a qu'un adversaire; celui-là, vaincu par adresse, par ruse, par force ou par hasard, lui livre le prix. Tous ses compagnons sont ses instruments, agissent par lui et pour lui, confondent leur gloire dans la sienne; mais, pour un artiste, autant de camarades, autant de rivaux qu'il doit combattre tous ensemble et séparément, à armes égales, sans fraude, sans supercherie, et s'il sort vainqueur de cette lutte, il n'a encore rien fait; on lui oppose les anciens, toujours présents et vivants dans leurs ouvrages, pour lui disputer la palme avec tout l'avantage que donne une gloire établie; car enfin, une bataille ne se rapproche point d'une autre bataille. Les victoires passées ne font nul tort à celles d'aujourd'hui; au contraire, la dernière efface toujours toutes les autres : Pharsale fait oublier Arbelles, et au jour de Cerizoles on ne se souvient plus de Marignan. Mais, que Canova envoie une figure à Paris, elle y trouve l'Apollon, le Laocoon, le Gladiateur. Sa besogne est mise à côté de celle d'Agathias, mort il y a deux mille ans; et chacun peut, d'un coup d'œil, juger qui des deux a mieux fait. Non-seulement ses contemporains, mais tous les siècles passés lui disputent le triomphe. — En vérité, dit la comtesse, je ne sais pas s'il *impose; mais il parle sur la chose comme s'il avait raison.* Qu'en pensez-vous? me dit-elle. —Moi? Madame, je vois que le monde est bien sot d'honorer tous ces gens qui gagnent des batailles et soumettent des provinces, et de ne pas voir que la gloire, l'estime, l'admiration publique appartiennent de droit aux peintres et aux poètes. Voilà de beaux héros, vraiment, que ces César et ces Alexandre, pour être ainsi célébrés et divinisés; parlez-moi d'un homme qui fait des tableaux de chevalet ou des rimes redoublées. Quel tort on vous fait là, Messieurs! Cela crie vengeance! — Ne vous fâchez pas, me dit-il; tout va mieux que vous ne pensez, et les artistes ni les poètes n'ont pas tant à se plaindre de l'injustice des hommes; car, travaillant pour la gloire, ils en ont de reste, et sont mieux partagés à cet égard que les conquérants. — Comment? m'écriai-je, surpris d'une pareille assertion. — Oui, vous et bien d'autres, dit-il, vous prenez le bruit pour de la gloire. — Oh! nous savons faire cette distinction. — Mon Dieu, non, vous ne la faites point. Vous croyez (quand je dis vous, c'est la plupart des gens) qu'un homme dont on parle beaucoup a beaucoup de gloire. — Selon, dis-je, comme on en parle. — Et ce fut là, continua-t-il, la dispute de Boileau et du prince de Conti. Vous savez ce trait? — Non je pense. — Boileau était dans le carrosse du prince de Conti, et on parlait de cela justement, de la gloire des lettres et des arts, que le prince rabaissait fort, faisant cas seulement de celle qui s'acquiert par les armes. Chacun, comme vous croyez bien, fut de l'avis de Son Altesse. Boileau seul, peu courtisan, soutint et par vives raisons prétendit prouver que la gloire d'Homère égalait celle d'Alexandre. Là-dessus un homme passant, le prince l'appelle, et lui demande : Mon ami, dites-moi qui était Alexandre? — Un grand capitaine, Monseigneur. — Et Homère, qui était-il? — Ma foi, Monseigneur, je ne sais. — On se moqua du pauvre Boileau. Vous voyez que le prince prenait pour de la gloire le bruit des conquêtes d'Alexandre, et triomphait de ce que cet homme en avait ouï quelque chose, n'ayant de sa vie entendu le nom du poète. Mais, Monseigneur, demandez-lui qui est le bourreau de Paris, il vous le nommera sur-le-champ; et qui est le premier prédicateur de la cour, il ne saura que vous répondre. Est-ce que le bourreau a plus de gloire, et préféreriez-vous sa renommée à celle du révérend père Bourdaloue? Voilà ce que put dire Boileau. Il avait trop de sens pour juger autrement de ces choses-là. Il se connaissait en gloire, non pas seulement en poésie, et il faisait, lui, peu de cas de celle d'Alexandre. Il le traitait de fou, d'enragé : vous rappelez-vous ces vers? *Qui, traînant après soi les horreurs de la guerre*, — oui, oui, *de sa vaste folie...* — c'est cela, — *remplit toute la terre*; mais s'il parle de Racine : *eh qui, voyant un jour...* : comment est-ce qu'il dit? *ne bénira d'abord le siècle fortuné...* — Ah!... il était poète. — D'accord. — *Vous êtes orfèvre? Monsieur Josse.* — Mais les âges suivants ont trop bien confirmé ce jugement de Boileau pour que l'on en puisse appeler; et sa prédiction s'accomplit chaque jour sur nos théâtres, où tout Paris applaudit les pièces de Racine. Chaque jour on bénit le siècle qui vit naître ces pompeuses merveilles. Le siècle qui vit les carnages d'Arbelles et d'Issus, s'avisa-t-on jamais d'en bénir la mémoire? Et regrette-t-on qu'Alexandre n'ait pas vécu plus long-temps pour donner d'autres batailles, comme on pleure que Racine ait refusé à la scène de nouveaux chefs-d'œuvre après Athalie? En un mot, qu'est-ce que la gloire? — La gloire? dis-je : pour en trouver la juste définition il y faudrait penser un peu. — Oh! dit la comtesse, la voici toute trouvée, la définition; et elle prit un livre près d'elle, et tournant quelques feuillets : c'est du Montagne, nous dit-elle; et elle lut : *la gloire est l'approbation que le monde fait des actions que nous mettons en évidence.* Et Fabre là-dessus : — Eh bien! est-ce cela? Vous paraît-elle exacte cette définition? Et comme je fis signe que je m'en contentais : — Voyons donc à présent, dit-il, qu'approuve davantage le monde, la guerre ou la poésie? — On approuve l'une et l'autre en son temps. — Mais, répliqua-t-il, en tout temps on approuve les vers, pourvu qu'ils soient bien faits, comme ceux de Racine ou de Boileau; qu'en dites-vous? — Sans doute. — Et les peintures comme celles de Raphaël, les statues telles que l'Apollon; ne sont-ce pas là des choses qu'on approuve toujours? — Belle demande. — Et partout? — J'en demeurai d'accord. — La guerre, poursuivit-il, bien faite, comme la faisaient Alexandre et César, l'approuve-t-on toujours? — Je ne répondis pas d'abord. — Que vous en semble? — Eh mais, lui dis-je, c'est selon. — Selon quoi? — Selon qu'elle est ou juste ou injuste, et encore selon l'intérêt que chacun y peut avoir. — Vous dites bien, me répondit-il; car, par exemple, ceux qu'elle ruine, et le nombre en est infini, ne l'approuvent nullement. Les orphelins, les veuves, les parents à qui elle arrache un fils en âge de payer les soins paternels; enfin les pères, les mères, les femmes, les enfants, voilà comme vous voyez une bonne partie du monde, sans parler des marchands, laboureurs, artisans, qui n'approuvent point la guerre, quelque bien qu'on la fasse. Aussi, à dire vrai, les connaisseurs sont rares. Tandis qu'il y aura peut-être quelques tacticiens qui s'écrieront, à la lecture d'une relation : oh la belle bataille! le beau siége! tout le reste du genre humain, noyé dans les pleurs, chargera d'exécrations l'auteur de la bataille ou du siège. Voilà l'approbation qu'on donne à la plus belle guerre.

» Avec tout cela, dis-je, il y a des guerres justes; vous ne le nierez pas. — Quoi! dit-il, elles le sont toutes. Il n'y en a point qui ne soit juste d'un côté et injuste de l'autre. — Eh bien, la guerre juste on l'approuve. — Vous ne m'entendez pas, dit-il. Nous parlons de la gloire des guerriers. La gloire en ce genre, c'est de tuer beaucoup. C'est cela qui fait le héros à tort ou à droit, il n'importe; et celui qui perd la bataille n'est jamais qu'un misérable, eût-il toute la raison du monde. Le vainqueur seul est le grand homme, et le plus grand homme est celui qui tue davantage : car ce ne serait rien d'avoir tué quinze ou vingt mille hommes, par exemple. Avec cela on est à peine nommé dans l'histoire. Pour y faire quelque figure, il faut massacrer par millions. Or, ces boucheries-là, quelque belles, quelque admirables qu'elles soient, au dire de ceux qui s'y connaissent, le monde, pour user des termes de Montagne, les approuve peu généralement.

» Nous lui témoignâmes quelques doutes que cela fût vrai. Car on admire, disions-nous, beaucoup plus les conquérants que les rois bienfaisants; et la comtesse ajouta qu'il n'y avait point d'homme qui n'aimât mieux être Alexandre que Titus. — Il se peut, et je le crois comme vous, répondit Fabre; peut-être aussi admire-t-on plus un fameux brigand qu'un sage magistrat. Cependant on on approuve le juge qui fait pendre le brigand. Enfin vous et moi, me dit-il, nous approuvons plus Raphaël d'avoir bien peint la Madone et l'enfant Jésus, que César d'avoir égorgé trois millions d'hommes en sa vie; et le monde est, ce me semble, assez de notre avis. Il se fait tous les jours des massacres qui valent bien ceux de César, mais le monde y prend peu de plaisir, et divinise des ouvrages bien au-dessous de ceux de Raphaël. Si les vœux de la terre y faisaient quelque chose, on verrait moins de Césars et plus de Raphaëls. En doutez-vous? c'est qu'on approuve la besogne de ceux-ci, non de ceux-là; et pour en venir aux exemples, continua-t-il, Alexandre, dont nous parlions, c'est le coryphée des destructeurs de l'espèce humaine, nul ne l'a surpassé dans cet art. Les guerres d'Alexandre en son temps, pensez-vous qu'on les approuva? — Tout le monde, non. — Comment, tout le monde? Et de qui croyez-vous qu'elles fussent approuvées? Des Perses qu'il exterminait? il n'y a pas d'apparence. Des Grecs qu'il massacrait à Thèbes? Des Macédoniens à qui sa gloire coûtait leur sang, leurs enfants et le produit le plus net de leurs héritages? Mais non, de ses compagnons peut-être, des chefs de son armée qui périssaient victimes de ses extravagances ou punis de les avoir blâmées? A celui qui lui conseillait de faire enfin la paix, vous savez ce qu'il répondit: *Oui, si j'étais Parménion,* c'est-à-dire si j'étais un homme; mais je suis un héros, il me faut du carnage; tout autre passe-temps est indigne de moi, et je veux m'y divertir tant que je trouverai des villes à saccager, des champs à ravager, des gens à égorger. Pensez, je vous prie, comme cette rage plut au général Parménion, qui eût bien voulu jouir un peu de sa nouvelle fortune à Pella, et comme il goûta le projet de s'en aller subjuguer l'Inde et la Libye. Ce que Boileau appelle folie dans Alexandre, alors on le nommait autrement, et personne, croyez-moi, n'approuvait ses fureurs, non pas même ceux qui en profitaient.

» Voyant qu'il s'arrêtait et nous regardait pour connaître ce que nous pensions : Il peut y avoir, dis-je, à cela, quelque chose de vrai. — Or, dites-moi, reprit-il, les poëmes de Racine, les tableaux du Poussin, ou du temps d'Alexandre, les peintures d'Apelle, les sculptures de Lysippe, furent approuvées des Grecs, des Macédoniens, des Perses également. Étrangers, citoyens alliés ou ennemis, tous d'un commun accord louèrent ces ouvrages et leurs auteurs. Si cela n'est écrit, il est probable au moins. Eh! — Je n'en fais doute. — L'approbation du monde, ou la gloire, selon Montagne, était donc pour ceux-ci et non pour Alexandre. Que vous en semble? — Mais vraiment.... — Et eux, des millions de bras ne s'armèrent point pour les aider à se faire un nom. Point de gens à cheval, point de phalanges à leur commandement : seuls, sans bouleverser l'Europe et l'Asie, sans piques ni épées, ils ont forcé le monde à les admirer. Encore, ajouta-t-il, ceux-là dont la renommée coûte si cher au genre humain, que laissent-ils après eux? un bruit, un souvenir mêlé avec celui de désastres fameux ; mais rien qui soit proprement d'eux; nul monument, nulle œuvre de leur intelligence qui les représentent aux hommes. Par les arts seuls qu'ils ignorent ils vivent dans la mémoire, et leur gloire, toujours indépendante du labeur d'autrui, périt, si quelqu'un ne prend soin de la conserver.

» — Ah! lui dis-je, celle de César se passe bien d'un pareil service, et personne, je crois, n'a mieux su se recommander soi-même à la postérité. — Il est vrai, certes; et c'est là ce qui le distingue du vulgaire des conquérans. Aussi, était-il autre chose qu'un donneur de batailles. Mais vous m'avouerez que sa tactique ne brillerait guère maintenant sans sa rhétorique, et que celle-ci fait bien valoir l'autre. Car enfin qu'est-ce qu'une gloire dont aucun titre ne subsiste? Qu'est-ce qu'un nom tout seul dans la postérité? Ceux-là vraiment ne meurent point dont la pensée vit après eux. Alexandre fut grand guerrier; on le dit; je le veux croire; mais Homère est grand poète; je le vois, j'en juge moi-même, et si je l'admire, c'est avec pleine connaissance, non sur la foi des traditions. Raphaël respire encore et parle dans ses tableaux. La Fontaine m'est mieux connu que si, lui vivant, je le voyais sans lire ce qu'il a écrit. On peut dire même que ces hommes-là gagnent à mourir, et que leur ame qu'ils ont mise tout entière dans leurs ouvrages y paraît plus noble et plus pure, dégagée de ce qu'ils tenaient de l'humanité. Mais vos guerriers, leurs équipages, leur suite, leurs tambours, leurs trompettes font tout leur être, et perdant cela, qu'ils vivent ou meurent, les voilà néant.

» Sur ce pied-là, dit la comtesse, Trissotin avait raison qui *n'aurait pas voulu changer sa renommée contre tous les honneurs d'un général d'armée.* — Trissotin, je ne sais, dit Fabre; mais à votre avis, tous les honneurs que l'on rendait par ordre du roi à messieurs les maréchaux valaient-ils un peu seulement de cette gloire que Corneille *ne devait qu'à lui-même?* Et Molière qui parle ainsi, aurait-il changé la sienne contre celle d'un général, quand c'eût été même Turenne ou Condé? aurait-il donné le Misanthrope pour toutes leurs batailles? Son ami Boileau, je crois, ne le lui eût pas conseillé. Il savait trop bien, lui, *qu'on ne fait pas des vers comme l'on prend des villes*, et que tout ce que font les héros, s'est fait de même avant eux, se fera encore après, et se ferait sans eux. Quelqu'un aurait gagné la bataille de Rocroi, quand même monseigneur ne s'y fût pas trouvé; mais le Misanthrope, qui l'eût fait sans Molière? Quand a-t-on fait rien de pareil avant et depuis? Et, je vous prie, duquel se passe-t-on mieux, de batailles ou de bonnes comédies?

» Comme la comtesse allait lui répondre, un domestique entra, et dit qu'on avait servi. — Ceci vient à propos pour vous, dit-elle à Fabre, car vous voilà, je pense, au bout de vos raisons. — Rien moins, sur mon honneur. Je ne vous en ai pas dit le quart, ni les meilleures. Tenez, Madame, de grace que répondriez-vous....? — Non, non, je vous donne gagné, dit-elle, et je tombe d'accord de tout ce que vous voudrez, pourvu que nous nous mettions à table. Nous nous y mîmes, et la comtesse, pendant le dîner, fit la guerre à Fabre sur sa façon d'argumenter, et son panégyrique des arts. A propos des arts, nous parlâmes de madame Hamilton, qui a long-temps habité cette maison-ci, et puis de Nelson, à propos de madame Hamilton. La comtesse l'a connu et dit qu'il ressemblait à Canova. Après le dîner, elle et Fabre montèrent en voiture, et je rentrai chez moi où j'écrivis ceci.

Note. Ceci était considéré par Courier comme *achevé*. L'ayant depuis le temps en portefeuille, il le destina en 1821 à être inséré dans un journal périodique intitulé *le Lycée*, dont M. Viollet-Leduc, son ami, était rédacteur. Les bornes de ce recueil ne permirent pas de publier un morceau d'une telle étendue, et la conversation demeura inédite. Elle est intitulée *Cinquième conversation*, parce que, d'autres ayant préparé celle-là, Courier, engagé par la comtesse d'Albany, comptait les écrire toutes, mais à l'exception de la conversation sur Alfieri, dont on n'a point retrouvé trace, quoiqu'elle soit connue de quelques amis de Courier, le projet s'arrêta là.

CONSEILS
A UN COLONEL.

CONSEILS
A UN COLONEL.
(1803).

Quoiqu'il me paraisse plaisant que vous me demandiez un conseil, à moi qui vous ai toujours cru, non-seulement plus sage que moi, mais plus que bien d'autres qui passent pour docteurs, cela ne m'étonne pourtant pas; car je conçois que, sans avoir beaucoup de confiance à mes lumières, vous pouvez n'être pas fâché de savoir ce que je pense sur une question très-importante pour toute la suite de votre vie, et qui par conséquent doit m'intéresser plus que qui que ce soit après vous. Sans compter qu'il n'y a personne qui ne puisse donner un bon avis, et que de plus, connaisseur comme vous l'êtes en amitié, vous avez fort bien pu me croire plus éclairé que vous sur ce qui vous touche, comme plus habitué à m'en occuper. Peut-être aussi n'avez-vous eu intention que de vous divertir, en me donnant pour un moment le rôle de Socrate, et prenant celui de Chœrephon. Pour moi, je crois que je ferais mal de ne pas me prêter à la plaisanterie ; ainsi je prends de bonne grâce le masque et les habits du personnage que vous voulez me faire représenter. C'est vous qui venez de bien loin pour consulter ma sagesse ; moi je réponds à votre demande avec la même gravité que si j'étais en effet un des sept que la Grèce a rendus si fameux, et puisque de ce moment vous m'érigez en oracle, me voilà sur mon trépied.

Je commence par trancher tout net la difficulté, et je prononce que vous devez quitter votre régiment. Qu'est-ce qui peut vous y retenir ? l'espérance de faire fortune ? Vous avez donc changé d'idée ? Vous voulez donc décidément vous enrichir à votre tour ? Et sans doute on vous promet pour la campagne prochaine quelque province échappée aux proconsuls du jour après lesquels vous ne vouliez pas glaner dans les grades inférieurs, vous sentant fait pour moissonner à pleines mains aussi bien qu'eux. Oh ! que je vous connaissais mal ! vous me paraissiez différent, je ne dirai pas simplement de vos camarades, mais de tous les autres hommes. En effet, depuis dix années que je vous observe de si près, n'ayant aperçu dans votre conduite aucune trace de cette passion pour l'argent qui fait que tout le monde en veut avoir et qu'on n'en a jamais assez, je croyais de bonne foi que dans la carrière militaire, où vous restiez par habitude après y être entré par hasard, vous cherchiez non-seulement la gloire à laquelle ce chemin conduit quelquefois, mais une gloire exempte des taches qui la souillent souvent : et comme j'étais témoin que vous aviez fait toute cette dernière guerre sans songer à tirer parti, pour votre propre fortune, des désordres qui ont produit la plupart de celles qu'on voit aujourd'hui, je m'étais persuadé que vous aviez sur cet article des idées toutes particulières, et que, loin de regarder la richesse comme le premier des biens, vous ne la comptiez pas même parmi les choses qui pouvaient contribuer à votre bonheur.

Je vois à présent que je me suis trompé : ce n'était pas l'argent que vous méprisiez en lui-même, mais les sommes que vous auriez pu prendre vous paraissaient au-dessous de vous, et vous n'auriez pas laissé à d'autres les dépouilles des Perses, s'il n'eût fallu les partager. Le butin que pouvait faire un simple capitaine ne valait pas, à vos yeux, la peine d'être ramassé; vous vouliez piller avec toute puissance. Ainsi votre cupidité ne diffère de celle des autres qu'en ce qu'elle est plus dédaigneuse et ne s'émeut pas pour si peu. Vous ne vous contentez pas, selon la pensée d'Horace, de vous désaltérer aux ruisseaux; il vous faut des fleuves, des lacs, où vous puissiez vous plonger et en avoir par-dessus la tête. Vous voulez faire fortune, mais à votre manière, non comme tel autre en une campagne, mais en un seul jour. L'Italie, la Suisse, la Hollande, n'étaient pas des mines assez riches pour vous; il viendra de meilleures occasions pour lesquelles vous vous réservez, et quand vous trouverez entassé dans le même endroit tout l'or de l'univers, c'est là que vous jetterez votre filet. Que ne le dites-vous tout de suite ? c'est le pillage de Londres que vous attendez. Mais sans prétendre à ces richesses dont vous dégoûterait seule la source dont elles sortent, si elles vous tentaient d'ailleurs, il y a, me direz-vous, des grades, un avancement que vous pouvez obtenir par des moyens plus glorieux. Nous ne sommes plus au temps où d'anciens préjugés mettaient à l'ambition de tous ceux qui n'étaient pas nés dans un certain rang des bornes qu'aucun mérite ne pouvait franchir; où un homme, quelque connu, quelque estimé qu'il pût être, s'il ne l'était par ses ancêtres, n'osait prétendre à des emplois, peut-être au-dessous de ses talents, mais au-dessus de son nom. Les choses sont changées aujourd'hui; ces vieilles barrières sont brisées; la lice est ouverte à tous venants, et pour y disputer le prix peu importe comme on s'appelle, il ne s'agit que de savoir combattre. Une grande révolution a mis en commun les emplois, les honneurs, les richesses, la puissance, qui furent longtemps le patrimoine d'un petit nombre de familles. Tout appartient à tous : les parts ne sont point faites; chacun a ce qu'il peut prendre, et le conserve tant qu'il empêche qu'un autre ne le lui arrache. Dans un pays qui se gouverne par de tels principes, où la naissance ne donne aucun droit, où nul n'a de distinction que ce qu'il en acquiert par lui-même, l'ambitieux ne peut trouver d'obstacles que dans les efforts de ses concurrents. Ainsi les talents mènent à tout, c'est Bonaparte qui l'a dit; mais il devait ajouter : pourvu qu'on trouve à épouser la vieille maîtresse d'un homme en place et une occasion de tirer le canon dans les rues de la capitale. Car sans cela où ses talents le menaient-ils? Pour preuve de ce qu'il avançait, il pouvait citer les gens qui ont eu part à son élévation, et que le 18 brumaire a placés avec lui au rang des Dieux mortels. Voilà vraiment des exemples à étudier pour ceux qui se sentent appelés aux grandes choses; ces hommes-là nous montrent ce que sont les talents dans une révolution et sous un chef qui sait les apprécier.

L'un, dans la guerre d'Italie, écrivait sous sa dictée avec une rare intelligence, et enregistrait, avec une patience non moins admirable, les phrases ampoulées dont son maître amplifiait ses ordres du jour. Il mettait assez l'orthographe, si ce n'est dans certains noms peu familiers jusque-là aux secrétaires de l'état-major. Salamine et les Thermopyles revenant à chaque ligne lui firent d'abord un peu de peine, et donnèrent lieu à des erreurs qui amusèrent toute l'armée; mais il se mit bientôt au fait, et devint à la fin si habile qu'il écrivait toute la Grèce dans l'ordre du jour, comme il le disait lui-même, aussi lestement que la distribution de l'eau-de-vie et du vinaigre, sujet ordinaire de ces pièces d'éloquence. C'est par-là qu'il est arrivé au commandement d'une armée, puis au ministère, et, soutenu d'un tel mérite, il n'y a pas d'apparence qu'il s'arrête en si beau chemin.

Un autre a si bien dans la tête tous les uniformes que les diverses troupes de France et d'Allemagne ont portés depuis vingt ans, qu'il n'y a tailleur de régiment auquel il ne puisse faire la leçon sur ce chapitre, ni costume si exact où il ne trouve rien à reprendre. Aussi ne parle-t-il d'autre chose, et, quoique conseiller, ce n'est guère que sur cette matière qu'il est éloquent.

Un troisième est regardé comme le premier homme de ce siècle pour courir la poste : on croyait bien que ce talent pouvait mener partout, mais non pas à tout. Bonaparte l'a prouvé dans la personne de D.... Il ne l'a pas fait seulement général (c'est par où l'on commence près de lui), mais négociateur, ministre, plénipotentiaire, et plus que tout cela, favori.

Je laisse là, pour en finir, ceux qui excellent à boire, à jurer, à battre leurs gens, et qui doivent leur élévation à ces nobles qualités, auxquelles il faut avouer qu'on n'eût pas rendu la même justice en tout autre temps.

Si je vous disais simplement que parmi ceux qui ont obtenu depuis une certaine époque les premiers emplois dans le gouvernement, dans les ambassades, dans l'armée, il s'en trouve dont les noms font murmurer le public et rougir leurs collègues, vous pourriez répondre à cela qu'il n'y eut jamais de corps si bien composé où il n'entrât quelque membre indigne d'en faire partie, ni de choix si éclairé qui ne donnât quelquefois prise à la critique, qu'en un mot il n'est pas possible que ceux à qui tombent en partage les grades élevés et les grandes charges d'un état soient tous également dignes. Mais combien m'en nommerez-vous parmi les hommes dont nous parlons, dans lesquels on aperçoive, non des vertus éclatantes, mais des qualités communes? Et lorsque vous en aurez trouvé quelques-uns de qui il paraisse que les emplois pourraient être plus mal remplis, examinez comment ils y sont parvenus, et dites-moi si ce n'est pas le pur hasard, ou toute autre raison que leur mérite personnel, qui les y ont conduits. Nous en savons un, vous et moi, qu'un peu d'esprit, qu'il a ou qu'on lui suppose, a failli perdre deux fois, et plus d'un qui ne doit la faveur dont il jouit qu'à l'impéritie dont il a fait preuve.

Ce n'est donc pas le cas de dire qu'on voit la médiocrité réussir quelquefois aussi bien que les talents, et des hommes ineptes se glisser par surprise avec ceux auxquels un mérite reconnu ouvre la porte des honneurs ; mais que la sottise et l'ignorance entrent les premières, et le plus souvent seules, excluant les talents, qui demeurent à la porte ; et que c'est un grand hasard quand un homme parvient aux emplois avec la capacité nécessaire pour s'en acquitter.

Ce que Bonaparte connaît le mieux dans son nouvel empire, c'est sans doute le militaire, et dans le militaire, probablement l'artillerie. Or, si parmi nos officiers, avec lesquels il a vécu, il choisit pour les premières places des personnages tels que ceux qui brillent à la parade, quelles nominations doit-il faire dans toutes les autres parties d'administration qu'il ne connaît pas ? S'il emploie chez nous son galon et sa broderie à couvrir une si grossière incapacité, je vous laisse à penser comment il les applique ailleurs ; mais ne parlons que de nos corps, et ne sortons pas de la sphère où nous sommes lancés.

Je crois que vous convenez avec moi du peu de valeur, ou même de la nullité de ceux à qui ce grand homme reconnaît les talents qui mènent à tout, et il serait un peu tard pour vous en dédire, après les risées que nous en avons faites tant de fois. Mais quand vous êtes choqué de l'ineptie des favoris que l'on avance ainsi, ne remarquez-vous point le mérite réel de ceux qui restent en arrière? Cela fait plus à mon dessein, et frappe plus directement au but que je me propose; car c'est peu de vous montrer que les sots parviennent, il faut vous faire voir que les gens d'esprit demeurent, et vous forcer de convenir que si la médiocrité et souvent quelque chose au-dessous sont en grande recommandation auprès des gens de qui dépendent les grades où vous aspirez, la supériorité est un titre encore plus sûr de réprobation.

Quel homme posséda jamais plus de connaissances approfondies en divers genres que notre ami Fl...? et dans quel militaire, pour ne parler que du métier, vîtes-vous jamais unie à une pratique si judicieuse, une théorie si savante, tant de lecture, tant d'exercice, une application si constante, une activité si infatigable, une habitude de réfléchir, un esprit d'observation si prompt à saisir tout ce qui pouvait, quelque part que l'occasion s'en présentât, consommer son instruction et mûrir son expérience? Pour moi, je le regardais avec admiration, et plus je l'observais, plus il me semblait que l'étude et la nature avaient mis en lui tout ce qui peut rendre un homme propre à conduire les autres hommes, soit dans la paix soit dans la guerre. Vous lui rendiez la même justice. Tout le monde en tombait d'accord, et cependant qui songeait à lui, lorsqu'il fut tué devant Mantoue ?

Que manquait-il à Cyprien, tant du côté de la bravoure et de la science militaire qu'à l'égard de la morale et des ornements de l'esprit, par où il tenait tout ce que promettaient les grâces de son maintien et l'expression si prévenante de sa physionomie? Combien de fois et par qui l'avons-nous vu rebuté? Parmi les chefs auxquels il voulut s'attacher, l'un redoutait la supériorité connue de son esprit et de ses talents; l'autre, sentant le contraste de sa propre grossièreté avec la politesse aimable de Cyprien, n'avait garde de s'exposer aux désagréments de la comparaison. Sa figure lui nuisait auprès du grand nombre de ceux qui avaient sur cet article plus de prétentions que lui, sans avoir les mêmes droits, en sorte qu'il n'y avait pas une de ces belles qualités, si vantées en lui depuis sa mort, qui ne fût un obstacle à son avancement. Faut-il s'étonner de cela, quand on en voit d'autres éprouver aussi tristement l'influence funeste d'une réputation bien moins méritée ? Vous savez ce que dit Berthier quand on lui proposa Dal... pour aide-de-camp. Les auteurs que Dal... cite à tous propos firent croire à Berthier qu'il lisait. Il le refusa en disant que c'était un savant. Jugez du tort que doit faire un savoir réel si l'ombre seule en est nuisible.

Pourquoi Debelle est-il ignoré, enseveli au fond de la Bretagne, n'osant aujourd'hui se montrer à Paris, où brillent des gens qui n'osaient jadis le regarder en face ? C'est parce qu'il a eu cinq chevaux tués sous lui, parce qu'il est couvert de blessures, parce qu'il a décidé la bataille de Neuwied et contribué au gain de tant d'autres, sans parler de Fleurus. En un mot, c'est parce qu'il était connu de toute l'armée, aimé de ses camarades, admiré de ses ennemis, adoré des soldats, lorsqu'un autre était encore obscur, qui alors enviait, et craint aujourd'hui son courage. Le corps dans lequel il s'est distingué par des actions si éclatantes est maintenant en faveur : les grades, les récompenses, les honneurs vont au-devant de ses camarades : il en aurait comme eux sa part, s'il les avait moins mérités.

Je n'aurais jamais fini, si je voulais vous nommer tous les officiers (je dis de notre connaissance) auxquels un mérite, non-seulement rare, mais reconnu, n'a servi qu'à faire espérer un avancement qui les fuit; mais ces exemples, et ceux que votre mémoire peut y joindre, suffisent pour vous montrer à quel point vous vous abusez, si, pour faire votre chemin, vous fondez quelque espérance sur les talents que l'on vous accorde, et croyez avoir de l'avantage sur des gens connus pour avoir moins de talents que vous. Pour moi, quand j'y pense, je crois la fortune plus maligne qu'aveugle. Car, enfin, si elle n'y voit goutte, comment fait-elle pour ne jamais se rencontrer avec le mérite ?

Ce n'est pas d'aujourd'hui qu'ils sont brouillés ensemble ; et pour vous faire voir que ce qui est à cet égard, fut et sera dans tous les temps, je ne veux que vous répéter vos propres expressions dans une occasion que vous vous rappellerez aisément. Moreau, me disiez-vous, vante Ch... dans ses rapports, l'emploie, lui donne des commandements, et paraît n'avoir de confiance qu'en lui. Tout le monde s'en étonne, ou demande comment Moreau peut s'aveugler au point de choisir, pour le seconder dans les opérations les plus importantes de la guerre, un homme dont l'incapacité choque les moins clairvoyants. Mais Moreau ne se trompe pas : il distingue très-bien dans Ch... un homme qui lui est fort inférieur, et le seul, peut-être, de tous ceux qui l'approchent, dans lequel il ne voie rien qui lui fasse ombrage ; c'est par là qu'il le préfère. Dans la nécessité de confier à quelqu'un les fils de l'autorité, qu'il ne peut tenir lui-même, il choisit non celui qu'il estime le plus, mais qu'il craint le moins, et agit en cela comme tout le monde ; car on ne veut pas être éclipsé par le compagnon qu'on se donne ; et quelque mérite qu'on se suppose, on ne laisse pas de se défier toujours du mérite des autres, et d'éloigner de soi ce qui peut donner lieu à de fâcheuses comparaisons : en quoi l'intérêt de l'ambition est d'accord avec celui de la vanité. Moreau se sert de Ch... parce qu'il n'est bon à rien, et ne peut être rien sans lui.

C'étaient aussi des gens de rien que Louis XI employait, quoi qu'on en pût dire. Si Pompée eût su de bonne heure apprécier César, il ne l'eût pas fait son gendre ; César jugea mieux Antoine, et vit en lui l'homme qu'il cherchait pour jouer sous lui les seconds rôles ; il n'eût pas confié l'Italie à Cœlius ni à Curion, sachant trop bien de quelle façon Marius, après avoir supplanté son général, s'était repenti lui-même d'avoir élevé Sylla. Le grand Scipion voulut servir sous les ordres de son frère, qui, peut-être, si le choix eût dépendu de lui, eût eu garde de se donner un pareil lieutenant.

En général, toutes les fois que, selon l'usage des armées romaines, *vir virum legit*, personne ne s'associe un plus vaillant que soi, et c'est le cas dont il s'agit ; car un homme ne saurait aujourd'hui s'élever sur les tréteaux de l'ambition qu'à l'aide de quelqu'un qui y est déjà monté ; mais personne n'y veut admettre d'acteur qui joue mieux que lui, d'où il arrive nécessairement que les meilleurs restent en bas, faute de quelqu'un qui leur tende la main.

CONSOLATIONS

A UNE MÈRE.

CONSOLATIONS

A UNE MÈRE.

Que je suis malheureuse! — Oui, lui dis-je, vous êtes extrêmement malheureuse; le coup qui vous frappe abat les ames les plus fortes. Ce que la vôtre souffre, il n'y a qu'une mère qui puisse le savoir, et une mère aussi heureuse que vous l'avez été; mais pour ne pas croire votre cœur cruellement déchiré, il faudrait n'avoir soi-même ni connaissance ni sentiments des peines de la vie. Non-seulement vos amis, mais les personnes même les plus étrangères à votre famille et aux affections maternelles ont gémi sur votre malheur, et je ne crois pas qu'il y ait dans toute cette province quelqu'un à qui le nom de Sophie n'arrache encore de temps en temps ou une larme ou un soupir. Ceux qui l'ont connue la pleureront toujours, et tant de gens qui, sans la connaître, entendaient de tous côtés les louanges qu'on lui donnait, ne peuvent en parler sans être attendris. Si jeune, finir si tristement! rencontrer son dernier jour dans ses plus belles années, et s'éteindre tout à coup lorsqu'à peine elle commençait à briller de tout son éclat ! N'était-elle donc née que pour quitter la vie au moment d'en jouir ? et ne vous fut-elle donnée que pour vous montrer le bonheur qui vous échappe avec elle ? Et puis un cœur si excellent, un esprit si enjoué, un caractère si doux ! Aimée de tous ceux qui la voyaient, combien ne devait-elle pas être chère à sa mère ? Dans la vieillesse même la plus avancée, elle n'eût pu quitter le monde sans faire répandre bien des larmes, et quelque âge qu'elle eût vécu, Sophie ne pouvait mourir qu'on ne se plaignît de la nature.

Avec une fille si accomplie, et un fils que vous-même n'auriez pu souhaiter plus parfait, vous deviez vous regarder comme la plus heureuse des mères, et il n'y avait point de famille si nombreuse ou si florissante qui pût montrer rien de semblable à ce qu'offrait la vôtre dans ces deux enfants. Que dis-je ? à présent même, il n'y en a point dont l'orgueil ne s'accrût d'avoir produit un homme semblable à votre fils, ou une fille digne de lui. Oh ! que vous étiez vraiment heureuse, puisque, après avoir perdu la moitié de votre bonheur, il vous en reste encore de quoi faire celui d'une autre famille. Quelquefois, je vous l'avoue, je croirais apercevoir dans cette seule considération de quoi adoucir vos maux, s'ils étaient de nature à recevoir quelque soulagement, ou si votre âme pouvait écouter d'autres conseils que ceux de sa douleur ; car enfin, où sont les parents qui ne se contentassent pas d'avoir pour fils Édouard ? vous-même, tous vos désirs seraient satisfaits, et vos vœux comblés, si vous n'eussiez pas goûté la douceur d'être encore la mère de Sophie.

Tout ce qu'il fallait pour votre bonheur, vous l'avez dans Édouard; ce qui vous fut donné de plus était un surcroît de félicité que vous ne pouviez vous flatter de conserver toujours. C'était une méprise plutôt qu'une faveur de la Providence, de vous avoir fait double part d'un bien dont elle est si avare, et de vous avoir prodigué ce qu'elle ménage au petit nombre de ses favoris. Vous avez profité d'une erreur si douce tant qu'elle a duré, et même, après le compte cruel que vous en avez rendu, vous êtes encore la seule femme qui ait mis au monde deux enfants d'un mérite si rare; vous avez pu perdre Sophie, mais vous ne perdrez jamais le titre de sa mère; on se souviendra toujours que ce fut vous qui lui donnâtes le jour et l'éducation. C'est tout pour une mère d'avoir Édouard; c'est beaucoup encore d'avoir eu Sophie.

Vous ne désireriez rien si vous n'eussiez jamais eu d'autre enfant qu'Édouard, et vous trouveriez en lui tout ce qu'une mère peut demander au ciel. Sa réputation naissante qui efface déjà d'anciennes renommées, l'éclat de ses premiers succès qui, pour tout autre, seraient le terme de l'ambition, les éloges qu'il reçoit, et bien plus ceux qu'il mérite, dont une tendresse aussi éclairée que la vôtre sait lui tenir compte; enfin l'estime des honnêtes gens, l'admiration du public et la fureur même de ses envieux seraient pour vous le sujet d'un triomphe perpétuel. Vous béniriez votre sort et vous n'imagineriez pas que, comme mère, il vous manquât aucune des jouissances que peut donner la maternité.

Faut-il donc que vous vous priviez de tant de biens qui vous appartiennent, et qu'un bonheur si rare, si réel, dont il ne tient qu'à vous de jouir, soit empoisonné par le rêve d'un bonheur encore plus grand ; que pour un trésor perdu, vous négligiez ceux qui vous restent ; qu'un enfant qui n'est plus vous fasse oublier celui qui vous tend les bras ; que la mémoire de Sophie ait plus de pouvoir sur vous que la présence d'Édouard, et que les larmes dont vous arrosez une cendre inanimée vous rendent insensible à celles que votre fils répand sur vous.

Qu'est-ce que Sophie, après tout, aujourd'hui? une ombre, un souvenir, un nom, tandis qu'Édouard est votre fils, un fils dont vous connaissez mieux que qui que ce soit le mérite et le prix. Tout ce que Sophie fut pour vous, Édouard l'est à présent. Sophie vous aima, Édouard vous adore. Sophie faisait votre joie, Édouard est votre orgueil et votre espérance ; mais Sophie vous consolait de tous vos chagrins ;..... pour Édouard, ni sa tendresse ni ses soins n'ont le pouvoir de suspendre un seul moment vos douleurs.

Cependant je me rappelle qu'avant que sa sœur vous fût enlevée, quand je les voyais l'un et l'autre unis sous vos ailes, votre affection ne faisait jamais de partage entre eux, vos bras les serraient en même temps, vos yeux leur marquaient le même amour ; et vos deux enfants confondus dans le cœur de leur mère, on eût dit que chacun d'eux l'occupait tout entier, comme chacun paraissait y avoir un droit égal. Cette fatale différence que la mort a mise entre eux devrait-elle être à l'avantage de celui qui n'existe plus, et si vous deviez dès lors en oublier un, fallait-il que ce fût celui qui vous reste! Malheureux jeune homme, quelle découverte pour lui s'il s'aperçoit qu'en l'écoutant ce n'est pas à lui que vous pensez; qu'il n'est pas en son pouvoir de vous distraire seulement de votre douleur; que de sa part tout cède auprès de vous à l'idée seule de Sophie! Commencera-t-il à lui porter envie du jour qu'elle est morte? Voulez-vous qu'il voie qu'elle emporte tout votre amour, et qu'ayant perdu une sœur, il doute encore s'il a une mère?

Il a pu quelque temps se persuader que le premier sentiment d'une perte si cruelle vous empêchait de regarder ce qui vous reste, et quels que fussent ses droits pour succéder à ceux de Sophie, il dut attendre du moins que sa cendre fût éteinte, et laisser couler vos larmes, pour retrouver dans vos yeux leur tendresse accoutumée. Mais si après trois mois vous n'êtes pas plus accessible aux consolations que le premier jour; si votre douleur, loin de diminuer, semble devenir de jour en jour plus sombre, et ne reçoit d'adoucissement ni de la vue ni des caresses d'un fils, que voulez-vous qu'il s'imagine, et du pouvoir qu'il a sur vous, et même du rang qu'il a tenu jusqu'ici dans votre cœur? Ah! ne lui laissez pas croire que l'affection dont vous lui donnâtes des marques si chères dans un autre temps, n'était que le superflu de votre tendresse pour Sophie, et que vous aimez mieux aujourd'hui mourir avec elle que de vivre pour lui.

La douleur raisonne peu. Comme elle ébranle au contraire la raison la plus ferme et trompe le sens le plus droit! Vous, dont la prudence et l'esprit sont si vantés qu'on se pique partout de prendre de vous exemple et conseil, vous ne voyez pas que vous quittez la réalité pour l'ombre, et que votre âme égarée par une image trompeuse, laisse là le véritable, l'unique objet de son affection, celui qui doit désormais la posséder seule et l'occuper toute entière pour suivre un songe, une illusion; non que je prétende vous interdire de penser à votre fille. Sophie a sur votre souvenir des droits trop puissants pour en être jamais bannie, et loin d'exiger de vous ce sacrifice, je ne le crois pas même possible; je serais fâché qu'il le fût pour vous, et je ne vous croirais pas digne d'être la mère de Sophie, si vous pouviez l'oublier. C'est un nom que rien désormais ne saurait effacer de votre mémoire; avant d'en perdre le souvenir, vous perdrez tout sentiment de votre propre existence, et, dans votre cœur, son image adorée vivra jusqu'à votre dernier soupir. Tenter de l'en arracher, ce serait connaître bien peu et vous, et ce que vous perdez, et ce que l'amour maternel inspire dans la situation où vous vous trouvez. Pour moi, quelque peine que j'éprouve à voir votre affliction sans fin et la douleur qui vous consume, si je pouvais faire que toute idée de Sophie sortît pour jamais de votre esprit, je ne le voudrais pas, et s'il n'y avait d'autre voie pour adoucir vos chagrins que de vous rendre insensible, ce ne serait jamais moi qui entreprendrais de vous consoler à ce prix.

En cela comme en toute autre chose, obéissez à la nature ; elle n'égare jamais, et si jamais on ne la quittait, on serait toujours irréprochable. En vous rendant mère, elle voulut que vous aimassiez vos enfants, et que vous ne pussiez les perdre sans regret; et comme elle voulut en même temps que votre amour surpassât celui de toute autre mère, elle vous imposa la nécessité de les regretter davantage. C'est un guide sûr; suivez-le, mais ne le passez pas. Allez jusqu'où il vous mènera, mais non pas au-delà; que votre âme s'abandonne aux inspirations qu'elle en reçoit sans y résister, mais sans y ajouter de ses propres efforts. Moi-même j'ai eu aussi mes malheurs et mes chagrins et je ne suis pas parvenu à l'âge où vous me voyez sans prendre ma part aux peines de la vie. Mon cœur a reçu des blessures qui saignent encore tous les jours. J'ai fait comme vous des pertes après lesquelles il m'eût semblé que je ne pouvais plus vivre, pertes, non de celles qui peuvent jeter la jeunesse dans une fureur d'un moment, mais de celles dont le vide ne se remplit jamais. Il n'appartient qu'à certaines âmes de sentir ce qu'il y a d'affreux dans ces privations, et tous cœurs ne sont pas faits pour toutes douleurs. Dans les intervalles que mon désespoir me laissait (car les peines les plus cruelles ont leurs instants de relâche, et des sentiments si vifs ne sauraient se soutenir au même degré), alors, lassé pour ainsi dire de lutter contre la douleur, je me laissais aller insensiblement à penser que, puisqu'il n'y avait ni pleurs ni sanglots qui sussent ramener les morts à la vie, le deuil était donc superflu et les larmes en pure perte, et qu'il serait beaucoup plus sage de se soumettre à la destinée que de murmurer contre un arrêt qu'on savait ne pouvoir être ni révoqué ni suspendu. Mais bientôt me surprenant dans ces réflexions qui s'offrent d'elles-mêmes à tous les affligés, comme un baume que la Providence a mis exprès à leur portée, je me querellais en quelque sorte, et comme si j'avais eu horreur de ma guérison, déchirant de ma propre main ce premier appareil dont la nature se servait pour assoupir mes douleurs, je retournais avec plus d'obstination que jamais à mes plaintes accoutumées.

Voilà comme une âme affligée nourrit elle-même ses ennuis, et se fait de s'affliger un chimérique devoir. Sa tristesse devient un vœu qu'elle renouvelle tous les jours, et ses larmes un tribut dont elle ne se croit jamais quitte. Il n'en serait pas ainsi, si nous suivions la nature, qui a voulu que tout mal eût sa guérison, et que toute peine aboutît à consolation. C'est un des décrets de cette intelligence qui préside à tout, et, pour preuve, observez seulement ce qu'elle fait faire aux animaux; car où peut-on mieux étudier ses lois que dans les êtres qui lui sont le plus parfaitement soumis? Les oiseaux, lorsqu'on leur enlève ou leurs œufs ou leurs petits, gémissent quelque temps auprès du nid dévasté, qu'ils abandonnent bientôt pour en aller construire un autre. La biche qui a perdu son faon reste errante et solitaire dans les lieux où elle avait coutume de le voir jouer autour d'elle ; muette en tout autre temps, elle fait entendre alors un accent plaintif, et les larmes qu'elle répand (au dire de tous les chasseurs) donnent à ses regrets quelque chose qui semble tenir de l'humanité. A la fin pourtant elle s'éloigne, et dissipe son chagrin en cherchant d'autres herbages et d'autres forêts. Serait-ce que dans ces espèces les affections de ce genre soient moins vives que chez nous ? et croyez-vous les animaux moins attachés que les hommes à ce qu'ils ont mis au monde ? Les plus faibles, les plus timides, qui ne savent faire aucune résistance quand on attaque leur propre vie, deviennent hardis dès qu'ils voient leur famille menacée : ils bravent tout pour la défendre, et, dans l'espoir de la sauver, sacrifient leur vie ou leur liberté. Mais la nature, à laquelle ils se laissent gouverner, ne veut point de deuil éternel.

Voulez-vous que nous prenions des exemples plus près de nous ? Parmi les paysans, il arrive quelquefois que celui qui faisait seul subsister toute sa famille périt par quelque accident, laissant des enfants trop jeunes, et des parents trop infirmes pour vivre de leur travail. Ceux-là sans doute sont à plaindre. Le besoin présent et l'incertitude de leur existence à venir, joints aux sentiments naturels, rendent leur situation une des plus affreuses qui se puissent même imaginer ; aussi tout offre chez eux l'image de la désolation ; le rocher qu'ils habitent, et les environs sont assourdis de leurs cris ; ils se roulent dans la poussière, s'arrachent les cheveux, se déchirent le visage, et font (n'étant retenus par aucune idée de bienséance) tout ce qu'inspire aux malheureux cette espèce de frénésie que produit l'excès de la douleur. Cette douleur cependant, peu de jours suffisent pour l'apaiser, et quelques semaines l'effacent entièrement. Car ils ne savent ce que c'est que de se forger sans cesse de nouveaux tourments, et de retenir à soi les maux que le temps emporte.

Ces gens, que je propose pour exemple à une personne comme vous, sont grossiers à la vérité, et n'ont ni politesse ni éducation; mais, ne vous y trompez pas, il en est des sentiments comme de la beauté, dont les vrais modèles ne se trouvent que dans la simplicité de la nature agreste. Et que serait-ce si, tous les hommes ayant à mourir à leur tour, il fallait que chacun d'eux laissât un regret éternel à ceux auxquels il fut cher? Comme il n'y a point d'attachement que la mort ne doive rompre, il n'y aurait personne qui ne devînt tôt ou tard inconsolable par la perte de quelqu'un de ses amis ou de ses proches : le monde présenterait une scène continuelle de désolation, et le sort des morts que l'on pleurerait serait bien préférable à celui des vivants.

Dans le fait, plus j'y réfléchis, vous regrettez votre fille, est-ce pour elle-même ou pour vous? Je veux dire: est-ce elle que vous trouvez malheureuse de n'être plus, ou vous d'être privée d'elle? Quant à vous-même, on ne peut nier que vous n'ayez sujet de vous affliger; mais de fuir toute consolation, de renoncer à la lumière, de vous ensevelir dans votre tristesse, comme une personne que rien n'attache plus à la vie (je ne feins pas de vous le dire; j'aime mieux vous paraître dur que de flatter votre douleur, et d'avoir un jour à me reprocher que ma complaisance ait entretenu ce funeste caprice), cela est déraisonnable, injuste, indigne de vous. Car, après tout, le malheur ne vous a frappée que d'un côté, vous ne faites compassion que sous un seul aspect, tandis qu'à tout autre égard vous avez tant à vous louer de la fortune et de la nature, que quelqu'un qui ne saurait pas ce qu'elles vous ont ôté, en voyant ce qu'elles vous laissent, aurait de la peine à comprendre de quoi vous les accusez. Quant à votre fille, si c'est elle dont vous déplorez le sort, à cet égard votre douleur trouvera plus d'approbateurs, et tout le monde sera d'accord avec vous pour plaindre Sophie. Cependant, qui peut dire si elle est véritablement à plaindre? Tout ce que nous en savons, c'est qu'elle n'est plus avec nous; mais pour décider que de cela seul elle soit misérable, il faut que nous sentions bien notre félicité, que nous soyons bien convaincus d'être parfaitement heureux, et qu'on ne peut l'être séparé de nous, ni autrement que nous. Je ne veux point non plus vous faire ici une énumération sans fin des peines de la vie; mais est-ce à vous d'en regarder la privation comme un malheur, quand vous ne pouvez la supporter, quand vous reconnaissez tous les jours que vous y avez trouvé si peu de douceur mêlée à tant d'amertume? Et fût-il même démontré qu'elle ait été fort heureuse tant qu'elle est restée avec nous, encore faudrait-il être sûr qu'elle l'eût été toujours, pour pouvoir la plaindre de nous avoir quittés. Vous, à qui vos maux paraissent si pesants, vous éprouvez ce dont elle était menacée, et qu'elle pouvait éprouver plus cruellement encore. Elle eût pu perdre une Sophie, sans avoir un Édouard pour la consoler.

Mais pourquoi recourir à des suppositions? Partagez en deux le cours de votre vie; mettez d'un côté tout ce qui a précédé l'âge de vingt ans, de l'autre tout ce qui l'a suivi, vous verrez non-seulement que la meilleure de ces deux parts est échue à votre fille; mais que l'autre, à l'apprécier tout ce qu'elle peut valoir, ne mérite pas d'être regrettée; et si après cela vous considérez que votre sort a été de ceux qui faisaient envie, et que peu de filles peuvent se promettre d'être femmes et mères aussi heureuses que vous, en quoi trouvez-vous à plaindre celles qui sont dispensées de courir un hasard où vous savez combien de maux accompagnent les chances les plus favorables? Pensez quelle est, à cet âge où il faut prendre un parti pour le reste de sa vie, la perspective que l'avenir offre à votre sexe! Nul bonheur dans le célibat; dans le mariage tout à craindre, peu à espérer. Quel si grand malheur est-ce donc de n'avoir point à faire un tel choix? Votre fille n'a vu du monde que ce qu'il a de supportable; elle y a fait peu de chemin, mais ce qu'elle en a parcouru était la seule partie où elle pût trouver quelques fleurs.

Tous ceux qui meurent le même jour, enfants ou vieillards, leur sort est égal, et ils ne sont pas plus à plaindre ni plus heureux les uns que les autres, dès qu'ils ne sont plus. Cependant on plaint ceux-ci et non pas ceux-là. Le malheur de cesser d'être est-il proportionné au temps que l'on a existé? et la mort fait-elle moins crier l'octogénaire que l'homme de vingt ans? Vous savez que c'est tout le contraire : le vieillard la redoute, et son nom seul lui fait horreur; le jeune homme la voit venir, et la fixe sans se troubler. Pourquoi donc celui qu'on plaint le plus est-il précisément celui qui se plaint le moins, comme si on ne savait pas que le coup est plus sensible à mesure qu'on le craint davantage? De quelque manière qu'on l'envisage, une vie de peu d'années, où se trouvent toutes les douceurs dont la vie est susceptible, vaut mieux que celle dont la fin se passe à regretter le commencement, et où les derniers dégoûts sont une cruelle compensation des premières jouissances.

Ceux qui sont morts il y a cent ans, qu'importe qu'ils aient péri à la fleur de leur âge ou dans la décrépitude, puisqu'en toute manière ils n'en seraient pas moins morts à l'heure présente, ainsi que votre fille? Une fois passé le temps qu'elle aurait pu vivre selon les lois de la nature, il sera indifférent qu'elle ait vécu plus ou moins. Quand la génération entière aura disparu, quel avantage sera-ce d'avoir fini un peu plus tôt ou plus tard? La prairie une fois fauchée, que fait à telle ou telle fleur d'être tombée le soir ou le matin? Et ne vous figurez pas que nous ayons tant à attendre; jetez un coup d'œil en arrière, et voyez avec quelle vitesse s'est écoulé le temps, depuis que vous vous connaissez. Comme le passé s'enfuit, l'avenir s'avance, et, plus tôt que nous n'y aurons songé, nous trouverons le terme fatal, passé lequel, sans égard au chemin que chacun aura fait, tous se trouveront au même point. Alors il n'y aura aucune différence entre votre fille et vous ; vous serez réunies toutes deux pour ne vous plus séparer, ou dans un repos éternel, ou dans l'existence, quelle qu'elle soit, qui est réservée aux ames pures comme les vôtres. Sans pouvoir dire quel sera votre sort à toutes deux, du moins vous êtes sûre qu'il sera commun....

L'HERITAGE

EN ESPAGNE.

L'HÉRITAGE

EN ESPAGNE.

Nous allâmes l'autre jour mon oncle et moi chez madame B. à la Villanelle ; nous trouvâmes là les personnes qu'on a coutume d'y voir, et que vous y avez vues la plupart pendant votre séjour ici. Cette visite donna lieu à une conversation dont vous serez peut-être bien aise que je vous rende compte le mieux que je pourrai.

Vous vous rappelez le petit Espagnol, cette figure maigre, noire, cet air raide et taciturne ; il vous a trop diverti avec sa mine étique, et son feutre à grand poil, et sa frisure antique, pour que vous l'ayez oublié, et de tant de noms par lesquels il se fit connaître à nous, sûrement vous en avez retenu quelqu'un. Enfin vous savez qui je veux dire, et vous le voyez d'où vous êtes, ou plutôt vous croyez le voir, car ce n'est plus le même homme. Il était, il y a huit jours, laid, malpropre, déguenillé, méprisé, bafoué, rebuté. Il est aujourd'hui beau, bien mis, accueilli, chéri, adoré. Tous ses ridicules sont devenus des grâces. A cette légende de titres que vous trouvâtes si comiques, il vient d'en ajouter un qui donne du lustre à tous les autres ; c'est celui de seigneur de cinq cent mille écus de rente, comme disait ce banquier d'Henri IV. Venez maintenant vous moquer d'un homme qui possède de grandes terres dans toutes les provinces de l'Espagne, et auquel ses propres vaisseaux apportent tous les ans ses revenus du Mexique. Pour nous, qui n'avions nulle nouvelle de cette métamorphose, en arrivant nous faillîmes faire quelque sottise. Car ayant été introduits dans cette salle basse que vous connaissez, quand nous eûmes pris place au cercle dont était ce grave personnage, nous aperçûmes bien d'abord quelques changements, et dans ses manières et dans celles dont on usait à son égard ; mais ne sachant pas ce qui lui attirait cette nouvelle considération, nous ne faisions pas à sa personne plus d'attention qu'à l'ordinaire, si ce n'est que, la conversation paraissant dirigée vers lui, mon oncle, pour y prendre part, allait, selon sa coutume, lui adresser quelqu'une de ces mauvaises plaisanteries qu'on ne lui épargnait pas autrefois, comme vous savez. Mais heureusement on le prévint ; car chacun se doutant de notre ignorance s'empressait de nous mettre au fait. Ce gros homme court, s'il vous en souvient, qui a voyagé en Espagne (peut-être saurez-vous son nom, que je ne me rappelle pas à présent) : Votre hôtel à Madrid, dit-il, est le plus beau qu'il y ait dans toute la ville. Un tel, ministre, s'est ruiné à le faire bâtir ; et pour l'ameublement, ma foi, le roi n'a rien qui en approche. Moi, dit madame B., ce que j'aime, c'est cette terre qui vous rapporte, combien s'il vous plaît, dom Joseph? Le même homme répondit pour lui : cent mille piastres, madame ; celle d'Andalousie pour le moins autant; celles des frontières du Portugal..... Là-dessus il nous fit un ample détail des revenus et des domaines de ces deux terres, qu'il connaissait, disait-il, comme son propre bien. A chaque article l'orateur faisait une pause, l'auditoire s'écriait, dom Joseph baissait les yeux, s'inclinait, paraissait confus, comme si on l'eût forcé d'entendre l'énumération de ses vertus ou de ses belles actions. Pour nous, nous ne savions que penser, et doutant si ce que nous voyions était sérieux ou bouffon, nous faisions une mine qui tenait tour à tour de l'un et de l'autre, attendant, pour prendre un parti, des éclaircissements que nous eûmes bientôt. Dom Joseph se leva, et sortit pour aller souper, nous dit-il, chez madame de F., dont la porte, il y a quelques jours, lui était encore défendue. Alors nous fîmes des questions, et le gros homme, qui ne manquait guère les occasions de discourir, nous dit : Vous avez sûrement entendu parler de la contagion qui fit l'an passé tant de ravages en Espagne. Les provinces du Midi furent celles qui souffrirent le plus. Cadix surtout, assiégée alors par une flotte anglaise, perdit les trois quarts de ses habitants. Des familles entières disparurent. Celle de Villa-Franca, une des plus riches du royaume, fut regardée comme éteinte. Tous les héritiers connus de cette maison ayant péri successivement, on fit publier dans toute l'Espagne, que s'il existait quelqu'un qui crût avoir des droits à la succession vacante, il eût à se faire connaître; mais personne ne se présenta. Selon les lois, ces biens revenaient à la couronne, et allaient y être réunis, lorsqu'un gentilhomme espagnol passant à Toulouse vint voir quelqu'un dans ces cantons. Par hasard il entend nommer dom Joseph de Villa-Franca; c'était cet homme-ci, dont le père, il y a environ quarante ans, venu de je ne sais où, n'ayant rien, trouva ici une femme avec quelque bien, et s'y établit. L'Espagnol, frappé de ce nom, s'informe qui est dom Joseph, fait connaissance avec lui, et après s'être assuré qu'il appartenait réellement à la maison de Villa-Franca, sans autre explication il se rend à Madrid, et trois semaines après il revient apportant à dom Joseph le chapeau de grand d'Espagne avec des lettres de la cour par lesquelles on lui apprend qu'il a six cent mille écus de rente, tant en Europe qu'en Amérique.

Après ce récit les exclamations recommencèrent, un peu différentes pourtant de celles que nous avions entendues quand dom Joseph était présent. Quelle fortune! disait-on. Pour moi, je m'en réjouis de tout mon cœur; c'est un si brave homme que ce dom Joseph; que d'argent il va entasser! que de lésines, que d'usures il va inventer! Quelle carrière pour l'avarice que six cent mille écus de rente! Il portera l'habit que vous lui voyez, à moins que ses parents crevés de la peste n'en aient laissé dont personne ne veuille; ma foi, je plains les gens qui se trouveront dans sa dépendance ; il les traitera sans pitié, ses voisins n'auront guère de repos ; il est chicaneur, envieux, brouillon, malfaisant. Quant à ses manières, je ne sais qui pourra s'en accommoder, car si dans son grenier il était insolent, que sera-ce désormais ? Après tout il faut convenir que c'est un brave homme. Je suis bien aise en vérité de ce qui lui arrive ; cela m'a fait *grand* plaisir quand je l'ai appris.

La conversation continua toute l'après-dînée sur ce ton, et autant que je le puis croire, elle ne changea pas de sujet lorsque nous fûmes partis, tant on avait à dire sur dom Joseph et sa fortune. Le soleil commençait à baisser quand nous nous levâmes pour prendre congé de madame B. ; alors seulement nous nous aperçûmes que l'abbé nous manquait. Il était sorti sans que personne y eût fait attention. Vraiment, dit madame B., j'aurais été bien surprise qu'il fût resté chez moi le temps d'une visite honnête, madame DD. n'y étant pas. Croyez-moi, faites-le demander en passant chez la belle veuve ; autrement n'espérez pas que l'abbé songe à la quitter, ou elle à le renvoyer avant la nuit close. — Oh bien, dit une autre femme, s'il reste jusqu'à cette heure-là, ce n'est pas celle des séparations, et l'étoile du berger ne chasse pas les amants maltraités. —Ah ! ah ! l'étoile du berger, dit madame B., il est bien question de cela ; c'est l'étoile de l'abbé qui domine maintenant sur les jeunes veuves, et, en vérité, je crois que ma belle voisine brave trop les influences d'un astre si dangereux. A ce propos il n'y eut personne qui ne fît au moins un sourire. Les femmes se regardèrent d'un air d'intelligence, et madame B., un peu piquée, à ce qu'il paraissait, des assiduités de l'abbé ailleurs que chez elle, trouva quelque consolation dans le succès de ses épigrammes. Nous partîmes. Mademoiselle P., qu'accompagnait ce médecin dont le frère a épousé sa sœur, s'en vint avec nous. Vous savez qu'ils demeurent dans notre voisinage. A la porte de madame DD., nous fîmes demander l'abbé; on nous dit qu'on ne l'avait point vu. Je le crois, dit le docteur, on ne l'a point vu non plus chez madame B. où il était tout à l'heure; les abbés ne sont visibles que quand il leur plaît. Nous nous informâmes de la santé de madame DD.; mais nous n'entrâmes point chez elle, l'heure ne nous permettant pas de nous arrêter. En chemin nous ne parlions d'autre chose que de l'abbé. On ne pouvait deviner la cause de son départ. Des affaires, il n'en a point; une indisposition, il ne sait ce que c'est; il n'est pas chez madame DD., qu'est-il donc devenu? où peut-il être allé? Dans le fait il était aisé de voir en ce moment-là même, combien peu nous savions nous passer de lui, et le tort que son absence faisait à la conversation, qui expirait à chaque instant; mais nous fûmes bientôt hors de peine.

Avant d'arriver au petit pont, à quelques cents pas de la rivière, à main gauche, en venant de la Villanelle, il y a trois grands et vieux chênes, et au pied de celui du milieu un tronc couché en travers qui sert de siége aux paysans ; derrière est un bois taillis que traversent le grand chemin de Saint-Antoine et des sentiers peu fréquentés, si ce n'est par les paysannes qui mènent de ce côté paître leurs bestiaux, ou quelque pauvre enamourée qui elle-même va s'y repaître de doux souvenirs. Cet endroit-là vous est connu, et si je m'attache à le décrire, ce n'est pas que je vous soupçonne de l'avoir si tôt oublié. Bref, nous l'avions déjà passé, ce joli endroit, et nous approchions du pont, quand, je ne sais par quel hasard, je tournai les yeux vers le petit bois, et je vis l'abbé assis sous les chênes. Je le montrai à mon oncle; nous revînmes de son côté, mais doucement comme pour le surprendre, et nous le trouvâmes plongé dans une telle rêverie, que, quoique nous fussions en vérité tout auprès de lui, il ne nous voyait pas. Il était appuyé la tête contre l'arbre, son chapeau par terre à ses pieds, les jambes croisées, les mains dans sa veste, le regard immobile, qui ne semblait fixé sur rien; c'eût été un homme endormi, s'il n'avait eu les yeux ouverts. Nous le regardions sans parler, mais non pas sans rire, et ce fut là ce qui le fit nous apercevoir. Il eut vraiment l'air de se réveiller, et alors mademoiselle P. lui dit avec son air sérieux: Voilà donc comme vous plantez là des femmes qui comptent sur vous pour passer une soirée ! En vérité, vous êtes poli ! ou plutôt c'est nous qui sommes bien bonnes de courir après vous, comme s'il n'y avait qu'un abbé dans le monde, et que l'on n'en eût pas à choisir entre mille un peu moins aimables peut-être, mais beaucoup plus complaisants que vous. L'abbé, sans répondre à mademoiselle P.., s'écrie : Mes amis, que faites-vous ? vous me ruinez, vous me dépouillez, vous m'enlevez toute ma fortune. Ah ! mes vaisseaux ! mes colonies, mes ateliers, mes capitaux, mon commerce ; ah ! mes palais ! mes châteaux ; tout s'écroule, tout disparaît ; il ne me reste pas un sou, et me voilà plus gueux que jamais.

Tudieu ! dit mon oncle, s'il a perdu tout cela depuis qu'il nous a quittés, il est assez puni, mesdames, et vous devez lui pardonner.

Que vous êtes bon ! dit mademoiselle P.... ; ne voyez-vous pas que c'est un fripon qui veut faire banqueroute ? Des vaisseaux perdus, des malheurs, des désastres imprévus, langage ordinaire de tous ceux qui volent leurs créanciers. Pour moi, il me doit vingt fiches des rêveries de lundi dernier, et autant à vous. Madame G***, me dit-elle, si vous m'en croyez, nous ferons bien de nous assurer de lui dès à présent, car je le vois qui se prépare à fuir en pays étranger. — Doucement, mesdames, dit mon oncle, ceci demande de la prudence ; l'abbé est un honnête garçon qui ne veut point vous faire de tort. Ayez un peu de patience, et vous ne perdrez rien avec lui. Vous avez beau dire, on voit bien qu'il a fait de grosses pertes ; mais tout n'est pas désespéré ; ses affaires peuvent se rétablir, et moi qui vous parle je m'intéresse à lui, je veux venir à son secours. Oh ! c'est autre chose, dit mademoiselle P.... Sûrement vous êtes en fonds pour cela, et, avec les ressources que vous pouvez lui offrir, s'il ne se tire pas d'embarras, ce sera sa faute cette fois. Allons, l'abbé, dit mon oncle, du courage; il ne faut pas *assurément* au premier revers perdre cœur, et renoncer à tout. Fais seulement ce que je vais te dire, et je veux en moins de rien te rendre quatre fois plus riche qu'avant ton naufrage.

Remets-toi d'abord contre ton arbre, comme tu étais tout à l'heure; après cela, regarde bien attentivement le bout de ton nez, et tu vas voir tes vaisseaux revenir sur l'eau, tes plantations refleurir, et tes palais se relever plus beaux que jamais.

Ah! dit l'abbé, tout cela irait à présent; on ne fait pas deux fois une pareille fortune. Il vaut mieux prendre son parti, et s'armer de philosophie. Oui, donnons un grand exemple de constance dans ce malheur; allons-nous-en souper, si tant est que vous vouliez souper avec un homme ruiné : car c'est l'ordinaire que les amis nous tournent le dos avec la fortune.

Mais toi-même, dit mon oncle, tu ne te souvenais guère de nous dans ton opulence. Franchement, tu faisais un peu comme ces faquins devenus grands seigneurs, qui ne connaissent plus leurs camarades. Nous avions beau nous tenir humblement devant toi, et attendre qu'il te plût de nous regarder, tu ne daignais pas seulement jeter les yeux sur nous. Tu nous reconnais à présent que tu n'as plus rien, et tu viens nous demander à souper.

ÉLOGE

DE BUFFON.

(1799.)

ÉLOGE
DE BUFFON.

. . . . ᾧ στόμα πάντων
Δεξιὸν φυσικῶν
Εὖ σὺ καὶ ἡμεὶς ἴδμεν ὅτοι σθένος.

CITOYENS,

JE crains qu'à la tête d'un écrit tel que celui-ci le nom d'un soldat ne vous surprenne et ne vous paraisse déplacé : car vous pourriez ne pas approuver qu'au moment où une guerre nouvelle rend à l'armée dont je fais partie toute son activité, je m'applique encore à des études qui supposent ordinairement beaucoup de loisir, qui exigent toujours quelque méditation ; et blâmer en moi, appelé par mon devoir à d'autres travaux, d'ailleurs inconnu, peu fait pour donner ou pour concevoir quelques espérances de succès, des essais que vous encouragez dans ces jeunes littérateurs que le public distingue parmi vos disciples, et dont il attend la conservation du flambeau des arts que vous leur transmettez. Peut-être même penserez-vous qu'un homme destiné par état à servir son pays, non de la plume, mais de l'épée, non dans les conseils, mais sur le champ de bataille, non par la persuasion, mais par la force, n'a d'exercices à cultiver que ceux qui assurent à nos armes une supériorité redoutable aux autres nations, et que, pour toute science, en un mot, l'homme de guerre doit savoir obéir, combattre et mourir.

Vous m'interdiriez donc vous-mêmes l'art où je me flattais que mes premiers pas obtiendraient de vous un regard favorable. Loin de m'accueillir et de me rassurer en souriant à mon embarras, dans cette carrière où vous donnez et des leçons comme maîtres, et des palmes comme juges, à peine me pardonneriez-vous d'avoir osé m'y présenter, et ce que je croyais un titre de plus à votre indulgence m'attirerait votre censure. Quelque rigoureuse qu'elle puisse être, je m'y soumets sans murmurer; mais de grace écoutez : ne me condamnez pas sans m'entendre, et souffrez que j'essaie au moins de détourner un arrêt dont je redoute la sévérité.

Dès l'âge où j'ai commencé à faire quelque usage de mon intelligence, j'ai eu le désir de m'instruire, et la passion de l'étude. Je puis attester tous les chefs aux ordres desquels j'ai servi, tous les soldats que j'ai commandés, tous ceux que j'ai dû ou suivre, ou accompagner, ou guider dans les fatigues de la guerre, que jamais ces douces occupations n'ont retardé d'un instant mon obéissance, ni distrait mon attention des moindres ordres que j'ai eus à recevoir ou à donner.

Mais sans insister davantage sur ma conduite particulière, vous ne pensez sûrement pas que les arts, la littérature, que la philosophie, en un mot, contrarie les obligations que la société nous impose, et un de ceux qui la cultivent, moins propres ou moins prompts à servir la patrie, puisque la science qu'elle enseigne avant toutes les autres est celle des devoirs. Seulement vous pourriez croire que des goûts de ce genre ne conviennent qu'à ceux auxquels leur état, leurs fonctions publiques ou particulières, laissent le temps de s'y livrer. Et quelle profession est accompagnée de plus de loisir que celle des armes? Toutes occupent, sans relâche, ceux qui les exercent. Le public dispute à l'homme de loi chaque heure de sa vie. Les spéculations du commerce ne laissent au marchand ni plaisirs sans soins, ni sommeil paisible, et le laboureur n'interrompt jamais le cercle de ses travaux. Le soldat ne combat pas toujours; son action étant plus violente est plus souvent suspendue. Son repos d'ailleurs le livre à lui-même exempt de mille soins que les autres hommes ne déposent jamais, et le plus laborieux de tous les états devient alors le plus oisif. Croit-on que dans ces intervalles d'une liberté si précieuse, où le militaire ordonne à son gré ses occupations, l'étude soit plus dangereuse et nuise plus à ses devoirs que les plaisirs qu'on lui permet partout où il peut s'y livrer? Oh! combien j'en pourrais nommer qui, méconnus de tous ceux dont les mœurs sont trop différentes, doivent à un pareil emploi de leur temps et de leur retraite une exactitude dans le service, une constance dans les travaux, une stabilité d'ame que la nature seule ne donne point, la confiance de leurs chefs, l'amour de leurs camarades, et l'estime des uns et des autres! Le silence accompagne leurs études, et la source de leur sagesse échappe aisément à des yeux moins attentifs; car ils aiment de la science, non le faste, mais l'utile; et plus contents d'être instruits que de le paraître, les uns apprennent dans l'histoire à juger les hommes et les événements, les autres s'élèvent, dans le calcul et les abstractions de la haute géométrie, aux plus sublimes efforts de l'esprit humain. D'autres encore (car tant de routes mènent à la sagesse) prennent pour objet de leurs méditations les ouvrages de la nature, et conçoivent pour cette étude un goût, ou plutôt une passion qui ne s'éteint plus dans l'ame où elle est une fois allumée par l'éloquence de Buffon. Ce nom me remet devant les yeux toute l'inconséquence de mon entreprise. J'appréhende maintenant que si vous consentez à jeter un coup d'œil sur ces ébauches d'une main qui ne peut être exercée, vous ne me trouviez inexcusable d'avoir pris, parmi les sujets que vous proposiez au concours, le moins proportionné à mes forces. Mais quoi! j'ai songé à louer ce qui m'a paru le plus louable. Je m'impose silence sur le reste. Car vous parler de ma faiblesse, ce serait supposer que vous pouvez ou ne pas l'apercevoir, ou ne pas m'en tenir compte.

Les ouvrages de Newton, lorsqu'ils parurent, ne furent accueillis dans l'Europe qu'avec une espèce de défiance; car, soit qu'il ait dédaigné de se rendre intelligible aux esprits moins élevés que le sien, ou soit que, oubliant trop sa propre supériorité, il crût s'être assez expliqué quand il s'entendait lui-même, personne d'abord ne le comprit, et quelques-uns à peine le devinèrent parmi ses compatriotes. Mais ses découvertes livrées aux disputes des savants, et chaque jour éclaircies par les objections même de ceux qui les combattaient, opérèrent bientôt dans les sciences une grande révolution, que l'Angleterre et l'Allemagne avaient déjà reconnue, quand la France balançait encore à s'y soumettre et rougissait de recevoir des leçons de sa rivale. Les sciences souffrent peu ces discussions. La rigueur de leur méthode et la clarté des principes sur lesquels elles sont fondées semblent rendre nécessaire que toute proposition soit admise sans difficulté, ou rejetée sans réclamation; mais cette espèce d'obscurité que Newton avait répandue ou laissée dans ses écrits, indiquant rapidement ses preuves, ou dédaignant même d'en donner, révoltait ceux qui tenaient le plus aux anciennes lois, et, autorisant les doutes, servait du moins de prétexte aux contradictions qu'éprouvèrent d'abord ses nouvelles idées. Peu de gens voulurent entendre un auteur qui paraissait ne vouloir pas être entendu. Cette obstination ne pouvait être longue. On passa bientôt d'un extrême à l'autre. La plupart de ces théories, que Newton avait données sans démonstration, ayant acquis dans d'autres mains l'évidence qui leur manquait, ce qui ne fut pas prouvé devint probable, et dès lors l'admiration subjuguant tous les esprits, son nom seul tint lieu d'une démonstration; tout sembla prouvé par ce mot: il l'a dit.

Ce fut, si je ne me trompe, dans ces circonstances, quand cette sorte d'éloignement que Newton nous avait d'abord inspiré se convertissait en enthousiasme, que Buffon traduisit le Traité des Fluxions. A ce sujet, je ne puis m'empêcher de hasarder ici une réflexion que j'ai souvent faite en lisant ses autres ouvrages, et qui, selon l'idée que j'en ai conservée, ne me paraît pas aujourd'hui dépourvue de toute vraisemblance. Dans ces études un peu sévères, par lesquelles, sans doute, la première fougue d'un génie ardent devait être domptée, ne se peut-il pas que la forme sous laquelle on présentait alors les nouveaux calculs, offrant à son esprit ces idées d'infinis et d'infinis de tous les ordres, ait séduit facilement cette imagination, à laquelle, depuis, un monde à décrire suffisait à peine, et qui, déjà calmée par l'âge, corrigée par l'observation, franchissait encore trop souvent les bornes du vrai et même du possible? Si d'autres raisons plus solides contribuèrent, comme on doit le croire, à fixer son attention sur cette partie des mathématiques, il est permis de soupçonner que ces images trompeuses, mais grandes et nouvelles, flattant sa pensée, décidèrent son choix, surtout quand on voit un autre homme qui, dans ce même siècle, fit admirer l'éclat et les graces de son esprit, séduit, abusé par ces illusions, consacrer à cette matière un travail perdu, et errer péniblement dans la métaphysique infinitésimale, sans pouvoir s'astreindre lui-même à l'exactitude de ces sciences, ni leur prêter les agréments de son imagination. Mais Fontenelle voulut faire un livre, Buffon faire connaître celui de Newton. Le genre de gloire auquel il semblait destiné n'étant pas d'enrichir les sciences par des découvertes, mais de les rendre aimables par son éloquence, je regrette de ne pouvoir ici parler avec quelque détail des ouvrages de sa jeunesse, et faire voir par quels travaux il amassa tant de trésors dont aujourd'hui la profusion nous éblouit dans ses écrits; non que je croie son éloge incomplet sans ces détails, qui peut-être suffiraient pour illustrer tout autre nom, et qu'on remarque à peine dans la vie de Buffon; mais inutiles à sa gloire, ils ne le sont pas à l'instruction générale : et si ce n'est qu'en suivant l'exemple des hommes célèbres qu'on peut espérer de les atteindre, ou même de les surpasser (ambition nécessaire pour parvenir au grand), il n'est pas douteux non plus que le seul flambeau qui puisse éclairer et soutenir une émulation si noble, ne soit l'observation attentive de la marche des progrès par lesquels ils se sont élevés à cette hauteur qui les sépare du genre humain. Heureux ceux qui pourront ainsi suivre et méditer tous les pas de Buffon, et qui, trouvant dans ses essais de grandes leçons pour eux-mêmes, nous montreront comment sa plume apprit à peindre la nature d'un style égal à son sujet. Pour moi, ces utiles recherches me sont interdites; séparé de tous les monuments de la littérature et du petit nombre d'hommes qui, ayant vécu avec ces héros de l'âge passé, en gardent encore quelque souvenir. Dans ce que j'ai à dire de Buffon, je ne puis consulter que ma mémoire, pleine de ses chefs-d'œuvre, mais muette sur sa vie. L'aurore de sa gloire m'est à peine connue; et tel est enfin le désavantage de ma position, qu'ayant à célébrer un homme dont le nom n'est déjà que trop grand pour une voix telle que la mienne, je me trouve encore réduit à ne pouvoir louer en lui que ce qui est précisément au-dessus de tout éloge. Il faut cependant vous parler de son immortel ouvrage. Plus j'avance dans mon sujet, plus je sens que mon cœur se trouble. On ne puise pas sans pâlir à des sources si profondes. Je fais de vains efforts pour me rassurer; et malgré la loi que je m'étais imposée, près de commencer un travail dont la pensée m'épouvante, je ne puis m'empêcher de vous faire encore souvenir de ma faiblesse et d'implorer votre indulgence.

Si je m'attachais à dépeindre ce magnifique monument sous les divers aspects qu'il peut présenter, et à faire admirer la supériorité du génie qui l'éleva dans chaque genre où il a dû exceller, pour y réussir, ce discours excèderait non-seulement les justes bornes que vous lui prescrivez, mais aurait lui-même l'étendue d'un ouvrage considérable; car il n'est point de connaissance dont l'esprit humain soit capable, point de science, d'art, de métier même, ni de profession consacrée aux besoins ou aux agréments de la vie, qui n'ait, avec cette vaste science que l'on nomme Histoire Naturelle, ou une liaison intime, ou quelque rapport sensible, et dont par conséquent l'étude, plus ou moins approfondie, ne soit indispensable à quiconque prétend en donner un système complet. Or, sur chacune de ces parties, un examen détaillé du livre de Buffon ferait voir partout dans son auteur l'homme de génie ou l'homme de goût, ou plutôt on découvrirait par cette sorte d'analyse, dans Buffon seul, plusieurs grands hommes. Mais quand même il me serait permis de m'aider, dans un essai simple et borné comme celui-ci, de semblables divisions, ou d'autres moins multipliées, j'ose dire que je les éviterais; car outre que tant de connaissances si étendues et si variées, dont la réunion presque inconcevable était cependant nécessaire pour expliquer et décrire la nature entière, se trouvent partout dans cet ouvrage tellement liées les unes aux autres, qu'à peine la pensée peut les séparer, en les distinguant de la sorte, on ferait mal sentir toute l'admiration que Buffon doit inspirer, leur assemblage même étant la marque et l'effet le plus admirable de la sublimité de son intelligence; mais d'ailleurs son propre exemple nous instruit à le contempler. C'est de lui qu'il faut apprendre à mesurer les objets aussi grands que son génie. Fuyons donc, en le louant, les méthodes qu'il a méprisées. Essayons de le voir lui-même comme il a vu la nature, non dans l'espoir de le peindre avec ses propres couleurs, mais comme impossible à saisir de toute autre manière; et, sans vouloir décomposer tous les rayons de sa gloire, sans chercher à séparer l'écrivain du naturaliste, l'orateur, si on le veut, le poète du philosophe observateur, tâchons de jeter sur son ouvrage un coup d'œil qui donne l'idée, non de chaque partie, mais du tout. Examinons en général quel dut être le but de l'auteur, et jusqu'où il l'a rempli ; ce qu'il a voulu faire, et ce qu'il a fait.

Si son dessein n'eût été que de nous donner un livre où toutes les productions connues de la nature se trouvassent dépeintes, la grandeur de cette entreprise étonnerait seule l'imagination, et ferait admirer l'audace d'un esprit capable de pareilles pensées; car dans chaque classe des objets que l'histoire naturelle considère, un petit nombre d'espèces a suffi quelquefois pour occuper toute leur vie des observateurs laborieux. Plusieurs savants même ont acquis une juste célébrité en bornant leurs méditations à une seule branche d'une de ces sciences que celle-ci comprend toutes; et rarement s'est-il trouvé un homme dont les regards aient pu embrasser toutes les parties de l'étude à laquelle il s'était livré. C'était donc une hardiesse vraiment digne d'admiration que d'envisager à la fois la multitude des êtres dont l'univers se compose, et d'oser, en observant leurs variétés infinies, former le projet de les connaître et de les décrire tous. Buffon voulut faire bien plus. La force du corps dans l'homme se mesure par ce qu'il exécute; celle de l'ame par ce qu'elle entreprend. Pour se former une idée de l'immensité du travail dans lequel Buffon s'engageait, il suffit d'abord de considérer que les premiers objets sur lesquels tomba l'attention des hommes (sitôt que l'établissement des sociétés et des lois, leur assurant les moyens d'une existence facile, leur permit d'autres pensées que celles qui ont rapport aux besoins de la vie) durent être nécessairement les ouvrages de la nature, dont la pompe les environnait, et s'offrait à leurs regards de quelque côté qu'ils tournassent la vue. Ceux que la pente de leur esprit portait à la contemplation ayant remarqué aisément les principaux phénomènes de l'harmonie universelle et les propriétés les plus apparentes de la matière organisée, ce premier coup d'œil jeté sans réflexion sur les tableaux de la nature, par la surprise qu'il excita, inspira promptement la curiosité d'en voir le fond et les détails, et dès lors on observa, on voyagea, on écrivit; mais les voyageurs et les écrivains ne purent être tous des hommes éclairés. Si quelquefois un sage parcourut le monde afin de le connaître, combien de gens peu instruits, crédules, superstitieux, menteurs, que le hasard, le besoin, la cupidité conduisit loin de leur patrie, rapportèrent, des plages inconnues, mille fables pour un fait, et dont les narrations sans foi ni exactitude furent recueillies sans discernement! Ainsi, à mesure que les remarques utiles se multipliaient, confondues, ensevelies dans la masse des compilations et des relations qui se multipliaient bien plus, la difficulté de les rassembler augmentait sans cesse avec le dégoût qu'accompagne toujours ce genre de travail; car, comme on s'était aperçu que dans ces écrits, quel qu'en fût le style, la curiosité naturelle aux hommes pour tout ce qui traite d'objets éloignés tenait souvent lieu de cet intérêt que l'art seul peut répandre dans d'autres ouvrages, on ne tarda pas à se persuader que pour être observateur, naturaliste, auteur, et se faire lire, il ne s'agissait désormais que de courir et d'écrire. Nul ne s'écarta tant soit peu du lieu de sa naissance, qui ne se crût en droit de publier au moins des lettres à un ami; et ceux même qui entreprirent des courses plus importantes abusèrent de la soumission du public, avide de s'instruire, pour faire essuyer aux lecteurs le détail des moindres événements de leur marche, de leur vie, de leurs discours, et quelquefois de leurs amours; surcroît de labeur pour la savant, qui, lisant bien moins pour lui que pour les autres, et craignant de perdre quelque circonstance digne d'être notée, se vit condamné à suivre, sans distraction, le récit accablant de tant d'inutilités.

Les connaissances acquises sur l'histoire naturelle se trouvaient donc répandues, lorsque Buffon prit la plume, dans une foule de livres, ou pour mieux dire dans tous les livres, puisqu'il n'en est presque aucun qui ne doive quelque tribut à cette science, et celui de la nature devenait intelligible à force de commentaires. Tant d'écrits informes que les savants eux-mêmes feuilletaient à peine durent être non-seulement lus, mais étudiés par Buffon, et il lui fallut savoir tout ce que les hommes avaient pensé jusqu'à lui, pour marquer, sur un même plan, toutes les vérités et toutes les erreurs. Mais il n'était pas de ces auteurs dont le mérite, borné à rendre un compte fidèle des idées ou des découvertes de leurs prédécesseurs, obtient plutôt la reconnaissance que l'admiration du public. Un génie tel que le sien se serait-il asservi à rassembler péniblement tout ce que les autres avaient su, si ce n'eût été pour y joindre tout ce qu'ils avaient ignoré? C'est à cet égard qu'on peut dire que son ambition fut sans bornes. Il voulut connaître tout ce que la terre enveloppe dans son sein, scruter les abîmes de la mer, et porter sa vue où ne va jamais la lumière; il voulut décrire tout ce que la surface du globe offre dans l'année aux regards du soleil, et, son œil perçant les espaces du ciel, participer aux conseils de l'intelligence suprême. Mais que dis-je? il ne se fût pas contenté de dévoiler aux hommes les secrets de la terre, les beautés de la nature, l'ordre de l'univers; il aspirait même à nous enseigner comment ces merveilles ont été produites, comment elles doivent périr un jour, depuis quand elles sont créées, ce qu'elles ont à durer encore, en un mot tout ce que l'immensité de l'espace et des temps dérobe même à nos conjectures; son ouvrage achevé eût été l'histoire du monde et le plan de la création, et il ne tint pas à lui que la curiosité humaine, si vague dans ses désirs, ne fût une fois satisfaite.

Mais si cete entreprise était, comme on ne saurait en douter, la plus grande dont Buffon même pût concevoir l'idée, d'un autre côté les moyens qu'il eut pour l'exécuter furent tels que toute la suite des temps dont l'histoire conserve quelque souvenir n'offre aucune époque aussi favorable au succès d'un pareil projet, et que jamais homme travaillant à étendre l'empire des connaissances humaines ne put y employer des ressources aussi vastes et aussi multipliées. Le monde alors était paisible, et cette tranquillité permettait aux observateurs, quelque séparés qu'ils fussent, de s'unir dans leurs travaux; ou les guerres qui survenaient, peu importantes en elles-mêmes et n'intéressant que les rois, n'empêchaient pas les nations de favoriser, d'un commun accord, les recherches utiles et savantes qui intéressaient le genre humain. Le commerce des lumières était toujours libre, et protégé même quelquefois par les ennemis de tout commerce et de toute relation entre les états. Ne vit-on pas sur un vaisseau dépouillé par les corsaires des caisses adressées à Buffon demeurer intactes, et, dans le désordre du pillage, le sceau de la philosophie sacré pour ceux même qui faisaient profession de ne rien respecter? L'oppression universelle ne laissait nulle part aux hommes d'autre usage de leur intelligence que l'étude des arts et des sciences, d'autre objet de curiosité que leurs productions et leurs découvertes, d'autre espoir de distinction que de celle qu'on ne peut ravir aux talents acquis par de longs travaux. Que dis-je? la tyrannie elle-même, aussi aveugle qu'inquiète, pensait dérober aux peuples sa faiblesse et son injustice, en détournant leurs regards vers un autre but, vers cette philosophie qui devait la renverser; et les sciences tiraient ce profit de la servitude commune, qu'aucune division entre les nations unies sous la même chaîne ne s'opposait à leurs progrès.

A ces avantages, que Buffon dut au temps où il écrivait, s'en joignirent d'autres bien plus grands, qui lui furent particuliers; car cette heureuse facilité qu'avaient les savants de mettre en commun leurs observations et leurs découvertes, pouvait devenir inutile à la perfection de son ouvrage, si les prétentions, la jalousie, les haines trop fréquentes entre eux se fussent opposées à la réunion de leurs lumières. Mais Buffon sut détourner l'influence de ces passions, funeste en tout genre au succès des grandes entreprises. L'ascendant de son génie lui soumit tous les esprits et amena, pour ainsi dire, sous sa direction, tous ceux qui avaient cultivé quelque partie des connaissances relatives à son objet. Son nom seul en imposait aux factieux de la littérature; ceux qui, comme philosophes, refusaient quelquefois de l'avouer pour leur maître, séduits, attirés par son éloquence, bientôt apportaient d'eux-mêmes tout ce qu'ils pouvaient lui fournir; et les matériaux lui venant de tous côtés, il semblait aussi n'employer que sa voix à la construction de son édifice.

En effet, dans toute l'Europe, on peut même dire dans le monde entier, tout ce qu'il y avait de savants et d'hommes instruits, de voyageurs allant au loin interroger la nature, et d'observateurs bornés à leur horizon; de leur côté, tous les gens en place, les ministres, les rois même, tous ceux, en un mot, que le savoir ou le pouvoir mettaient en état de seconder un pareil travail, dévouèrent à Buffon, les uns leurs talents, les autres leur autorité. Par là, sans sortir de son cabinet, il eut le moyen de rassembler plus d'observations et de lumières que les plus longs voyages n'auraient pu lui en fournir. Toutes les parties du globe accessibles à l'industrie ou à la curiosité des Européens devinrent comme présentes à ses yeux. Tout ce qu'il voulut connaître fut décrit ou peint par les mains les plus habiles ; tout ce qu'il voulut voir fut transporté à travers les monts et les mers. Un fait qui paraissait nouveau, une remarque intéressante, une découverte, en quelque lieu de la terre que le hasard ou les recherches l'amenassent au jour, était recueillie sur-le-champ, et communiquée à Buffon par une foule d'hommes jaloux de mériter qu'il les distinguât, et qu'un trait de sa plume recommandât leurs noms à l'éternité ; car on ne douta jamais que l'immortalité ne fût réservée à tout ce qu'il écrivait. Et se pouvait-il, en effet, qu'en voyant naître sous sa main des tableaux si accomplis on ne reconnût dès lors qu'ils devaient durer et être admirés tant que les hommes seraient sensibles aux charmes de l'éloquence et aux beautés de la nature? Les chefs-d'œuvre d'un autre genre ont leur cours et leur destinée. A quelque degré de perfection que la poésie puisse atteindre, ses chants ont besoin d'être renouvelés ; ce qui dans un siècle émeut les rochers, dans l'autre est à peine entendu des hommes. L'histoire vieillit encore plus vite : chaque jour, des faits nouveaux effacent ceux de la veille. En un mot, on doit s'attendre à voir peu à peu s'obscurcir et tomber enfin dans l'oubli toute composition dont le mérite ou l'intelligence tiennent à des choses que le temps altère ou détruit. Mais, pour que les écrits de Buffon subissent un pareil sort, pour que le prix de ses peintures fût quelque jour méconnu, il faudrait que la nature changeât, que le lion perdît sa fierté ou son caractère; le chien, son entendement et sa fidélité; l'aigle, l'empire de l'air, et l'Arabe son indépendance, ou que l'homme oubliât la nature; car tant que les yeux y seront attentifs, la grandeur et la variété du spectacle qu'elle présente rappelleront sans cesse le seul génie dont la vue ait su en saisir l'ensemble, et l'art en rendre les détails.

Je n'ignore pas néanmoins ce qu'ont pensé sur cela, et ce que disent encore des hommes éclairés, qu'il ne peut y avoir de vraiment estimable dans un livre de sciences que ce qui est utile aux savants, que cette utilité consiste à découvrir des vérités nouvelles, ou du moins à offrir, dans un ordre nouveau et qui en facilite l'étude, les vérités déjà connues; que le style didactique, c'est-à-dire le style propre et particulier aux sciences, est par sa nature le plus simple et le plus humble de tous, n'ayant jamais d'autre but que d'offrir à l'esprit un sens clair, ni de mérite plus grand que de n'être point remarqué; que, sur de pareilles matières, toute emphase dans les expressions fatigue, sans l'éblouir, un lecteur qui cherche le vrai, et, donnant aux gens moins instruits des idées fausses et confuses, nuit par là aux progrès des sciences; que, loin qu'ils puissent tirer de la parure oratoire et de ce luxe de langage aucune utilité réelle, la plupart d'entre elles doivent leur existence à l'invention de quelques signes que suppléent des phrases entières, et ne se sont perfectionnées qu'à mesure qu'elles ont appris à se passer des mots que l'éloquence, ennemie de l'exactitude, née pour émouvoir ou séduire, accoutumée à la marche impétueuse des passions, et dans des momens les plus calmes, moins occupée de la vérité que de la vraisemblance, est étrangère à tout ouvrage où il ne s'agit pas de persuader, mais de convaincre ; que la philosophie enseigne et ne harangue pas.

Mais quoi? s'est-elle interdit tout ce qui peut donner quelque agrément à ses leçons, et les rendre, par l'attrait d'un langage poli, non plus utiles mais plus aimables? Puisqu'en s'adressant aux hommes il faut qu'elle emploie les mots et les expressions en usage parmi les hommes, pourquoi ne choisirait-elle pas les plus propres à captiver et leur bienveillance et leur attention? La vérité, dites-vous, ne veut aucun aucun ornement; tout ce qui la pare, la cache. Peignez-la donc nue, mais belle; qu'elle frappe et plaise en même temps. Est-ce tout de la faire connaître, si on ne la fait aimer? Ces sciences même qui font profession d'une exactitude si sévère, qui ne présentent partout que l'évidence irrésistible, et qui rougiraient de sacrifier aux grâces, ont pourtant leur élégance. En subjuguant l'esprit par la force des preuves, elles ne dédaignent pas de le flatter par une certaine adresse. Au reste, s'il est des études qu'aucun charme n'embellisse, des connaissances que rien ne puisse réconcilier avec le goût, ceux qui les cultivent sont bien à plaindre. On trouve plus de douceur à s'occuper de la nature. Comme elle, mère de tous les arts, aucun art n'est étranger aux sciences dont elle est l'objet. L'éloquence lui doit sa vie et ses agréments; et tel est le rapport immuable qui subsiste entre elles, qu'on ne peut ni rien dire d'éloquent où ne se retrouve la nature, ni faire de la nature une image vraie qui ne soit éloquente. Les beautés de l'une sont celles de l'autre, tous leurs trésors sont communs; ainsi, vouloir la séparer, c'est contrarier l'essence des choses; et prétendre exclure l'éloquence des descriptions de la nature, c'est défendre à la peinture l'usage des couleurs.

Mais chacun juge par ce qu'il sent, et les mêmes objets ne font pas sur tous les mêmes impressions. C'est pourquoi, parmi les hommes dont les études ont pour but la connaissance de la nature, tous n'ont pas la même manière de l'envisager, ni de la peindre. Ceux qui la voient sans enthousiasme la décrivent avec méthode, mesurant tout scrupuleusement, s'arrêtant sur chaque point, et mettant toute leur attention à saisir jusqu'aux moindres traits; quelque beauté qui s'offre à eux, leur ame demeure immobile. La plus grande magnificence des décorations de l'univers ne leur présente nulle part que des noms à classer, des tables à dresser, de froides énumérations à déduire et comparer. Leur vue, sans cesse attachée à ces pénibles travaux, ne se repose jamais sur des images riantes, et trouve partout dans la nature les mêmes détails à épuiser, la même tâche à remplir. Mais sitôt qu'un esprit doué de quelque élévation s'applique à la contempler, la foule des idées sublimes dont elle est la source le ravit hors de lui-même; et, sans songer à être poète, il le devient en exprimant ce qu'il voit et ce qu'il sent. Qui des deux la représente le mieux? L'un emploie le coup d'œil et le pinceau; l'autre la règle et le compas. L'un en donne une vue grande et pittoresque; l'autre un plan sec et minutieux. La peinture la plus fidèle, est-ce donc celle qui offre à l'œil les dimensions des objets, mesurés exactement, mais sans perspective, sans vie, sans couleur; ou celle qui réveille dans le spectateur les mêmes idées, les mêmes sensations, les mêmes émotions que son modèle? Et quel est celui qui n'éprouve, à la lecture de Buffon, que l'ame, séduite par les illusions d'un style enchanteur, croit voir dans ses descriptions la nature elle-même, et ressent en effet toutes les impressions que sa présence peut produire? Ceux qui en font leur étude et qui l'étudient avec goût n'ouvrent point sans une certaine vénération le livre où elle est représentée dans toute sa magnificence, et plus l'esprit est habitué à méditer sur ses chefs-d'œuvre, plus il se plaît à la retrouver dans les tableaux de Buffon si pompeuse et si sublime. Mais quelque étranger qu'on puisse être aux connaissances de ce genre, il suffit d'avoir en partage ce degré d'intelligence et de sensibilité dont peu d'êtres sont privés, joint aux notions les plus communes de tout ce que l'œil le moins attentif remarque dans la nature; il suffit de voir et de sentir pour reconnaître dans Buffon tout ce qu'elle offre de plus grand et de plus majestueux. Où est l'homme si indifférent à toute sorte de beauté, qui n'ait éprouvé quelquefois, soit en traversant les forêts, soit en s'arrêtant sur le penchant des montagnes, soit en regardant d'un rivage élevé l'étendue de la mer, ce sentiment inexprimable d'admiration et de recueillement que fait naître alors l'idée de la variété des êtres et de l'immensité de l'univers? Est-il quelqu'un que le spectacle des belles nuits de l'été ne ravisse et n'absorbe dans une douce méditation, ou qui puisse se défendre d'une rêverie silencieuse, quand l'obscurité du ciel et le frémissement des vagues annoncent l'approche d'une tempête? Et se peut-il que tant de merveilles dont la vue met en extase une ame contemplative, qui, répandues dans la nature, font sur les sens les plus grossiers des impressions si profondes, ne frappent et n'éblouissent, rassemblées dans un ouvrage où se joint à l'enthousiasme inséparable du sujet le charme de l'illusion?

Buffon rappelle à ses lecteurs les objets qui leur sont connus, comme s'ils s'offraient à la vue, et les familiarise même avec ceux dont toute la nation leur est étrangère. Tout ce dont il parle est présent. On se transporte avec lui dans tous les lieux qu'il décrit. S'il nous représente les mœurs et la vie des animaux sauvages de notre continent, on le suit dans les forêts, on admire la nature inculte, le silence qui règne dans ces solitudes, et tant de choses muettes qui parlent à l'ame. On plaint le cerf victime d'un plaisir cruel trahi par la terre qu'il effleure à peine, et l'on s'intéresse aux amours fidèles, mais trop peu paisibles, d'un couple de chevreuils que la naissance unit et que la mort seule sépare. S'il peint en d'autres climats une autre nature, sous les zônes brûlées de l'Afrique et de l'Asie, on se croit transporté au milieu des déserts de l'Arabie, et l'on distingue à travers les sifflements des reptiles la voix de l'onocrotale et le cri du jabiru, ou bien on frémit en voyant sur les bords du Sénégal la timide gazelle descendre au rivage où le tigre est embusqué. Le spectacle de l'univers, lorsqu'on l'observe avec moins d'indifférence que la plupart des hommes, n'offre point d'image riante que Buffon ne retrace à l'esprit, point de perspective sombre qui ne se retrouve dans son livre, où l'on voit partout comme dans la nature l'ordre, l'harmonie, la fécondité, le remède à côté du mal, et la terre prodigue de tous biens, mais partout aussi la guerre établie, la force triomphante et l'innocence immolée.

C'est par l'harmonie de son éloquence, c'est par cette douceur infuse dans ses expressions, que Buffon charme les sens, et suspend le souffle de ceux qui l'écoutent, lors même qu'il ne parle que des animaux et des productions de la nature les moins nobles à nos yeux. Mais s'il s'offre un champ plus vaste à l'essor de son génie, s'il interrompt le dénombrement des espèces qui peuplent la terre, pour rendre hommage au principe de l'être et de la vie; ou s'il commence à décrire la structure de l'univers et l'équilibre des mondes pesant les uns sur les autres, alors une force divine nous enlève hors de la sphère des regards de l'homme : ce n'est plus un mortel qu'on entend, c'est la nature elle-même qui ouvre son sanctuaire, et dont la voix nous oblige à nous prosterner. O sagesse éternelle ! seul objet digne des efforts de la curiosité des humains, que ton attrait est puissant sur l'esprit qui cherche à te connaître, et qu'heureux est l'homme qui peut consacrer à te contempler ses jours et ses veilles !

PÉRICLÈS.

TRADUCTION LIBRE ET ABRÉGÉE

DE PLUTARQUE.

PÉRICLÈS.

Il ne faut pas une bien grande force d'esprit pour comprendre que ni les richesses ni le pouvoir ne rendent heureux. Assez de gens sentent cette vérité. Mais de ceux qui la connaissent pleinement, et se conduisent en conséquence, le nombre en est si petit qu'il semble que ce soit là l'effort le plus rare de la raison humaine. Tant de riches et de grands mécontents de leur sort n'en dégoûtent personne. Nul ne renonce à s'élever s'il n'en a perdu l'espérance.

Il y a pourtant des exemples d'une certaine retenue dans ceux que la fortune rend arbitres du sort des peuples, et par là quelques-uns se sont distingués du vulgaire des ambitieux. C'est ce qui m'a plu dans cette vie de Périclès, que je traduis d'un auteur ancien, et où j'ai trouvé deux choses remarquables : l'une, qu'étant né riche, il ne voulut pas le devenir davantage ; l'autre, qu'ayant été long-temps tout-puissant dans sa patrie, il la laissa libre. Voici donc ce qu'en dit Plutarque :

Il était du bourg de Cholarge, de la tribu acamantide, issu par son père et sa mère de tout ce qu'il y avait de plus noble dans la république; car Xanthippe, qui battit les Perses à Mycale, avait épousé Agariste, de la famille de ce Clisthène, grand personnage en son temps, et d'une haute vertu, qui, ayant chassé les Pisistratides, rendit la liberté à son pays, et en bannit à la fois, par un heureux accord entre les citoyens, la tyrannie et les factions. Agariste donc, étant grosse, rêva qu'elle accouchait d'un lion, et peu de temps après mit au monde Périclès, beau, bien fait et bien conformé de tous ses membres, hors la tête qu'il avait singulièrement oblongue et difforme; à quoi font souvent allusion les poëtes comiques de ce temps-là; et de là vient aussi que dans tous ses portraits il est représenté le casque en tête, les artistes ayant voulu cacher ce défaut.

On croit assez généralement que la musique lui fut enseignée par un certain Damon, quoique Aristote nomme Pythoclide le maître qui montra cet art à Périclès. Mais il paraît que Damon, homme d'un mérite rare, sous ce titre apparent de maître de musique, avait auprès de lui un emploi plus sérieux, et cachait le vrai but de ses leçons, qui était de le préparer aux grandes affaires, en l'exerçant et le formant comme un athlète destiné aux combats de la tribune. Car c'est une chose à remarquer, et prouvée par nombre d'exemples, que dans ces états populaires il fallait s'instruire en secret, et ne laisser apercevoir à des citoyens ombrageux nul dessein d'en savoir plus qu'eux. Ces précautions toutefois ne servirent de rien à Damon, qui, à la fin, soupçonné de vouloir rendre son éléve plus propre à régner qu'à tirer des sons de sa lyre, fut mis au ban de l'ostracisme, et fournit aux poètes comiques une ample matière de sarcasmes contre Périclès. Sur la physique il entendit Zénon Éléate, qui, étant en même temps grand dialecticien, et de ceux qu'on nomme disputeurs, lui apprit l'art, propre à cette secte, d'embarrasser son adversaire dans un cercle de raisonnements et de conséquences contradictoires; mais celui de tous qu'il écoutait avec le plus d'assiduité, et auquel il dut aussi bien l'ascendant de son éloquence dans les assemblées que l'élévation de ses sentiments et la gravité de ses mœurs, ce fut Anaxagore de Clazomène, qu'on avait surnommé l'Esprit, soit à cause de sa pénétration dans les sciences naturelles, soit parce que, le premier il attribua l'ordre de l'univers à l'origine des choses, non au hasard, comme les autres, ou à la nécessité, mais à une pure intelligence. Périclès, s'étant attaché à suivre ce philosophe, plein d'admiration pour un homme dont les pensées n'avaient rien que de noble et de grand, emprunta de lui non-seulement ces sublimes conceptions et ce langage épuré des bassesses populaires, mais un aspect imposant, une décence dans le maintien, un calme et une sérénité dans toute sa personne qu'aucune passion n'altéra jamais, en quoi il étonnait tout le monde. Un jour, par exemple, on raconte que sur la place publique un des plus effrénés coquins de la lie du peuple se prit à l'outrager de paroles, et ne cessa, tant que le jour dura, de lui dire toutes les injures dont il se pouvait aviser, tandis que Périclès, sans lui répondre un mot, parlait à ceux qui se présentaient, et expédiait les affaires. Le soir venu, il se retira aussi tranquille qu'à l'ordinaire, et toujours suivi de ce même homme qui continuait ses invectives. Enfin, sur le point de rentrer, comme il était déjà nuit close, il fit prendre un flambeau à un de ses esclaves, et lui ordonna de reconduire cet homme jusque chez lui. Cependant le poète Ion prétend que Périclès avait dans les manières une raideur et une sécheresse qui ne plaisaient pas généralement; qu'à travers cette dignité de son air et de ses discours perçaient trop visiblement l'orgueil et le dédain, et qu'on goûtait bien davantage la conversation aimable et l'affabilité de Cimon. Mais ne peut-on pas croire aussi que, comme au théâtre en ce temps-là il était d'usage que le même poète donnât la parodie avec la tragédie, Ion, habitué à faire l'une et l'autre, n'a pu s'empêcher de rabaisser par quelque trait satirique la gravité de Périclès, et que Zénon n'avait pas tort d'exhorter ceux qui trouvaient dans la réserve de ce grand homme un air de suffisance à se garder d'en avoir plus avec moins de sujet? Un autre avantage qu'il dut aux leçons d'Anaxagore, ce fut d'être affranchi de la superstition et de ces terreurs qu'impriment les phénomènes de la nature à ceux qui en ignorent les causes. Sur cela, les auteurs sont d'accord qu'il fit paraître en toute rencontre un esprit exempt de préjugés, et qu'aux prodiges apparents qui pouvaient produire sur les autres de sinistres impressions, il opposait un examen d'où résultait ordinairement qu'on reconnaissait pour une chose toute simple et naturelle ce qui d'abord avait paru miraculeux et terrible.

Étant jeune il se montrait peu, et appréhendait même de paraître en public; car on lui trouvait dans les traits beaucoup de l'air de Pisistrate, et au son agréable de sa voix, à la tournure vive et gracieuse de ses expressions, tous les vieillards qui avaient connu Pisistrate se récriaient sur la ressemblance. Sa fortune d'ailleurs, sa naissance, ses liaisons avec les premières familles lui faisant craindre l'ostracisme, il ne voulait se mêler de rien, payait de sa personne à la guerre, et en temps de paix se tenait coi; mais quand Aristide fut mort, Thémistocle banni, Cimon occupé au-dehors dans des expéditions lointaines, alors il se livra au peuple, quittant, contre son naturel, qui n'était rien moins que populaire, les riches et la noblesse pour se joindre à la multitude. Il voyait que le peuple, auquel on aurait pu aisément le rendre suspect, était bien plus à ménager que le parti aristocratique dévoué à Cimon (car Cimon était à la tête de ce qu'on appelait les honnêtes gens); et, tant pour se faire au besoin un appui contre lui, que pour être à l'abri de toute persécution, il voulut avoir des amis dans la faction opposée : ce fut alors qu'il adopta un genre de vie particulier. On ne le vit plus sortir que pour aller au sénat ou à la place publique, et jamais depuis il n'y eut, quelque invitation qu'on lui fît, ni fête ni amusements, ni repas dont il voulût être, tellement que durant sa longue carrière politique il ne mangea hors de chez lui qu'une seule fois au mariage de son cousin Euryptolème, encore se retira-t-il aux premières libations; il est certain que l'épanchement des conversations ne se concilie guère avec la gravité, et que cette dignité qu'exige la représentation se peut malaisément garder dans les entretiens familiers; mais il faut convenir aussi que la vraie vertu brille d'autant plus qu'on la voit de plus près, et que de la vie d'un homme de bien le plus beau n'est pas sa conduite publique, mais ses mœurs privées. Périclès ne voulait point que le peuple, accoutumé à le voir, pût quelque jour s'en lasser; il se montrait par intervalles, ne parlait pas sur toutes les affaires, ni ne paraissait à tout propos, mais se réservant, selon le mot de Critolaüs, comme la galère sacrée, pour les grandes occasions; il laissait le reste du temps courir sur l'ennemi d'autres orateurs, ses amis ou ses partisans, l'un desquels, dit-on, était cet Éphialte qui ôta tout pouvoir à l'aréopage, versant à pleine coupe, comme parle Platon, la liberté toute pure à ses concitoyens, d'où il arriva que le peuple, de jour en jour plus fougueux, ne connut bientôt plus de frein, et ayant mordu l'Eubée (ce sont les propres termes d'un poète contemporain), se jeta ensuite sur les îles.

Ce fut pour acquérir le langage qui convenait à un rôle si noble qu'il rechercha l'entretien d'Anaxagore; et l'étude de la philosophie répandit encore une teinte plus forte et plus mâle sur son éloquence naturelle; de là lui vint, au dire de Platon, cette grandeur dans les idées, cette rapidité d'expression si vantée, dont les soins d'Anaxagore développaient en lui le germe inné, et de là vint aussi sans doute le surnom qu'on lui donna. Quelques-uns croient toutefois qu'à cause des magnifiques ouvrages dont il embellissait Athènes on le nomma Olympien; ce fut, suivant d'autres, à raison du pouvoir qu'il exerçait en paix comme en guerre, et rien n'empêche, à dire vrai, que plusieurs motifs n'y aient contribué. Mais dans les comédies qu'on représentait alors, toutes pleines de traits contre lui, on voit clairement que la force admirable de ses discours lui avait fait donner ce surnom, puisqu'il y est dit que sa parole foudroie, que son éloquence est un tonnerre, et autres pareilles expressions. Il y a aussi un mot de Thucydide qui, bien que dit en plaisantant, donne une idée des grands talents de Périclès comme orateur. Ce Thucydide lui fut long-temps opposé dans le gouvernement; et un jour interrogé par Archidamus quel était le meilleur lutteur de lui ou de Périclès : *Quand je l'ai mis sous moi*, dit-il, *il soutient qu'il n'est pas tombé, et le persuade aux spectateurs.* On sait néanmoins que Périclès ne se hasardait point sans quelque crainte à parler dans une assemblée, et qu'en montant à la tribune il demandait pour lui aux dieux de ne rien dire qui pût paraître ou déplacé ou contraire aux intérêts de la république ; il n'a laissé malheureusement nul écrit, et nous n'avons de lui que ses décrets et quelques mots qu'on cite, comme, par exemple, qu'il appelait Égine *une paille dans l'œil du Pyrée*; c'était aussi lui qui disait : *Je vois d'ici la guerre qui s'avance du côté du Péloponèse;* et, un jour, ayant vu Sophocle, dans quelque fonction qu'il exerçait avec lui, regarder attentivement une fille très-belle : *Un magistrat,* lui dit-il, *doit fermer à toute séduction non-seulement les mains, mais les yeux;* et ce que rapporte Stésimbrote, que, faisant l'oraison funèbre de ceux qui périrent à Samos, il les disait immortels de même que les dieux : *Car nous ne voyons pas les dieux,* disait-il, *mais par les hommages qu'on leur rend, et par les biens qui nous viennent d'eux, nous connaissons leur existence et leur immortalité; il en est ainsi de ceux qui meurent pour la patrie.* C'était là le fond de son discours.

Mais, attendu que Thucydide nous représente l'administration de Périclès comme une vraie aristocratie qui, en conservant la forme d'un gouvernement populaire, laissait effectivement toute l'autorité dans les mains d'un seul homme, et que d'autres l'accusent d'avoir corrompu le premier la multitude à force de dons, de partages, de dilapidations, prétendant que par lui le peuple, ainsi mal accoutumé, devint paresseux et turbulent, de sage et laborieux qu'il était; examinons, d'après les faits, comment eut lieu ce changement. D'abord, comme nous l'avons dit, dans le dessein de se prémunir contre le crédit de Cimon, il se rangea du côté du peuple; mais ne pouvant, par sa fortune, faire les mêmes dépenses que lui, qui tenait table ouverte à tous venants, secourait les pauvres de son argent, donnait aux jeunes de quoi s'occuper, aux vieux de quoi vivre et se couvrir, livrait ses jardins ouverts et ses champs sans clôture à qui voulait s'y pourvoir; Périclès, pour effacer ces profusions, imagina de distribuer les deniers publics, ou, selon d'autres, cette idée lui vint de Démonide. Alors commencèrent les dons et les largesses de tout genre. On s'habitua à recevoir de l'argent pour assister aux jeux, pour voter aux assemblées, pour juger; et de la sorte, Périclès, ayant gagné l'affection de la multitude, s'en servit contre le sénat de l'aréopage dont il ne faisait pas partie, n'ayant eu aucune des charges nécessaires pour cela : c'étaient celles d'archonte, de thesmothète, de roi et de polémarque, charges qu'on tirait au sort anciennement, et après lesquelles on montait à l'aréopage; il abaissa donc ce corps, dont la juridiction fut presque réduite à rien par Éphialte; puis son crédit augmentant de jour en jour, il fit enfin exiler Cimon, qui subit l'ostracisme comme ennemi du peuple et ami de Lacédémone, malgré toutes ses victoires et les dépouilles des barbares dont il avait rempli la ville. Ainsi s'éleva tout d'un coup le pouvoir de Périclès par la faveur populaire.

Le bannissement de l'ostracisme durait dix ans selon la loi; mais, dans l'intervalle, Cimon crut avoir trouvé l'occasion de démentir par des faits ces liaisons dont on l'accusait avec les Lacédémoniens, quand, ceux-ci ayant attaqué le territoire de Tanagre, les Athéniens marchèrent contre eux; car alors, comptant sur l'amour de ses concitoyens, il osa venir à l'armée, et se montra en rang, pour combattre avec ceux de sa tribu, qui l'auraient admis volontiers, si les partisans de Périclès ne l'eussent fait chasser comme banni. Dans cette bataille, Périclès se distingua fort par sa bravoure; et ce fut, à ce qu'il paraît, de toutes les affaires où il se trouva celle qui lui fit le plus d'honneur; mais les amis de Cimon, ceux-là même que Périclès voulait faire bannir avec lui comme partisans de Lacédémone, y furent tués tous jusqu'au dernier. Le regret qu'on en eut fut extrême, et les Athéniens, battus sur leur frontière, menacés pour la campagne suivante d'une guerre encore plus vive, redemandaient Cimon; ce que voyant Périclès, loin de s'opposer au vœu public, il dressa lui-même le décret de son rappel. Cimon, de retour, fit la paix avec tout le continent; car on le considérait à Lacédémone autant qu'on y détestait Périclès et son parti. Quelques-uns ajoutent à ceci que le rétablissement de Cimon ne fut proposé par Périclès qu'après un accord fait entre eux par l'entremise d'une sœur de Cimon, nommée Elpinice, en vertu duquel il devait, lui, commander au dehors les forces qu'on envoyait contre le roi, et Périclès conserver l'administration intérieure, en demeurant à Athènes. Déjà une autre fois on s'était aperçu que les démarches d'Elpinice auprès de Périclès avaient eu le pouvoir de l'adoucir; car, dans le procès de Cimon, Périclès fut un des accusateurs nommés par le peuple, et quand Elpinice vint le solliciter chez lui, on conte qu'il se prit à rire : *ces négociations*, lui dit-il, *Elpinice, ne sont plus de ton âge*. Néanmoins, dans le cours de l'affaire il ne parla qu'une seule fois, pour remplir le devoir de sa charge, et nul ne parut ménager autant que lui l'accusé. Après cela, quelle foi mérite Idoménée, quand il impute à Périclès d'avoir fait assassiner par jalousie et par envie Éphialte, son ami, si attaché à son parti et à ses principes dans le gouvernement.

On ne sait en vérité où il a pris tout ce fiel qu'il verse sur un grand homme, non sans doute irrépréhensible, mais qui toute sa vie montra une douceur dans ses mœurs, une générosité incompatibles avec des crimes si odieux. Que le parti des nobles, redoutant Éphialte comme persécuteur implacable et dénonciateur de tous ceux qui s'enrichissaient aux dépens de l'État, l'ait fait secrètement périr par le moyen d'un certain Aristodicus de Tanagre, c'est ce que dit Aristote, et qui paraît plus probable.

Cimon mourut commandant l'armée athénienne en Chypre; mais la noblesse, qui voyait Périclès, déjà trop grand, s'élever encore, voulant lui opposer quelqu'un qui arrêtât son ambition et partageât l'autorité, devenue presque monarchique, mit en avant Thucydide, homme sage, parent de Cimon, mais moins guerrier, plus politique, propre aux affaires, qui, ne bougeant de la ville, fut l'éternel antagoniste de Périclès dans les assemblées, et rétablit l'ancienne lutte des orateurs à la tribune; il sépara du peuple ceux qu'on appelait les honnêtes gens, lesquels, mêlés et confondus jusqu'alors dans la foule, perdaient par là tout crédit et toute considération, et, de leurs efforts réunis en quelque sorte au bout du levier, fit une puissance considérable. Car, auparavant, une légère différence dans l'habillement était tout ce qui distinguait les deux partis; mais cette nouvelle distinction, tranchant tout d'un coup entre eux, mit d'un côté le peuple, et de l'autre les grands, sous divers noms et livrées de factions opposées. Périclès, alors contraint de laisser un peu flotter les rênes du gouvernement, se mit à caresser plus que jamais ses concitoyens, ayant soin que les spectacles, les fêtes, les banquets publics se succédassent presque sans cesse, et multipliant leurs plaisirs, toujours ennoblis par les arts. Il faisait partir tous les ans soixante navires que montaient des jeunes gens soldés pendant huit mois de l'année pour s'instruire et s'exercer aux manœuvres de mer. Il envoya mille colons dans la Chersonnèse, à Naxos cinq cents, la moitié de ce nombre à Andros, et dans la Thrace mille, qui devaient se joindre aux Bisaltes, sans parler de ce qu'il fit pour repeupler Sybaris sous le nom de Thurium. Le bien qui résultait de toutes ces migrations, c'est que l'État se débarrassait d'une multitude oisive et inquiète. On donnait à plusieurs familles des établissements qui soulageaient le peuple; on plaçait auprès des alliés des surveillants capables de leur imposer et de les tenir dans le devoir.

Mais ce qui faisait le plus d'honneur à la nation et d'envie aux étrangers, qui seul aujourd'hui rappelle à la Grèce son ancienne gloire, et fait foi de sa grandeur passée, la magnificence des ouvrages publics, fut précisément ce qu'on reprocha le plus à Périclès, et sur quoi ses ennemis se récriaient davantage. Athènes, selon eux, se déshonorait et allait s'attirer des querelles de tous côtés, en disposant ainsi du trésor de Délos. Pour enlever cet argent, le prétexte de le mettre en sûreté, hors de la portée des barbares, devenait, disaient-ils, ridicule depuis les victoires de Cimon. Que dira la Grèce, et comment prendra-t-elle la violation ouverte d'un dépôt si sacré, quand elle verra les subsides payés par toutes les villes pour la défense commune servir à l'embellissement et au luxe d'une seule, qui, comme une impudique, cherche pour sa parure les métaux ciselés et les pierres les plus précieuses? A cela, Périclès répondait : « Qu'on ne devait » aux alliés nul compte de cet argent, tant qu'on ferait » pour eux la guerre sans qu'il leur en coûtât un homme » ni un vaisseau ; et qu'en recevant leurs subsides, Athè» nes était quitte envers eux quand elle battait seule l'en» nemi commun. Qu'après les dépenses de la guerre, » ces richesses ne pouvaient mieux s'employer qu'à des » travaux utiles pour le présent et glorieux pour l'ave» nir, qui, animant tous les arts, occupant tous les bras, » entretenaient dans le peuple une continuelle activité, » aussi utile au repos public qu'aux fortunes particuliè» res. » De fait, la jeunesse qui servait ou à l'armée ou sur mer vivait aux dépens de l'État. Voulant donc que la multitude et les artisans eussent part, mais non sans rien faire, aux mêmes avantages, il porta le peuple à entreprendre ces grands édifices et ces beaux ouvrages, qui demandaient beaucoup de travail et de temps; afin que, chacun étant employé et payé selon ses talents, personne, s'il se pouvait, n'eût à se plaindre de la patrie; car, Athènes rassemblant, au moyen du commerce, toutes les matières que les arts pouvaient mettre en œuvre, possédait aussi, en nombre infini, des artisans dont les diverses professions formant comme autant de corps que ces travaux vivifiaient, chaque art distribuait, en quelque façon, à tous ceux qui l'exerçaient la richesse de l'État.

A mesure que s'élevaient ces ouvrages, surprenants par leur grandeur, inimitables pour le goût et pour l'élégance (ce temps étant celui des plus fameux artistes qui, dans ce travail, cherchaient à se surpasser eux-mêmes), ce qui étonnait davantage, c'était la rapidité de l'exécution; car ces monuments dont chacun paraissait exiger des siècles pour sa construction, et devoir faire honneur à plusieurs magistrats, furent tous achevés sous Périclès. On dit que le peintre Agatharque un jour en présence de Zeuxis se vantait d'avoir le travail facile, et de finir promptement des tableaux; *moi,* dit Zeuxis, *je suis long-temps à ce que je fais, mais c'est pour long-temps.* Il semble, à vrai dire, que cette facilité, cette promptitude d'exécution qui coûtent peu à l'ouvrier, ne donnent guère à l'œuvre une beauté durable, ni cette perfection que respecte le temps, et c'est ce qui rend plus admirables les ouvrages de Périclès faits en peu d'années pour l'éternité. Car à peine achevés, ils parurent antiques par leur beauté majestueuse, et, après tant de siècles, ils ont aujourd'hui la grace de la nouveauté. Au reste, tout était conduit par

Phidias, qui avait la direction générale de ces ouvrages, chaque partie étant d'ailleurs confiée séparément à des architectes ou autres artistes, tous grands maîtres dans leur état. Ainsi Callicrate bâtit le Parthénon avec Ictinus; le temple d'Éleusis, commencé par Corœbus, qui l'éleva jusqu'au second ordre, fut après sa mort achevé par Métagène. Xénoclès fit le couronnement de l'Anactoxon; et la longue muraille, dont Socrate avait entendu proposer la construction par Périclès, est aussi de Callicrate. Quant à l'Odéon, sa forme et son plan représentent, comme on sait, la tente du roi de Perse, et Périclès le destina aux combats de musique, qu'il institua le premier, pour la fête des Panathénées. Ayant fait passer le décret qui les ordonnait, il fut chargé par le peuple de régler la distribution et le sujet des différents prix, et depuis lors l'Odéon servit toujours au même usage. L'architecte Mnésiclès bâtit en cinq ans le frontispice de la citadelle appelée les Propylées. Pendant qu'on y travaillait, un accident singulier fit voir que Minerve, non-seulement agréait ces embellissements d'un lieu qui lui était consacré, mais protégeait efficacement ceux qui s'y employaient. Un des meilleurs ouvriers et des plus zélés pour ce pieux travail, étant tombé de fort haut, se trouvait si maltraité de sa chute, que les médecins en désespéraient. La déesse apparut en songe à Périclès, et lui indiqua un remède au moyen duquel cet homme fut promptement rétabli. On voit dans la citadelle une figure de bronze de Minerve *Hygiea*, élevée par Périclès à cette occasion, avec un autel qui n'existe plus. Phidias faisait lui-même la chapelle dorée de la déesse, et son nom se lit sur la colonne. Mais il était chargé de tout comme nous avons dit, et l'amitié de Périclès le mettait fort au-dessus des autres artistes, ce qui leur fit tort à tous deux; il se répandit un bruit que des femmes libres, sous prétexte de voir les ouvrages de Phidias, venaient chez lui pour Périclès, et les poètes comiques ne manquèrent pas de jouer sur leurs théâtres ces intrigues, vraies ou supposées, dans lesquelles on nommait surtout la femme d'un certain Ménippe, fort attaché à Périclès, et son lieutenant à l'armée. Mais faut-il s'étonner que ces poètes satiriques de profession, et nourris dans la médisance, immolassent aux risées d'un peuple jaloux la réputation des grands, lorsqu'on voit Stésimbrote, en haine de Périclès, noircir par des calomnies aussi absurdes qu'impies la femme de son propre fils; et combien, dans la recherche de faits si anciens, la trace du vrai n'est-elle pas difficile à suivre, après que la faveur ou l'animosité, l'envie ou la flatterie, ont présidé aux récits des contemporains, et corrompu dans sa source la vérité historique?

Comme les orateurs du parti de Thucydide déclamaient contre Périclès criant que de telles dépenses absorbaient fonds et revenus, et ruinaient la république, Périclès un jour, en pleine assemblée, dit au peuple : *Il vous semble donc, Athéniens, que ces bâtiments coûtent trop? — Beaucoup trop,* répondit le peuple tout d'une voix. — *Eh bien!* reprit-il, *ne payez rien, ce sera moi qui paierai tout ; mais j'en ferai la dédicace, et je serai seul nommé dans les inscriptions.* A ces mots, toute l'assemblée (soit qu'on fût piqué de jalousie ou frappé d'admiration d'une offre si magnanime) s'écria qu'il fît ce qu'il fallait, et disposât des fonds publics sans rien épargner.

A la fin, les choses en vinrent au point que tous deux, Thucydide et lui, étant ballottés aux suffrages du peuple pour le ban de l'ostracisme, ce fut Thucydide qui succomba, et qui, allant en exil, laissa Périclès sans rival. Celui-ci, dès qu'une fois affranchi de toute concurrence il eut concentré en lui seul les forces des différents partis, et réuni dans sa main tous les fils de l'autorité avec l'influence d'Athènes dans les affaires générales de la Grèce et des barbares, dès lors, il ne fut plus le même, on ne le vit plus caresser le peuple comme auparavant, et au lieu de cette administration molle et complaisante qui flottait au gré des passions de la multitude, montant le gouvernement sur le ton sévère de la monarchie, le plus souvent il trouvait ses citoyens dociles et cédant aisément à la persuasion; mais quelquefois obligé de les tancer pour leur bien, il en usait comme un médecin, qui tantôt flatte, et tantôt gronde son malade pour lui faire endurer des traitements douloureux et des privations salutaires; car il ne se pouvait guère que ce peuple, maître de lui-même, et abusant souvent d'une liberté sans bornes, n'eût contracté de grands vices, dont une main légère et ferme était seule capable de le corriger, en employant comme aides la crainte et l'espérance pour tempérer sa fougue et régler son ardeur. Périclès prouva ce que dit Platon, que l'éloquence est ce caducée de Mercure qui conduit les ames, et que son grand objet est de manier les passions et les mœurs au moyen de certains accords qui demandent une touche délicate et un sentiment exquis des convenances. Il n'eût pourtant pas exercé, comme l'observe Thucydide, par la seule puissance de la parole, cet ascendant sur les esprits, sans l'opinion qu'on avait de son intégrité à l'épreuve de l'or et de toute tentation. Il est vrai qu'on ne pouvait guère penser autrement d'un homme qui, auteur de l'opulence et du bonheur de son pays, protecteur des princes et des rois, et quelquefois même tuteur de leurs enfants, mourut sans avoir accru d'une obole l'héritage de ses pères.

Thucydide a donc très-bien caractérisé le gouvernement de Périclès, et c'est pure malignité aux poètes comiques de ce temps-là de le peindre comme un despote, appelant ceux qui l'entouraient les nouveaux pisistratides, et l'engageant en plein théâtre à abdiquer la tyrannie, tandis que leurs invectives même prouvent sa modération, et combien peu ils redoutaient son autorité, qui toutefois pesait à un peuple né libre et trop accoutumé à la licence démocratique pour supporter la moindre contrainte. Il est de fait qu'Athènes lui confia, suivant les vers de Telectidès, ses temples à construire, ses murs à élever, ses trésors à dispenser, ses flottes, ses armées, sa puissance, ses alliés et elle-même, et cela non pas pour un moment ni par une faveur passagère, mais pendant quarante ans qu'il tint le premier rang dans la république au-dessus des Éphialte, des Léocrate, des Thucydide; et, depuis la chute de Thucydide, il garda quinze années entières la même autorité perpétuelle et immuable pendant que les autres magistrats se renouvelaient tous les ans, toujours intact, inaccessible à la corruption, nullement indifférent d'ailleurs au soin de sa propre fortune; car, ne voulant ni laisser perdre son patrimoine par négligence, ni s'en occuper aux dépens des affaires publiques, il avait réglé les siennes de manière à n'en être jamais embarrassé, par l'ordre et l'exactitude qu'il y savait mettre. On rapporte, entre autres choses, qu'il vendait toutes ses récoltes et se pourvoyait au marché de ce que consommait sa maison; aussi n'était-il guère approuvé des jeunes gens ni favorable aux femmes, qui ne pouvaient souffrir, non plus que ses enfants, cette extrême régularité au moyen de laquelle rien chez lui n'était oublié ni perdu, comme il arrive d'ordinaire dans les maisons riches; mais les revenus et la dépense, marchant tous par nombre et mesure, se balançaient exactement. Celui qui gouvernait si bien les affaires de Périclès était un de ses domestiques ayant nom Évangélus, habile économe s'il en fut jamais, et formé par Périclès même, qui en cela n'imitait pas son maître Anaxagore. Celui-ci laissait sans y prendre garde sa maison tomber en ruines et ses terres en friches, livré tout entier aux spéculations de la philosophie; de vrai ce qu'on peut dire là-dessus, c'est que, la vie du sage étant contemplative ou active, cela fait en quelque sorte deux hommes qui ne se doivent pas conduire par les mêmes principes. Le premier, dont les méditations ont perpétuellement pour objet les choses intellectuelles, n'est guère capable d'autres soins. Le second, appliquant la sagesse aux relations de la société, ne saurait mépriser les recherches qui peuvent même être pour lui matière d'exercer la vertu comme elles l'étaient pour Périclès par les secours qu'il donnait à beaucoup de pauvres citoyens. On conte d'Anaxagore même que, négligé pendant quelque temps par son disciple, que les affaires empêchaient de songer à lui, se voyant vieux et délaissé, il avait résolu de mourir, et que, l'ayant trouvé par terre enveloppé de son manteau, Périclès le conjurait de renoncer à ce dessein, sinon par amour de la vie, au moins pour l'amour de lui, à qui ses conseils étaient nécessaires; sur quoi le philosophe, soulevant son manteau: ô Périclès, lui dit-il, quand on veut se servir de la lampe, on a soin d'y verser de l'huile.

Lacédémone commençait à prendre ombrage de cet accroissement si rapide des Athéniens; ceux-ci n'en paraissaient que plus fiers et plus ambitieux, animés par Périclès, qui sans cesse les poussait à tout entreprendre pour mettre le comble à leur gloire; il fit passer un décret par lequel on invitait tous les états de la Grèce et tout ce qui portait le nom grec, tant en Europe qu'en Asie, à députer à Athènes pour délibérer en commun sur le rétablissement des temples détruits par les barbares lors de l'invasion de Xerxès, sur les sacrifices voués aux Dieux dans la même guerre, et non encore acquittés, enfin sur les mesures à prendre pour assurer la liberté de la navigation par un accord entre toutes les puissances maritimes. On nomma dans les citoyens âgés de plus de cinquante ans vingt ambassadeurs, dont cinq allèrent convoquer les Ioniens et les Doriens d'Asie avec les insulaires jusqu'à Rhodes et Lesbos; cinq autres étaient envoyés aux villes de la Thrace et de l'Hellespont, y compris Byzance, cinq destinés pour la Phocide, la Béotie, le Péloponèse et l'Épire jusqu'à Ambracie; les cinq derniers devaient se rendre par l'Eubée au mont Œta et sur le golfe de Malée pour parcourir la Phthiotide, l'Achaïe, la Thessalie, invitant partout les peuples à concourir à ce grand ouvrage, qui allait établir l'union et la concorde dans la Grèce. Le projet ne put s'exécuter par l'opposition secrète des Lacédémoniens et par le peu de succès des premières tentatives dans le Péloponèse; mais ce n'en est pas moins une preuve des généreux sentiments et de l'amour du bien public qui l'inspirèrent à Périclès.

A la guerre, comme chef, il était estimé pour la sûreté de ses opérations, donnant au hasard le moins possible, et évitant les affaires d'une issue trop incertaine, peu jaloux de ceux que leur audace mettait en quelque réputation, et qui brillaient par des succès dérobés à la fortune. C'etait ce qu'on pouvait dire de Tolmides, fils de Tolmeus, connu par sa témérité, et tenu, tant qu'elle réussit, pour un grand homme de guerre. Celui-ci voulant fort mal à propos faire une incursion dans la Béotie, sans autre force qu'environ mille jeunes gens entraînés par ses bravades, il fit tout ce qu'il put dans une assemblée pour l'en détourner, et ce fut là qu'il dit ce mot connu : N'en crois pas Périclès, mais prends conseil du temps. On y fit peu d'attention dans le moment, mais quelques jours après, lorsqu'on reçut la nouvelle de la défaite de Tolmides, qui fut battu à Coronée, et périt avec bon nombre des plus vaillants hommes d'Athènes, on admira la sagesse et le grand sens de Périclès, et on le regarda comme un citoyen qui voulait et connaissait le bien de la patrie.

De toutes ses expéditions la plus approuvée fut celle de la Chersonnèse, qui sauva tout ce qu'il y avait de Grecs habitant cette contrée; car non-seulement il leur conduisit un secours de mille colons athéniens; mais en fortifiant l'isthme d'une mer à l'autre, il arrêta les continuelles incursions des Thraces, et fit la sûreté de ce pays jusqu'alors tourmenté par le voisinage des barbares et les brigandages de toute espèce; il se fit admirer encore et respecter au dehors par une course sur les côtes du Péloponèse avec une galère partie du port de Mégare. Non content de ravager les villes maritimes comme avait fait Tolmides, il conduisit dans les terres ses troupes de débarquement, contraignit les ennemis de s'enfermer dans leurs murs en abandonnant toute culture, et ayant battu à Némée les Sicyoniens, qui osèrent tenir la campagne, il en dressa un trophée; de là passant en Épire avec le secours des troupes d'Achaïe qu'il prit sur sa flotte, il courut l'Acarnanie au-dessus de l'Achéloüs, et après avoir fait partout un grand dégât, revint glorieusement à Athènes, redouté des ennemis, et plus grand que jamais aux yeux de ses concitoyens, qui ne purent s'empêcher d'admirer son activité, sa prudence, et surtout son bonheur; car dans cette expédition il n'eut pas le moindre accident contraire.

Une autre fois, étant entré dans le Pont-Euxin avec une puissante flotte, il protégea les villes grecques, les traita toutes avec bonté, et régla leurs intérêts. La vue de tant de forces imposa aux barbares, et tint pour un temps leurs rois dans la crainte en leur montrant les Athéniens maîtres de la mer, et prompts à se porter au secours de leurs alliés. Il détacha treize galères avec quelques troupes à Sinope contre le tyran Timéséléon, et après l'en avoir chassé, il fit passer d'Athènes six cents colons volontaires qui s'établirent avec les anciens habitants dans les maisons et les terres qu'avaient occupées le tyran et ses partisans. Du reste il résistait à l'ambition de ses concitoyens, qui, dans l'ivresse des succès, commençaient à convoiter encore une fois l'Égypte et les possessions maritimes du roi. Alors se déclarait aussi cette funeste passion pour la Sicile, qu'Alcibiade sut depuis si malheureusement rallumer. Quelques-uns même rêvaient Carthage et les bords de l'Italie, non sans une sorte de probabilité, vu le cours des événements, et les progrès que faisait la puissance d'Athènes.

Mais Périclès, qui aimait mieux qu'on employât cette puissance à s'assurer la possession de ce qu'on avait acquis, réprimait leur fougue, pensant avoir assez à faire avec les Lacédémoniens, auxquels il était tout-à-fait contraire, comme on le vit en plusieurs rencontres, et surtout dans la guerre sacrée; car alors ils avaient ôté aux Phocéens le temple de Delphes pour le rendre aux Delphiens. Mais les troupes de Lacédémone furent à peine parties que Périclès, survenant avec celles d'Athènes, remit les Phocéens en possession du temple; puis comme les Lacédémoniens avaient obtenu de ceux de Delphes le privilège d'être admis les premiers à consulter les Dieux, et en avaient fait graver le décret sur le front du Loup de bronze, Périclès se fit accorder par les Phocéens la même prérogative pour sa nation, et inscrivit ce nouveau décret sur le côté droit du Loup.

La suite montra qu'il avait sagement empêché les Athéniens de porter leurs forces au dehors. D'abord la défection de l'Eubée l'obligea d'y passer lui-même avec des troupes, et il n'y fut pas plus tôt qu'il apprit qu'une armée de Lacédémoniens commandés par Plistonax était aux frontières de l'Attique. Il s'en revint donc promptement faire face à cette attaque, qui avait déjà détaché d'Athènes les Mégariens. Provoqué par l'ennemi dont l'infanterie était nombreuse et formidable, il ne crut pas devoir accepter le combat; mais voyant Plistonax dans la première jeunesse, dirigé par Cléandridas que les Éphores lui avaient donné pour conseil et pour guide, il fit faire sous main des offres à cet homme, le séduisit, et par ce moyen fit retirer l'armée ennemie. Quand on sut à Sparte comment se terminait cette campagne, et que toutes les troupes alliées s'en retournaient dans leur pays, l'indignation fut générale. On condamna Plistonax à une grosse amende qu'il ne put payer; il s'enfuit; autant en fit Cléandridas, et il fut condamné à mort. Il était père de ce Gylippe qui défit les Athéniens en Sicile, et cette famille semble avoir eu l'avarice infuse dans le sang, car ce Gylippe fut, pour un trait pareil, chassé honteusement de Sparte, comme nous l'avons dit ailleurs.

Un jour Périclès, rendant compte de l'emploi de certains deniers, porta dix talents dépensés pour *service utile à l'état*; le peuple lui passa cet article sans demander plus de détail. Il y a des auteurs qui assurent, et entre autres Théophraste, que chaque année Périclès envoyait à Sparte dix talents pour gagner les principaux magistrats de cet état, et par eux empêcher la guerre, achetant ainsi non la paix, mais le temps nécessaire pour mettre ordre à différents embarras. Car, occupé à punir la défection des alliés, il était repassé avec cinquante galères et cinq mille hommes d'infanterie dans l'île d'Eubée, dont toutes les villes furent en peu de temps soumises. Il chassa de Chalcide ceux qu'on appelait les Hippobates; c'étaient les premiers du pays. Il expulsa la nation des Histéiens, et les remplaça par une colonie. Ceux-ci furent traités sévèrement parce que, un vaisseau athénien étant tombé entre leurs mains, ils en avaient massacré tout l'équipage.

Ensuite une trève de trente ans conclue avec Lacédémone ayant le même effet que la paix, tranquille de ce côté, il fit décréter une expédition contre les Samiens, qui n'avaient pas voulu sur un ordre d'Athènes accommoder leurs différends avec ceux de Milet. Mais comme il paraît qu'Aspasie fut la vraie cause de cette guerre, où Périclès engagea ces citoyens pour l'amour d'elle, peut-être serait-ce ici le lieu de chercher ce que c'était que cette femme, et par quel charme, par quelle secrète puissance, elle parvint à subjuger les plus grands personnages de son temps au point de mériter l'attention de l'histoire et des philosophes. Qu'elle fût née à Milet, et fille d'Axiochus, c'est de quoi on ne fait nul doute; on dit que d'abord elle prit pour modèle, et imita dans sa conduite une certaine Thargélie, femme célèbre de l'Ionie, consommée dans l'art de captiver les hommes. En effet, cette Thargélie, au temps de l'invasion des Perses, joignant l'esprit à la beauté, vécut avec plusieurs Grecs, de ceux qui avaient le plus de crédit dans les républiques, et tous les engagea dans le parti du roi; en sorte que ce fut elle qui par ses séductions donna naissance dans la Grèce à ce qu'on appelait le *médisme*, ou le parti mède. Il ne manque pas non plus de gens qui prétendent qu'Aspasie fut recherchée de Périclès pour ses rares connaissances et son habileté dans toutes les affaires. Ce qu'il y a de certain, c'est que Socrate et ses amis allaient habituellement chez elle, et que même quelques-uns y menaient leurs femmes pour l'entendre, quoique sa maison ne fût pas des plus décentes, puisqu'on sait qu'elle y élevait des filles pour être entretenues. Lysiclès, au dire d'Eschine, de l'état le plus bas et le plus abject, car il était marchand de moutons, devint le premier des Athéniens, quand il eut pris Aspasie après Périclès; et le Ménexène de Platon, quoique cette pièce ne soit d'ailleurs qu'une fiction ingénieuse, montre cependant l'opinion alors générale, que la société d'Aspasie avait été pour plusieurs une école d'éloquence. Ses liaisons avec Périclès furent d'une autre sorte, à ce qu'il semble. Il avait épousé une de ses parentes mariée auparavant à Hipponius qui en eut Callias le riche; Périclès eut d'elle Xanthippe et Paralus, puis, comme ils vivaient mal ensemble, il la céda de son consentement à un autre, et prit Aspasie qu'il aima vraiment d'amour tendre; car on rapporte que chaque jour, soit en sortant de chez lui, soit en revenant des assemblées, il ne la saluait jamais autrement que d'un baiser. On l'appelait dans les comédies, tantôt Omphale, tantôt la nouvelle Déjanire, et souvent Junon; mais quelques-uns, comme Cratinus, n'ont pas fait difficulté de lui donner des noms moins honnêtes. Elle eut de même de Périclès un fils naturel, du moins Eupolis le dit. Enfin elle acquit tant de célébrité que, long-temps après, le jeune Cyrus, celui qui disputa la couronne à son frère, changea le nom de sa favorite appelée Mylto en celui d'Aspasie; celle-là était Phocéenne et fille d'Hermotime. Après la bataille où Cyrus périt, ayant été conduite au roi, elle en fut aimée et devint toute-puissante à la cour. Voilà sur un tel sujet ce qui s'offre à ma mémoire, et que je ne crois pas ici plus déplacé que dans Hérodote ce qui regarde Rhodopis.

Il passe donc pour constant qu'à la prière d'Aspasie Périclès fit entrer Athènes dans la guerre qu'avait Samos contre les Milésiens, au sujet de Prienne. Ceux-ci avaient été battus. Athènes intercédant pour eux, les Samiens vainqueurs se refusaient à toute espèce d'accommodement. Périclès vint avec une flotte, et après avoir aboli l'aristocratie dans Samos, il prit dans les meilleures familles cinquante otages avec pareil nombre d'enfants qu'il mit en dépôt à Lemnos. On assure que chaque ôtage lui voulut donner un talent de rançon, et la ville de grandes sommes pour l'empêcher d'y établir la démocratie. De plus, le satrape Pissouthnès, qui s'intéressait aux Samiens, lui envoya dix mille pièces d'or pour l'engager à ménager cette république. Mais il refusa tout, et, sans rien écouter, ne les quitta point qu'il n'eût rendu leur gouvernement populaire. Eux, le voyant parti, se révoltèrent (Pissouthnès ayant réussi à faire évader leurs otages), et de nouveau se préparèrent à une guerre vigoureuse. Le retour de Périclès leur imposa si peu, qu'ils allèrent au-devant de lui, pensant déjà combattre pour l'empire de la mer, autant que pour leur liberté. La bataille qui se donna près d'une île appelée Tragée, fut sanglante, et Périclès y remporta une belle victoire avec quarante-quatre vaisseaux contre soixante-dix, dont vingt bâtiments de guerre, après quoi, poursuivant les restes de la flotte battue, il se rendit maître du port de Samos; ce qui n'empêcha pas les habitants de défendre hardiment leurs murs, et de faire même des sorties. Ce siége, par l'arrivée d'une seconde flotte venue d'Athènes, étant réduit en blocus, Périclès en partit avec soixante galères pour une autre expédition; selon la plus commune opinion, il allait à la rencontre des Phéniciens, qui venaient secourir Samos; mais Stésimbrote prétend, en cela toutefois moins croyable, qu'il voulait débarquer en Chypre. Quel que fût son dessein, l'événement le fit blâmer. Car les Samiens, prenant courage de l'affaiblissement des assiégeants, les attaquèrent, les battirent, les poursuivirent en mer, et, après leur avoir pris ou tué une infinité de gens, détruit beaucoup de vaisseaux, introduisirent des provisions dans la place, où la disette commençait à se faire sentir. Melissus le philosophe, fils d'Ithagènes, commandait dans Samos, et ce fut lui qui, apercevant la faiblesse et les fautes de l'ennemi, sut inspirer aux siens cette heureuse hardiesse. Aristote dit même que Périclès en personne perdit une bataille contre Melissus. Les Samiens dans cette occasion, rendant aux Athéniens insulte pour insulte, marquèrent au front tous ceux qu'ils prirent de la figure d'une chouette, comme on imprimait aux leurs celle d'un vaisseau quand ils tombaient au pouvoir des Athéniens. A Samos on appelait *Samine* certains vaisseaux de transport d'une forme particulière, dont l'usage venait de Polycrate. C'était la figure de ces bâtiments qu'on pointillait sur le front des prisonniers samiens, ou peut-être quelques lettres, comme semble l'indiquer ce vers d'Aristophane,

> Chez eux les Samiens ont force gens lettrés.

Cependant Périclès, instruit de ce qui se passait devant Samos, y accourut avec sa flotte, et ayant vaincu les Samiens dans un combat qui les mit hors d'état de tenir la mer, il resserra le blocus au moyen d'une ligne de circonvallation par terre, aimant mieux devoir le succès de ses desseins au temps qu'au sang des citoyens. Mais, comme il s'aperçut qu'une continuelle fatigue rebutait à la longue ses gens, qui, impatientés de cette lenteur, voulaient à toute force livrer un assaut, il les partagea en huit corps, dont celui qui tombait au sort avait un jour de repos. A ce siége, Éphore prétend qu'on se servit pour la première fois de machines inventées par un certain Artemon, au grand étonnement de Périclès et de toute l'armée. Mais en cela il est contredit par Héraclide, qui, fondé sur des vers d'Anacréon, soutient qu'Artemon était mort long-temps avant cette guerre. La ville s'étant rendue au bout de neuf mois, Périclès en fit raser les murailles, prit toute la flotte, et imposa aux habitants une forte contribution, dont partie fut payée sur-le-champ. Ils obtinrent un délai pour le reste, en donnant des otages. Duris veut faire de cet événement une tragédie à sa manière, en imputant à Périclès ainsi qu'aux Athéniens des choses dont, ni Thucydide, ni Éphore, ni Aristote, ne disent mot, et qui n'ont même nulle vraisemblance. Il conte qu'on vit exposés sur la place publique de Milet tous les capitaines et officiers de la marine samienne liés à des planches pendant dix jours, qu'au bout de ce temps, près d'expirer, ils furent achevés à coups de bâton et laissés sans sépulture. Cet écrivain, si peu maître de son imagination dans les récits même où rien ne le touche partilièrement, n'a pu s'empêcher de noircir les Athéniens dans la vue d'intéresser aux malheurs de sa patrie. Périclès, de retour à Athènes, fit faire de magnifiques funérailles à ceux qui étaient morts dans cette expédition, et, suivant l'usage, prononça en leur honneur un discours qui fut admiré. Lorsqu'il descendit de la tribune au milieu des applaudissements, les femmes l'entouraient, le comblaient de louanges, le couronnaient comme un athlète qui venait de remporter le prix d'éloquence; mais Elpinice s'avançant : *Te voilà bien glorieux*, lui dit-elle, *d'avoir fait périr tant de braves gens, non pour combattre comme mon frère les barbares ou les Phéniciens, mais pour détruire une ville amie et parente de la nôtre.* A ce discours Périclès sourit, et se servit plaisamment d'un vers d'Archiloque pour lui reprocher une toilette peu convenable à son âge. Ce qui le rendait plus fier du succès de cette guerre, à ce que dit Ion, c'était de penser qu'Agamemnon eût été dix ans à prendre une ville barbare, et que lui, en autant de mois, eût abattu la plus puissante république de l'Ionie. La chose, à dire vraie, n'était pas facile ni de peu d'importance, si, comme le prétend Thucydide,

Samos, dans cette guerre, fut sur le point de ravir aux Athéniens l'empire de la mer.

Une autre guerre paraissant inévitable et prochaine avec le Péloponèse, il engagea le peuple à soutenir ceux de Corcyre contre Corinthe pour s'attacher ces insulaires qui avaient une puissante marine, et dont l'alliance ne pouvait être qu'avantageuse aux Athéniens menacés par tant d'ennemis. Le peuple ayant donc décrété un secours aux Corcyréens, Périclès y envoya un des fils de Cimon, auquel il fit donner seulement dix vaisseaux. On pensa qu'il se moquait de lui. Toute la famille de Cimon avait de grandes liaisons avec Lacédémone. Celui-ci agissant faiblement ne pouvait manquer d'être suspect. Ce fut pour cela que Périclès lui donna si peu de forces, et le contraignit même à partir (car il refusait ce commandement), n'épargnant rien d'ailleurs pour perdre cette maison ; il disait que jusqu'à leur noms tout chez eux était étranger aussi bien que leur sang et leurs affections ; car l'un s'appelait Lacédémonius, l'autre Thessalus, le troisième Eleus, et leur mère était d'Arcadie. A la fin voyant que la faiblesse de cette expédition était blâmée de tout le monde comme inutile à ceux qu'on voulait assister, et propre seulement à irriter les autres, il fit partir une seconde flotte plus considérable, mais elle n'arriva qu'après la bataille. Les Corinthiens, à qui ces démarches parurent une déclaration de guerre, s'en plaignirent à Lacédémone, où se trouvèrent en même temps les députés de Mégare qui demandaient aussi justice, exclus, disaient-ils, par les Athéniens de toutes les places et ports de leur dépendance contre les traités et le droit public de la Grèce. Les Éginètes opprimés, n'osant réclamer ouvertement la protection de Lacédémone, y recouraient en secret, et joignaient leurs plaintes à tant d'autres qui s'élevaient contre Athènes; sur ces entrefaites Potidée, colonie de Corinthe soumise aux Athéniens, s'étant révoltée, ils en firent le siége, ce qui précipita la rupture. Cependant on négociait toujours, et le roi Archidamus, qui désirait un accommodement, s'y employait de tout son pouvoir; on n'eût point encore pris les armes si les Athéniens eussent voulu annuler leur décret contre ceux de Mégare, à quoi Périclès s'opposant et excitant de plus en plus l'animosité réciproque, il fut regardé comme le seul auteur de cette guerre.

A ce sujet on raconte que des députés étant venus de Lacédémone demander grace pour les Mégariens et prier les Athéniens de retirer leur décret, Périclès alléguait une loi qui défendait d'ôter, comme on parlait alors, un décret au peuple, c'est-à-dire la table où il était gravé. *Eh bien, ne l'ôte pas*, dit un de ces ambassadeurs; *retourne-le seulement*. Le mot fut trouvé plaisant, mais Périclès n'en tint compte; il en voulait, à ce qu'il paraît, dès long-temps aux Mégariens pour quelque raison particulière, et prenant d'abord prétexte de ce qu'on avait coupé l'olivier sacré, il proposa d'envoyer à Mégare un héraut qui, de là, s'il n'obtenait la satisfaction demandée, irait à Lacédémone porter plainte contre eux. Ce décret, qu'il fit passer, semble assez juste et modéré; mais le héraut qu'on envoya, nommé Anthémocrite, périt, et, comme on le crut assassiné par les Mégariens, Charinus porta un décret de guerre à mort contre eux sans paix ni trève ni pourparler, suivant la formule usitée. Par le même décret tout Mégarien qui mettrait le pied dans l'Attique était condamné à mort; tout général entrant en charge devait, outre le serment ordinaire, jurer de ravager chaque année deux fois le territoire de Mégare, enfin le tombeau d'Anthémocrite était marqué aux portes Thriasses, aujourd'hui le Dipylon, et ses funérailles ordonnées aux frais du public; mais les Mégariens, bien loin de se reconnaître coupables, protestent qu'ils ne firent rien pour s'attirer cette guerre, dont ils rejettent toute la faute sur Aspasie et Périclès, alléguant ces vers si connus d'une pièce d'Aristophane :

Des jeunes gens férus, comme est tout bon buveur,
Des traits fulminants de Bacchus,
Ravissent à Mégare Simèthes;
De Mégare aussitôt la jeunesse en rumeur,
Pour venger Vénus par Vénus,
Prend chez Aspasie deux fillettes.

Un tel procès est difficile à juger aujourd'hui. Quoi qu'il en soit, on ne peut justifier Périclés d'avoir empêché la suppression du décret; c'est le tort que tout le monde lui donne. Quelques-uns l'excusent en disant que ce qu'il en fit fut par grandeur d'ame, trouvant un peu trop impérieuse la médiation de Lacédémone, et croyant que céder serait faiblesse. La plupart pensent qu'il entra dans son procédé de la fierté, beaucoup de haine contre les Spartiates qu'il affectait de mépriser, et enfin l'orgueil de montrer que sa puissance ne craignait rien d'eux; mais de tous ces motifs le plus condamnable et malheureusement le plus avéré se trouve dans des faits qu'on ne peut révoquer en doute.

Phidias, comme nous l'avons dit, faisait la statue de Minerve; s'étant lié avec Périclès, auprès duquel il acquit beaucoup de crédit, il eut aussi beaucoup d'envieux, et ensuite d'autres ennemis qui le persécutèrent, moins par haine que pour éprouver sur lui les dispositions du peuple à l'égard de Périclès. Ceux-ci, ayant suborné un de ses ouvriers qui s'appelait Menon, l'amenèrent sur la place en habit de suppliant, demandant sûreté et protection pour dénoncer Phidias. Le peuple accueillit cet homme et sa dénonciation : il ne fut point question de vol; car Phidias, par le conseil de Périclès, avait employé l'or de façon qu'on le pouvait ôter pièce à pièce, et peser le tout, comme on fit, Périclès l'ayant exigé. Mais ce qui nuisait le plus à Phidias, c'était véritablement la renommée de ses ouvrages que l'envie ne pouvait lui pardonner; surtout on lui faisait un crime de s'être lui-même représenté sur le bouclier, dans le combat des Amazones, sous la figure de ce vieillard chauve qui lève à deux mains une pierre, et d'y avoir mis aussi ce beau portrait de Périclès combattant contre une Amazone, où la position du bras levé pour lancer la pique est exprès imaginée pour couvrir en partie le visage et cacher la ressemblance, qui ne laisse pas de paraître à merveille des deux côtés. La fin de l'affaire fut que Phidias mourut en prison, empoisonné, au dire de quelques-uns, par des gens qui voulaient que cette mort rendît Périclès plus suspect. Le délateur Menon obtint de grands honneurs ; un décret exprès le recommanda aux magistrats, qui eurent ordre de veiller à sa sûreté.

Vers le même temps, Aspasie fut mise en jugement par le poète Hermippus, qui l'accusait premièrement d'impiété. Les courtisanes célèbres partageaient ce soupçon avec les philosophes recevant la jeunesse des écoles, et peu après Phryné faillit y succomber. L'autre grief d'Hermippus, c'était qu'Aspasie, disait-il, prêtait sa maison et son entremise aux intrigues de Périclès avec des femmes libres. Puis, Diopithès proposa et fit passer un décret invitant les citoyens à dénoncer tous ceux qui ne croyaient pas aux dieux, ou qui enseignaient de nouvelles doctrines sur les phénomènes célestes, par où on désignait clairement Anaxagore et Périclès. Ces calomnies ayant fort réussi parmi le peuple, on décréta enfin, sur la demande de Dracontide, que Périclès remettrait ses comptes aux Prytanes pour être vérifiés par eux; mais Agnon fit supprimer ce dernier article, et ordonner que quinze cents juges nommés exprès prononceraient sur cette affaire, qui, sans être annoncée comme une poursuite juridique, en avait toutes les formes. Périclès, à force de prières et de supplications, parvint à sauver Aspasie, non sans répandre beaucoup de larmes devant les juges, à ce que dit Eschine. Mais, comme il n'osait espérer la même faveur pour Anaxagore, il le fit partir, et le conduisit lui-même hors de l'Attique. Ne pouvant méconnaître à de telles marques les projets et le crédit de ses ennemis, la guerre lui parut son unique refuge, et comme elle s'allumait d'elle-même, il était loin de vouloir l'éteindre, pensant faire oublier les querelles qu'on lui suscitait par des affaires plus importantes, dans lesquelles il savait bien qu'on ne pourrait se passer de lui. Voilà le principal motif qu'il eut, ou qu'on lui supposa pour mettre obstacle à toute espèce de pacification.

Les Lacédémoniens, persuadés que s'ils pouvaient réussir à le perdre ils trouveraient les Athéniens beaucoup plus traitables, tâchèrent de tourner contre lui les superstitions populaires par des bruits qu'ils répandaient d'anciennes imprécations prononcées contre sa famille; mais l'effet de ces manœuvres fut le contraire de ce qu'ils voulaient; car, loin de lui nuire, ils augmentèrent la confiance qu'on avait en lui, le faisant regarder comme un homme dont les ennemis haïssaient l'intégrité et redoutaient les talents. Avant que leur armée entrât en Attique, il déclara publiquement, dans une assemblée, que, si par hasard Archidamus, à cause des liaisons d'hospitalité qui étaient entre eux, ou pour le rendre suspect, s'avisait d'épargner ses terres en ravageant le pays, il voulait que dès lors elles fussent à l'État, auquel il en faisait don.

Ils commencèrent la campagne, Spartiates et Péloponésiens aux ordres d'Archidamus, par se jeter dans l'Attique, et, brûlant tout où ils passaient, vinrent camper jusqu'aux Acharnes, comptant que les Athéniens, pour sauver leurs héritages, engageraient une action; mais Périclès ne pouvait se résoudre à remettre au sort d'une bataille la destinée de son pays contre soixante mille qu'ils étaient au commencement, tant du Péloponèse que de la Béotie, et sous les murs même d'Athènes. A ceux qui se désespéraient et qui voulaient combattre, il disait que les arbres coupés seraient bientôt revenus, mais que la perte des hommes ne se réparerait pas de même. Il n'assemblait plus le peuple, de peur d'être obligé de faire quelque chose contre le bien, mais comme un pilote au premier coup de vent tend ses câbles, et, dans toutes ses manœuvres, sourd aux cris des passagers, suit l'art et son expérience; de même, enfermé dans ses murs, il donnait ordre à tout, selon ce qu'il avait en vue, sans écouter ni plaintes, ni reproches, ni clameurs des mécontents. Plusieurs cherchaient à le piquer par des chansons et des farces où on le traitait de chef pusillanime, dont la timidité livrait tout à l'ennemi. Il était en butte même aux invectives de Cléon, qui, par cette inimitié, se recommandait à la faction populaire; rien ne touchait Périclès, immuable dans ses desseins, et aussi indifférent à la haine qu'au mépris, pourvu qu'il parvînt à son but, qui était le salut public. Il fit partir cent vaisseaux pour le Péloponèse, où il ne put aller lui-même, ne voulant point quitter la ville, qu'il tenait en bride jusqu'à la retraite de l'ennemi. Pour donner quelque satisfaction au peuple, que les maux de la guerre aigrissaient, il distribuait de temps en temps de l'argent et même des terres, en chassant les Éginètes, dont les champs, divisés par tête, furent tirés au sort, et toute l'île ainsi partagée. Une autre espèce de dédommagement, c'étaient les pertes de l'ennemi; car la flotte qui fit le tour du Péloponèse ravagea beaucoup de pays, et Périclès lui-même, entrant sur le territoire de Mégare, le dévasta tout. De la sorte, les alliés, souffrant autant qu'ils faisaient de mal, se fussent bientôt lassés d'une pareille guerre et retirés chez eux, comme l'avait prédit Périclès, n'était que fortune se rit des calculs que font les hommes. La contagion d'abord se déclara funeste, surtout aux jeunes gens, et moissonna ainsi la fleur de la nation qui, dans les transports de la douleur physique et morale, tournait sa fureur contre Périclès, comme un malade en délire attaque son médecin. On lui imputait tout le mal en disant que la ville, au plus chaud de l'été, s'encombrait par l'affluence des habitants de la campagne, qui, sortant d'un air libre et pur, suffoquaient dans des demeures étroites, où ces corps, accoutumés à une vie active et laborieuse, croupissaient dans l'inaction, et se corrompaient l'un l'autre; que, de tant de maux, la faute était toute à lui, qui tenait la nation entière enfermée comme dans un parc, sans tirer aucun parti de ses forces réunies, ni permettre même à cette foule pressée de tous côtés le moindre effort pour se mettre au large.

Cherchant donc à rép[illegible]er aux dépens de l'ennemi et les malheurs publics et sa réputation, il embarqua des troupes sur cent cinquante vaisseaux. De si grandes forces inspiraient autant de confiance aux Athéniens que d'inquiétude à leurs ennemis; mais, sur le point de mettre à la voile, le jour manqua tout à coup par une éclipse de soleil, ce qui effrayait tout le monde et semblait un triste présage. Périclès, déjà embarqué, quand le jour eut reparu, voyant son pilote fort troublé, lui dit en lui mettant son manteau devant les yeux : *Vois-tu le soleil à présent?* — *Non*, dit cet homme. — *Et quel présage est-ce que cela?* — *Aucun*, dit le pilote. — *Eh bien!* reprit Périclès, *ce qui tout à l'heure cachait le soleil était plus grand que mon manteau, et faisait plus d'ombre.* Voilà comme on raconte ce fait dans les écoles de philosophie. L'expédition partie ne remplit pas l'attente qu'on en avait conçue. Périclès, ayant mis le siége devant la ville sainte d'Épidaure avec quelque espoir de la prendre, en fut empêché par les maladies. Les troupes n'étaient pas seules attaquées de cette épidémie, elle s'étendait à tous ceux qui avaient quelque commerce avec l'armée. Il fallut abandonner le siége. Après cela, il fit ce qu'il put pour consoler ses concitoyens et relever leur courage; mais, rebutés et irrités de tant de revers qu'ils lui attribuaient, il ne put en être assez le maître pour les empêcher de s'assembler, et de lui ôter le commandement, en le condamnant à une amende. Son accusateur fut Cléon, selon Idoménée;

Théophraste le nomme Simmias ; Héraclide dit Lacratidas.

Là se bornèrent ses disgrâces publiques, le peuple ayant comme laissé l'aiguillon dans la blessure, et perdu après ce coup toute sa colère. Mais il eut bien d'autres peines en particulier ; la peste enleva beaucoup de ses amis et de ses proches, et d'ailleurs, par le peu d'accord qui régnait dans sa famille, il était malheureux chez lui. L'aîné de ses enfants légitimes, Xanthippe, naturellement prodigue, souffrait avec impatience d'être borné dans ses dépenses, et les plaintes d'une jeune femme aussi peu économe que lui augmentaient son mécontentement. Un jour, pour se procurer de l'argent, il envoya chez un banquier, comme de la part de son père, prendre une certaine somme, et quand cet homme la redemanda croyant avoir prêté à Périclès lui-même, celui-ci non-seulement refusa de le payer, mais lui fit un procès. Xanthippe fut si outré de cette dureté que, ne gardant plus de mesure, il faisait en tous lieux la satire de son père, tournant en ridicule ses occupations habituelles, et surtout ses entretiens avec les sophistes. Il racontait, par exemple, qu'un athlète ayant, sans le vouloir, tué d'un coup de dard Épitime, Périclès et Protagoras furent tout le jour à examiner si la vraie cause de sa mort était le dard qui l'avait frappé, ou l'homme qui avait lancé le dard, ou bien le magistrat qui avait ordonné les jeux, ou Hercule qui les avait fondés. S'il en faut croire Stésimbrote, Xanthippe, continuant à publier partout les traits les moins honorables de la vie de son père et de ses mœurs domestiques, se brouilla tellement avec lui que jusqu'à la mort du jeune homme, causée par la contagion, ils restèrent irréconciliables. Périclès perdit de la même manière sa sœur, et plusieurs de ses parents, et ses amis les plus utiles, ceux qui le secondaient dans les soins du gouvernement. Il ne se laissait point pourtant abattre par tant de coups, ni ne trahissait la dignité de son caractère, et jamais on ne le vit pleurer, ni prendre le deuil, ni suivre les funérailles d'un mort quelque cher qu'il lui fût, jusqu'à celles du dernier de ses fils légitimes. Une si rude atteinte l'ébranla; cependant il s'efforçait de raffermir son ame, et d'être jusqu'au bout exempt de toute faiblesse; mais lorsqu'il fut pour poser une couronne sur le corps, vaincu par la douleur à cette vue il éclata en sanglots, et ses larmes, malgré lui, coulèrent en abondance. Ce fut la seule fois qu'il donna de telles marques d'affliction.

Les Athéniens, pour essayer de se passer de lui, eurent un moment d'autres généraux, d'autres orateurs; mais comme aucun ne paraissait digne de la même confiance ni comparable à Périclès pour la capacité, on ne tarda pas à le regretter, et la république le rappelant au commandement et à la tribune tandis qu'il s'enfermait livré à sa tristesse, Alcibiade, avec quelques autres amis, le vint chercher, et ils l'amenèrent à l'assemblée. Là, le peuple l'engageant à oublier les torts qu'on avait envers lui et l'ingratitude publique, il reprit comme auparavant la direction des affaires ; et nommé de nouveau général, il demanda d'abord l'abolition d'une loi concernant les bâtards portée par lui-même autrefois, lorsqu'il n'appréhendait pas de voir son nom se perdre et sa maison s'éteindre faute d'héritiers légitimes. Voici ce que c'était que cette loi : Périclès, dès long-temps à la tête de l'état, voyant son pouvoir affermi et sa famille nombreuse, par un décret qu'il proposa, fit déclarer que ceux qui étaient nés de père et mère athéniens, seraient seuls citoyens. Depuis, dans un temps de disette, le roi d'Égypte ayant envoyé en don au peuple d'Athènes quarante mille mesures de blé, il fut question de les partager ; il y eut à cette occasion des querelles, des dénonciations ; on en vint aux éclaircissements jusque-là négligés. Enfin le procès fait à ceux qui, suivant le décret, n'étaient plus citoyens, mais bâtards comme on les appelait, il y en eut jusqu'à cinq mille déclarés tels qui furent vendus comme esclaves ; car c'était à quoi les lois condamnaient quiconque s'attribuait faussement le titre de citoyen. Ceux dont les droits furent reconnus et confirmés par ce cens, étaient au nombre de quatorze mille quarante. Quoiqu'il semblât étrange qu'une loi si rigoureusement observée à l'égard de tous les citoyens fût annulée pour son auteur, cependant la continuité des malheurs qu'il éprouvait paraissant aux Athéniens un châtiment suffisant de son orgueilleuse confiance en sa prospérité, le peuple en eut compassion ; voyant en lui un exemple de la cruauté du sort, et un père au désespoir, il consentit que le seul fils naturel qui lui restait entrât dans une tribu , en prenant le nom de son père. Ce fut lui que dans la suite on fit mourir avec les autres généraux qui avaient battu aux îles Argiénusses la flotte du Péloponèse.

Périclès enfin se vit lui-même attaqué par la contagion, non tout à coup comme les autres ni par de violents accès; une espèce de fièvre lente , le consumant insensiblement, détruisait ses forces peu à peu et usait par le même progrès toutes les facultés de son ame. Théophraste, dans ses morales , examinant la question si nos mœurs dépendent de la fortune , et par les impressions physiques s'éloignent ou s'approchent de la vertu , raconte que Périclès malade montrait à un de ses amis certains amulettes que les femmes lui avaient attachés au col, donnant par son geste à entendre qu'il fallait qu'il fût bien mal pour ne pouvoir empêcher qu'on l'importunât de ces sottises. Comme on en désespérait et qu'il paraissait même peu éloigné de sa fin , les plus honnêtes gens de la ville et les amis qui lui restaient étaient assemblés chez lui ; on parlait de son mérite , de sa gloire , de tout ce qu'il avait fait ; on rappelait les beaux traits de sa vie , et on comptait ses trophées ; il en avait élevé neuf pour autant de batailles gagnées par lui en commandant les armées de la république. Comme on le croyait déjà privé de sentiment, on ne pensait pas qu'il pût entendre ces discours , mais il n'en avait rien perdu , et faisant un dernier effort , il trouva encore assez de voix pour dire : Tout cela est peu de chose, d'autres en ont pu faire autant ; mais vous oubliez que jamais je n'ai fait prendre le deuil à un citoyen.

En un mot il fut homme de bien et admirable dans ses mœurs, non-seulement par la douceur et l'équité avec laquelle il usa de son pouvoir, mais par le noble sentiment qui lui fit préférer cette modération à toute espèce de gloire, et se vanter qu'aucun n'eût pu ni redouter sa haine, ni désespérer de l'avoir pour ami. Et ce n'est guère que par là qu'on peut excuser ce surnom d'Olympien, qui ne saurait convenir à l'homme qu'autant qu'il unit avec la puissance le calme imperturbable de la divinité; car être bon même aux méchants sans s'irriter de leurs offenses, ni de leur ingratitude, c'est proprement ressembler à Dieu suivant l'idée que nous en avons comme auteur de tout bien. Du reste les Athéniens ne tardèrent pas à rendre justice aux rares qualités de Périclès, dont le regret fut augmenté par les événements qui suivirent sa mort; car si quelques-uns le haïssaient vivant, il n'eut pas plus tôt disparu que ceux même auxquels son élévation avait fait le plus d'ombrage, lui comparant les orateurs et les généraux qui le remplacèrent, ne trouvaient en aucun d'eux une gravité si modeste, ni une douceur si imposante; et ce pouvoir tant calomnié sous les noms de royauté, de tyrannie sans fin et sans bornes, parut enfin ce qu'il était, une digue salutaire opposée par ce grand homme au débordement de la licence et des désordres qui depuis inondèrent la république.

A Lucerne, le 21 septembre 1809.

MÉNÉLAS

APRÈS LA FUITE D'HÉLÈNE.

MÉNÉLAS

APRÈS LA FUITE D'HÉLÈNE.

Il était allé en Crète demander à ses oncles l'héritage de sa mère. A son retour, quand on lui apprit que sa femme s'était enfuie avec Pâris, il courut chez Tyndare outré de dépit. Rends-moi, lui dit-il, tout ce que je t'ai donné pour avoir ta fille, et tout ce qu'elle m'emporte avec elle, et reprends-la si tu veux; car ta fille est belle, mais elle est trompeuse. Tyndare lui répondit : Écoute; ton frère Agamemnon est un puissant seigneur, allons le trouver, et voyons ce qu'il nous dira. Ils allèrent donc ensemble trouver Agamemnon qui régnait à Mycène, auquel ils racontèrent le fait, et Tyndare le voyant vivement irrité : Croyez-moi tous deux, leur dit-il, envoyez des hérauts à ces princes et chefs qui ont demandé avec toi ma fille en mariage. Vous savez qu'ils ont tous juré sur les entrailles des victimes de s'armer et de marcher contre quiconque tenterait de la ravir à son époux. Que nos hérauts les aillent sommer de tenir aujourd'hui leur serment, et de se trouver à Argos avant le lever d'Orion.

Lorsqu'ils seront assemblés nous verrons ce qu'il faudra faire.

D'après ce conseil, les hérauts partirent, et marquèrent à tous ces princes Argos pour le lieu de leur rendez-vous, auquel pas un d'eux ne manqua, de sorte que, l'assemblée se trouvant complète au temps prescrit, Ménélas conte de point en point ce qui s'était passé, comment il avait reçu Pâris dans sa maison, comment il l'avait laissé près de sa femme en son absence, et sa confiance trahie, et l'hospitalité violée. Tyndare rappela les serments faits entre ses mains, et en demanda l'exécution. Agamemnon déclara qu'il emploierait tout ce qu'il avait de pouvoir et de richesse, à venger son frère et à poursuivre le Troyen.

Ces princes, amants d'Hélène, étaient tous jeunes gens de l'âge à peu près de Ménélas, qui entrèrent avec chaleur dans son ressentiment, disant que sa plainte était juste, qu'il fallait sans différer assembler ce qu'on avait de vaisseaux, et aller à Troie. Il y en eut pourtant d'un avis contraire, qui s'opposèrent tant qu'ils purent à ce que voulaient les Atrides. De ceux-là étaient Philoctète, Protésilas marié depuis peu, Ulysse, auquel il déplaisait de quitter sa Pénélope, dont il venait d'avoir un fils. Pensez-y bien, disait Ulysse ; l'expédition dont vous parlez n'est pas un voyage à Delphes ou une course dans l'Eubée ; vous allez traverser des mers où les débris de naufrages se rencontrent plus souvent que les nids des alcyons. Et pourquoi ? pour ravoir Hélène. Celui qui te l'a prise, Ménélas, n'a qu'un seul vaisseau; combien t'en faut-il pour la reprendre? Était-il plus aisé d'enlever Hélène reine, du milieu de sa famille, au sein de sa ville natale, que de reprendre Hélène fugitive à des étrangers? On nous allègue le serment que nous avons fait chez Tyndare : nous y étions depuis un an, demandant sa fille en mariage, et nous le pressions de se choisir entre nous un gendre. Chacun se flattait de la préférence, et croyait y avoir des droits; mais soit qu'il ne se lassât pas de recevoir les présents que nous nous lassions de lui faire, soit que, comme il le disait, il craignît que celui de nous auquel il donnerait sa fille n'eût ensuite à la disputer contre tous les autres, il différait de jour en jour l'explication que nous lui demandions. Alors par mon conseil, s'il vous en souvient, pour ôter tout prétexte à de nouveaux délais, nous prîmes devant lui tous les Dieux à témoin, que si jamais un de nous enlevait Hélène à celui qui l'aurait obtenu de son père, tous les autres viendraient en armes au secours de l'époux outragé. Voilà ce que nous promîmes. Maintenant, si l'un de nous est le ravisseur d'Hélène, je serai le premier à le poursuivre avec Ménélas; mais si quelque pirate lui a pris sa femme, est-ce à nous de la lui rendre? Qui pensait alors qu'Hélène pût être à un autre qu'à un Grec? et qu'un barbare viendrait d'une terre éloignée enlever une femme à Sparte? Quels engagements avons-nous donc pu prendre pour un événement que personne ne prévoyait?

Mais attelons nos chars, partons : que chacun dise adieu

à sa douce patrie, et coure au loin chercher la mort; car le fils d'Atrée a perdu sa femme! Pour une femme qui s'enfuit, croyez-vous donc qu'Agamemnon voulût passer les monts et les mers? Non. Mais c'est peu pour lui de se voir honoré à Mycènes comme le premier de nos princes, d'avoir une maison pleine d'or et d'airain, des chars, des troupeaux innombrables, des milliers d'esclaves et cinquante villes qui lui font des présents; il faut que la Grèce marche sous ses ordres, que princes et peuples quittant leurs foyers servent de cortége aux Atrides. Il va faire voir à l'Asie combien de rois lui obéissent, et nous, nous allons mourir inconnus pour la gloire d'Agamemnon. Nous demanderons Hélène à Troie; mais y sera-t-elle encore quand nous arriverons? Trésée l'eut avant Ménélas, auquel Pâris l'a dérobée: croyez-vous qu'elle lui demeure, et qu'un adultère fixera celle que n'ont pu retenir ni le toit paternel, ni le lit conjugal? De long-temps nous ne reviendrons, s'il nous la faut suivre partout où l'emporteront ses sales amours. Et que n'attendons-nous que la même inconstance qui cause sa fuite produise son retour? Un amant l'emmène, un autre la ramènera. Qui sait même si, de main en main, quelque jour elle ne reviendra pas dans celles de son époux, sans armer pour cela l'Europe et l'Asie?

Mais tous ces discours touchaient peu ceux qui désiraient la guerre, et qui l'emportaient par le nombre; ils ne manquaient pas non plus de raisons ni de paroles pour soutenir ce parti. C'est de nous, disaient-ils, que triomphe Paris en emportant nos dépouilles; c'était pour ce Phrygien que nous donnions à Hélène des voiles, des bijoux, des esclaves, sans parler de ce nombre infini de bœufs et d'agneaux que nous avons mené chez son père. Si les plus puissants de nos rois reçoivent de tels affronts, à quoi ne doivent pas s'attendre les autres? Ces barbares croiront aisément que la Grèce a plus d'une Hélène; et qui se flatte de conserver sa femme ou sa fille, lorsqu'on aura vu la fille de Tyndare enlevée impunément au frère d'Agamemnon? Mais, tant de nations, tant de rois, faire la guerre pour une femme! Voilà ce qu'on nous dit. Quoi! un arbre coupé sur des terres contestées, un sanglier poursuivi, une cavale égarée mettent deux peuples en armes; et nous n'oserions avouer que nous combattons pour Hélène! Encore de ces guerres acharnées que l'on se fait ainsi de ville à ville, que rapporte-t-on chez soi? de misérables dépouilles, un bétail expirant, quelques chétives esclaves. A Troie, dieux immortels! quel butin nous attend! Là, se trouvent entassés l'or, l'airain, les étoffes précieuses, et tant d'autres choses que nous ne savons même imaginer; car ils ont l'usage de mille biens inconnus chez nous; mais pour en juger que n'avons-nous pas vu sur ce vaisseau plus riche à lui seul que la Grèce entière!

Ils parlaient de cette sorte dans les assemblées. Hors de là ce n'était que projets de départ et de débarquement; on calculait combien de vaisseaux la Grèce pouvait assembler, d'où et quand il faudrait partir, combien de temps on serait en mer, combien à prendre la ville, et déjà plus d'un pensait en revenir qui ne devait même pas y arriver. Véritablement, disaient quelques-uns, il y a loin d'ici à Troie; mais puisqu'un vaisseau y va, mille peuvent y aller. Ajax disait : Nos pères l'ont prise sous Hercule. Et Diomède ajoutait : Nous sommes meilleurs guerriers que nos pères.

La plupart se trouvant dans ces dispositions, la guerre eût été bientôt déclarée; mais Ulysse fit remarquer qu'il était inouï qu'on eût décidé une affaire de cette importance sans consulter les vieillards. Car, après tout, pourquoi tant de précipitation ? Nous ne pouvons rien entreprendre avant la saison favorable. S'il s'agissait de quelque chasse, de jeux qu'on voulût célébrer, nous écouterions nos anciens, nous suivrions les avis de ceux qui ont acquis avec le temps la connaissance de ces choses; et pour aller si loin, à travers tant de mers, chercher une guerre dont l'issue peut être fatale à toute la Grèce, nous ne prenons aucun conseil !

Malgré la fougue de cette jeunesse qui n'avait de pensée que pour la guerre, Ulysse pourtant fut écouté. On convint que ce qu'il disait était conforme à la raison, et à l'usage de tous les temps; il fut résolu d'une commune voix qu'on assemblerait les vieillards le plus tôt possible. Philoctète, Ulysse, Eumèle, Antiloque, et plusieurs autres allèrent quérir leurs pères, et partout où l'on connaissait des hommes que l'expérience et le don de la parole rendaient propres au conseil, on envoya des hérauts leur dire de venir à Argos. Ceux des lieux voisins tardèrent peu, il fallut attendre les autres. Mais dès que Nestor et Pélé furent arrivés, on se mit à délibérer; alors on vit dans l'assemblée une grande contrariété de sentiments et de volontés; car les vieux étaient tous d'avis de laisser Ménélas et son frère démêler eux seuls leur querelle avec le Troyen. Les serments faits par des amants dans l'ivresse de la passion leur semblaient de faibles motifs pour envoyer de-là la mer toutes les forces de la Grèce; étant d'ailleurs chose assurée que tels serments ne vont jamais jusqu'aux oreilles des dieux. Mais les jeunes gens ne pouvaient souffrir ce langage, et demandaient la guerre à grands cris. S'ils n'étaient pas soutenus ouvertement par les Atrides, ils étaient sûrs de leur plaire; et l'influence secrète d'une maison si puissante était faiblement balancée par l'autorité des vieillards, qui de leur côté se faisaient un point capital de ne rien accorder à l'orgueil de cette famille. Ainsi l'obstination des uns et la témérité des autres allaient donner lieu à de grands désordres quand Nestor se lève et dit :

O mes amis, nous ne savons pas quelle sera la fin de tout ceci, mais toujours les dieux jaloux de la prospérité des mortels ont fait par la femme le malheur du monde. Il fut un temps où la terre fournissait tout d'elle-même aux besoins de l'humanité; les hommes vivaient sans soins, et au terme de la vieillesse quittaient la vie sans douleur, ils égalaient les dieux dans cet état de paix et de prospérité; mais une femme vint du ciel apportant au fils de Japet le vase qui contenait tous les maux; il le reçut, l'insensé! Son père l'avait averti; mais en la regardant il ne souvint plus de son père, et la perte du genre humain fut l'ouvrage d'un sourire. Depuis, combien de héros les femmes n'ont-elles pas fait périr! que de guerres désastreuses n'ont-elles pas allumées! J'ai vu la jeune Iole, en qui tout respirait l'innocence et les grâces, causer la ruine de son pays et la mort du grand Hercule. Hélène est peut-être plus belle, certainement plus vantée; veuillent les dieux qu'elle ne fasse pas plus de mal encore! Ah! si vous pouviez, Atrides, entendre un conseil salutaire... Mais non, vous êtes jeunes, vous voulez vous venger, combattre, et perdre tout plutôt qu'une femme. Déjà, parce que vous avez à vous plaindre d'un Troyen, vous allez attaquer Troie, et vous en prendre à tout un peuple de la folie d'un particulier; comme si Paris était venu séduire une femme à Lacédémone de l'avis du sénat et des princes troyens. Ah! jeunesse imprudente, que les Dieux font régner pour la perte des peuples, se peut-il que les passions vous aveuglent à ce point, et que nulle modération ne préside à vos conseils! Celui qui vous offense n'est pas un vagabond, un homme obscur et inconnu; il a sa famille, son prince et les grands de sa nation, auxquels la raison veut que vous demandiez justice avant d'en venir aux armes. Envoyez à Troie des hommes prudents, sous la protection des Dieux immortels, offrir aux Troyens la paix ou la guerre, qu'ils vous fassent rendre Hélène et toutes les richesses qu'elle a emportées, et d'autres encore que Paris et Priam y ajouteront de leurs propres biens en réparation de l'injure faite à Ménélas. A ces conditions, que tout soit oublié; car il n'y a pas d'offenses que les présents ne réparent. Le meurtrier apaise par des dons le père et la famille dont il a versé le sang, et demeure dans sa ville au sein de ses dieux domestiques. Pardonnerait-on moins l'enlèvement d'une femme que la mort d'un fils ou d'un frère? Mais si les Troyens vous refusent toute satisfaction, alors vous marcherez contre eux; vous aurez pour vous la justice et peut-être les Dieux.

Ce conseil plut à tout le monde, et fut approuvé par Agamemnon : le lendemain il en fit part aux princes assemblés, qui furent du même avis; mais quand ce vint à nommer ceux qu'on enverrait, personne ne voulut en être, car chacun pensait en soi-même que le voyage serait long, accompagné de beaucoup de peine et de peu de profit; qu'on ne connaissait pas les Troyens, et qu'on ne savait pas comment l'ambassade serait reçue.

Quelques-uns proposèrent Ajax, parce que sa mère étant de Troie il devait avoir dans le pays des alliés et des amis; d'autres Idoménée, comme ayant à ses ordres des matelots et des vaisseaux qui fréquentaient les ports de toutes les nations, depuis que son aïeul avait instruit ses peuples à parcourir les mers; d'ailleurs il était le plus âgé de tous. On parla aussi de Philoctète, soit pour faire dépit aux Atrides, soit qu'on imaginât que, s'étant opposé à la guerre, il se chargerait plutôt qu'un autre de négocier la paix. Ajax dit qu'il accepterait si l'on ne trouvait pas quelqu'un qui fût plus propre que lui à cette commission; mais qu'il n'avait pas appris à parler dans les assemblées, et qu'en général il était de peu d'utilité dans toutes les affaires qui se décidaient par des discours.

Idoménée ne pouvait s'éloigner de Cnosse, parce qu'il craignait, disait-il, une irruption des Pélasges, avec lesquels il avait eu quelques différends; mais il offrit un vaisseau pour conduire les ambassadeurs. Philoctète répondit que c'était à Ménélas à aller chercher sa femme.

Ménélas alors se leva et dit : Aux Dieux ne plaise qu'on aille sans moi redemander Hélène à Troie! mais je ne dois pas y aller seul. Je ne pourrais parler qu'en mon propre nom, et dans une affaire qui me regarde on ne me croirait pas député par toute la Grèce. Il me faut donc un compagnon, et si vous me le laissez choisir il ne m'en faut pas d'autre qu'Ulysse : il a un cœur intrépide, l'esprit prompt, la langue persuasive, et on sait que Minerve l'aime. Nous en avons vu des preuves en mille occasions : quand nous étions tous dans le palais de Tyndare prétendant à la main de sa fille, si nous ne mîmes pas vingt fois l'épée à la main, si tant de guerriers rivaux se séparèrent sans qu'il y eût du sang répandu, la prudence d'Ulysse en fut cause. Avec lui je ne connais pas d'entreprise qui ne puisse réussir, point d'obstacles insurmontables, ni de malheurs sans remède.

Cette demande parut juste, et tout d'une voix on nomma Ulysse pour accompagner Ménélas, quoiqu'il ne fût pas présent; car étant allé à Ithaque chercher son père , il y était resté laissant partir ensemble Laërte et Mentor ; eux à leur retour lui apprirent ce que l'assemblée avait décidé , nouvelle qui le mit fort en peine. Car il ne pouvait se résoudre à quitter Ithaque , où trop de choses lui tenaient au cœur. Alors il se repentit d'avoir empêché les Grecs de déclarer tout d'un coup la guerre ; il eût fallu, se disait-il , bien du temps pour se préparer à une si grande expédition ; et qui sait, dans cet intervalle , ce qui peut arriver ? au lieu que maintenant il faut partir ! J'ai hâté moi-même ce que je voulais éloigner.

L'esprit plein de ces pensées , il alla hors de la ville , à un endroit où il y avait un autel de Minerve avec un petit bois de peupliers qu'il avait plantés autour. Là levant les yeux au ciel avec un soupir : Trompeuse Déesse , dit-il , tu me promis , quand j'épousai la fille d'Icarius , que je serais riche et heureux entre tous les Grecs , et tu m'envoies par-delà les monts à présent que ma maison est à peine finie , et ma femme si jeune encore avec un fils au berceau. Adieu mes champs , ma femme , mon fils ! adieu mes vignes nouvelles et mes troupeaux de Zacynthe ! Cruelle ! arrache mes plants , fais mourir tout mon bétail , et que ma maison s'écroule , si tu ne veux que je jouisse de mes travaux ! Minerve lui répondit : Insensé ! tu n'es pas digne des desseins que j'ai sur toi : cette gloire que je t'ai promise , tu l'attendrais auprès de ta femme : tu passerais ta vie à compter tes agneaux et à serrer tes moissons ! Crains , malheureux , que je ne t'abandonne comme j'ai abandonné Tydée , qui me fut aussi cher que toi ! Je veux que tu ailles à Troie, et je te prépare bien d'autres travaux. Tu parcourras la terre et les mers, les peuples t'admireront, les rois te feront des présents, et tu auras plus de biens que jamais n'en amassèrent ni ton aïeul Autolycus, ni l'industrieux Sisyphe. Ulysse repartit : Déesse, je t'obéirai, mais que deviendra ma femme ? Je vois ce qu'il en coûte à Ménélas d'avoir voulu voyager ! Hélène et Pénélope sont de même âge, de même pays, de même famille ; quand l'une s'est mariée, l'autre en a fait autant ; lorsque Pénélope a été mère, Hélène n'a pas tardé à le devenir. On sait ce qu'Hélène a fait en l'absence de son mari, et voilà celui de Pénélope qui part pour un long voyage ! Seraient-elles destinées à se ressembler en tout ? Peuvent-elles, dit Minerve, se ressembler moins en effet ? l'une a été enlevée avant son mariage, l'autre a quitté sa mère pour la première fois quand elle a suivi son époux ; l'une est la fille de Léda, l'autre est née dans une maison où depuis qu'elle ouvrit les yeux elle n'a vu autour d'elle que sagesse et modestie. L'une est protégée par Vénus, l'autre par Minerve. Que te faut-il de plus ? Suis ton destin ; tu éprouveras partout les effets de ma bienveillance.

Il répliqua quelques mots ; mais la Déesse était déjà dans les demeures de l'Olympe.

Le lendemain, ayant pris congé de sa femme et de son père, il partit avec Eurybate, et vint à Argos, où Ménélas l'attendait. Agamemnon et Nestor l'attendaient aussi, les autres princes étaient retournés chez eux. Là on fit des sacrifices dans la maison de Diomède. On immola des bœufs, des porcs, des chèvres et des agneaux à Jupiter, à Junon, déesse tutélaire de la ville, à Neptune, à Mercure, sans oublier les autres dieux. On tint table dix jours entiers, pendant lesquels toutes choses furent concertées et prévues pour le succès de l'ambassade, chacun tâchant de deviner ce qu'il faudrait faire ou dire. Nestor donna aux députés force conseils et instructions sur la conduite qu'ils devaient tenir, leur racontant de quelle manière il s'était conduit lui-même en une infinité de rencontres, où il avait été comme eux chargé de porter la parole soit dans la paix soit dans la guerre. On consulta les devins, on observa le vol des oiseaux, et tout annonçant les dieux favorables, Ménélas et Ulysse partirent sur le vaisseau d'Idoménée qui retournait à Cnosse, accompagnés l'un d'Eurybate, l'autre d'Étéonée. Ayant doublé le cap Malée, ils voguaient à pleines voiles, et voyaient déjà dans le lointain les montagnes de Crète, quand le vent changea tout à coup, et les repoussa vers les côtes de la Laconie, en grand danger d'y périr. Mais l'île de Cranaé leur offrit un port où ils abordèrent non sans l'aide de quelque dieu. L'embouchure d'une rivière y formait un abri commode, où, se trouvant en sûreté, ils descendirent à terre, saluant les dieux du pays, et firent des libations à Jupiter Sauveur et au fleuve qui leur avait donné un asile. Après quoi, comme ils voyaient bien qu'il leur faudrait attendre là le temps et le vent favorables, ils se mirent à chasser pour épargner leurs provisions, et se dispersèrent dans l'île. Ulysse et Ménélas ne se séparèrent point, et chassèrent ensemble tout le jour. Sur le soir, comme ils revenaient fatigués du chemin, de la chaleur et du gibier qu'ils portaient, se trouvant près du fleuve, il leur prit envie de se baigner : l'endroit paraissait fait exprès, défendu du vent par les montagnes environnantes, et du soleil par des arbres dont les lierres et la vigne sauvage rendaient le couvert plus sombre. La même verdure tapissait le rocher au pied duquel l'eau du fleuve entretenait une fraîcheur continuelle. Là on n'entendait guère que quelque léger souffle qui agitait les feuilles, on ne voyait que le ciel, et il semblait qu'on fût loin de tout le reste du monde. Ce fut là qu'Ulysse et son compagnon, voulant ôter la sueur et la poussière qui les couvraient, se jetèrent dans le fleuve. Ménélas en s'approchant de la rive opposée, vit quelque chose qui avait l'air d'une bande d'étoffe, que le courant de l'eau aurait emportée si elle n'eût été retenue par des roseaux. Comme il y portait la main, une voix se fit entendre du milieu du fleuve, et lui dit : Étranger, qui que tu sois, ne m'ôte pas ce souvenir de la beauté la plus parfaite qui ait paru sur ces bords. J'ai vu les nymphes Orcades et celles de la suite de Diane : entre les Néréides j'ai admiré Galatée, et je ne croyais jamais voir rien de plus beau que Doris; mais ni Doris, ni Galatée, ni Thétis elle-même, ne peuvent se comparer à Hélène. Nous l'avons vue ici avec ce beau Troyen que Vénus lui a donné pour époux, et, un soir comme à présent, sous cet antre que tu vois, ces gazons leur ont servi de lit nuptial. Ce qu'ils dirent, Écho, si tu veux, te le redira, car elle a tout répété : ce qu'ils firent, demande-le aux Satyres de ce bois, qui les épiaient entre les broussailles. Zéphyre enleva en se jouant la ceinture d'Hélène déposée sur un buisson, et la fit tomber dans mon onde : ils ne s'en aperçurent pas, trop occupés d'autres choses. Moi je la cachai dans mes roseaux, ne voulant pas faire à la mer un don si précieux. Avant de partir elle chercha sa ceinture, et lui, l'aidant à la chercher, disait : Belle ! ta ceinture est perdue ! l'Amour l'aura prise pour celle de sa mère. Ainsi folâtrant, ils s'en retournèrent, non sans s'arrêter en plus d'un endroit; et crois-moi qu'il n'est en amour ni passereaux ni tourterelles qui ne soient paresseux au prix d'eux. Vénus elle-même, du haut de ce rocher, prenait plaisir à voir leurs jeux, et souriait en les regardant... Mais de grâce si je t'ai fait quelque bien, si j'ai reçu ton vaisseau battu par la tempête, si tout à l'heure j'ai rafraîchi ton corps fatigué, pour tout salaire, je t'en conjure, laisse-moi une dépouille si chère, que je la serre dans ma grotte, et personne plus ne la verra. Toi, si jamais tu vois Hélène, parle-lui de Cranaé, et dis-lui que le fleuve Amisus garde sa ceinture.

A ce discours, Ménélas demeura quelque temps sans pouvoir parler. A la fin, il éclata en reproches contre Vénus. Ingrate déesse, dit-il, je t'ai préférée à toutes les divinités; j'ai prodigué sur tes autels et l'encens et les victimes ; aucun mortel sur la terre ne t'a honorée plus que moi; et voilà ma récompense. Me traiterais-tu plus cruellement si j'eusse profané ton temple et méprisé tes mystères? Ah! puissé-je périr si jamais je te sacrifie, et si je n'abhorre ton culte autant que je l'ai chéri! Ulysse à ces mots lui mit la main sur la bouche : Malheureux! que fais-tu? lui dit-il; veux-tu donc te perdre, et nous avec toi? Ah! que je crains que la déesse ne t'ait entendu, et ne dise à Neptune de nous faire tous périr! Tu ne sais pas ce que c'est que la colère de Vénus, toi qu'elle a toujours aimé, et tu crois qu'elle pardonne tout à ses favoris. Mais, voyons, de quoi te plains-tu? Tu parles de tes sacrifices! Mais qui t'a donné Hélène? Quelle autre que Vénus t'a fait préférer à tant de rois qui la demandaient comme toi? Une seule nuit d'Hélène eût payé tes hécatombes, et tu l'as gardée deux ans. Peut-être te reviendra-t-elle; peut-être, si Vénus le veut, sera-t-elle encore à quelque autre; mais, quoi qu'il arrive, enfin, peu comme toi pourront se vanter d'avoir eu part à la couche de la fille de Jupiter. La posséder sans partage eût été trop pour un mortel; tant de beauté n'était pas faite pour un seul homme. Le dernier de ses amans sera encore égal aux Dieux; et tu oses te plaindre, toi qui crois être le premier! et tu appelles Vénus ingrate après tant de bienfaits! Hâte-toi de l'apaiser, et, pour lui faire oublier ces téméraires paroles, promets-lui à ton retour un sacrifice des cent premiers nés de tes agneaux.

Cela dit, il prit la ceinture, et faisant signe à Ménélas de détourner la vue, il la jeta loin derrière lui. Elle tomba au milieu du fleuve, et disparut aussitôt. Ayant achevé de se baigner, ils reprirent leurs habits, et regagnèrent le vaisseau, où, trouvant de retour tous leurs compagnons, ils se mirent à préparer le repas. On brûla en l'honneur des Dieux les prémices du gibier, sur lesquelles Ménélas répandit du vin pur avec une coupe d'or destinée à cet usage, et, se souvenant des conseils d'Ulysse, promit à Vénus de lui sacrifier, aussitôt son retour à Sparte, les cent premiers nés de ses agneaux.

Le repas fait, ils s'endormirent, quelques-uns sur le vaisseau, les autres sur le rivage même, et dès le matin, comme le vent se trouva favorable, on mit à la voile. Ce jour et la nuit leur suffirent pour aller en Crète, où ils laissèrent Idoménée, et de là le même vent les conduisit à Lemnos. Le roi Eumée, fils de Jason, les traita magnifiquement, et ayant appris le sujet de leur voyage, il voulut que son fils Onétor les accompagnât. Sa présence, leur dit-il, vous épargnera les questions dont la curiosité du peuple fatigue les étrangers. Il vous conduira chez un ancien hôte et ami de notre maison, Anténor, homme riche et considéré, qui vous accueillera et vous protègera à tout événement. Ainsi vous ne serez pas obligés d'aller en suppliant demander l'hospitalité à des inconnus. Car, que Priam veuille vous recevoir chez lui, il y a peu d'apparence. Étant donc partis avec Onétor, ils vinrent en peu de temps à Sigée, qui était le port le plus proche de Troie. Ménélas et Ulysse se rendirent à la ville accompagnées d'Onétor et des deux hérauts. Le premier édifice qui s'offrit à eux en entrant, était un temple achevé depuis peu, à ce qu'il paraissait. Pendant qu'ils s'arrêtaient à le considérer, quelqu'un qui se trouvait là leur dit : ce temple vient d'être bâti par Paris à la manière grecque, pour une divinité qui préfère cette ville à son ancien séjour. Nous adorions Vénus sous un nom différent, et dans la citadelle comme tous les dieux du pays; Mais Hélène... qui que vous soyez, vous avez entendu parler d'Hélène... lorsqu'elle partit de Lacédémone, Vénus lui dit en songe d'emporter à Troie son image, révérée de tous les temps dans la Grèce. Elle le fit, et vint ici avec la déesse qu'elle porta dans ses bras depuis le port jusqu'à la place où ce temple est aujourd'hui. Là, l'image lui étant échappée des mains, il n'y eut force au monde qui pût seulement la remuer de l'endroit où elle était tombée. Les devins consultés déclarèrent que ce lieu plaisait à Vénus, et qu'il fallait qu'elle demeurât où elle-même s'était fixée venant de si loin. On lui éleva ce temple, dont Hélène est la prêtresse et où elle enseigne aux femmes du pays le culte de la déesse. Elle y est en ce moment même.

Ces mots furent à peine prononcés, que Ménélas courut à la porte du temple; Ulysse le suivit, d'abord pour le retenir, ensuite pour ne pas le laisser seul. Après Ulysse vinrent Onétor et les deux hérauts. Parvenus au seuil de l'enceinte, ils s'arrêtèrent; Ménélas se tint à l'entrée ayant les autres derrière lui, la tête avancée, le corps en dehors, caché par la porte, de sorte qu'il voyait, sans être aperçu, ce qui se passait dans l'intérieur. Hélène était auprès de l'autel entourée de ses femmes, qui tenaient un grand voile déployé devant la déesse. Elle levait les mains au ciel : Vénus, je t'offre ce voile que j'ai tissu et orné de tout ce que la pourpre et l'or ont de plus précieux. Depuis que j'ai commencé cet ouvrage, mes mains n'en ont point touché d'autre. Hélas! quand je commençai, ce fut le jour même que Paris partit en me disant adieu. Je ne croyais pas le finir avant son retour, et passer toute seule ces longues nuits ayant deux maris dans le monde. Déesse, que veux-tu que je devienne? Pour t'obéir, j'avais quitté mon premier époux, le second me quitte à son tour, faudra-t-il bientôt que j'en suive un troisième? On ne sait où Paris est allé, personne depuis son départ n'en a eu de nouvelles. Cependant les chefs de la ville et les princes Troyens me font la cour. Chaque jour Éraste et Sarpédon m'apportent de nouveaux présents. Déesse, fais de moi ce que tu voudras; traîne-moi comme une esclave par les villes de l'Asie; livre-moi tour à tour à tous tes favoris; je ne trouverai pas un autre Paris! Ah! plutôt ramène-le-moi, nous te sacrifierons des hécatombes parfaites. Ne sépare plus deux cœurs qui ne te servent jamais mieux que lorsqu'ils sont unis. Si tu ne veux pas me le laisser fidèle, du moins rends-le-moi quelquefois, et que je ne sois plus à d'autres qu'à lui....

A la Véronique, le 26 septembre 1802.

SUR LE MÉRITE

DES ORATEURS,

COMPARÉ A CELUI

DES ATHLÈTES.

SUR LE MÉRITE

DES ORATEURS,

COMPARÉ A CELUI

DES ATHLÈTES.

Je me suis souvent étonné que dans ces jeux solennels dont la magnificence attire le concours de toute la Grèce, on prodigue aux hommes qui excellent dans les exercices du corps les prix et la gloire, et qu'on ne songe point à honorer ceux qui, en cultivant leur esprit, ont acquis des talents plus rares et sans doute bien plus dignes de l'attention du public. Car ce qu'on admire dans les Athlètes, leur taille, leur vigueur, leur souplesse, n'a rien qui puisse être utile à d'autres qu'eux-mêmes, et leur force fût-elle double de ce que nous la voyons, il n'en résulterait pour personne aucun avantage; au lieu que la sagesse d'un seul homme dont l'esprit s'est élevé par de longues études à des connaissances sublimes, est un trésor ouvert aux particuliers et aux peuples qui veulent en profiter. Au reste ces réflexions-là ne m'ont point encore découragé, et faute de pouvoir prétendre à des honneurs si éclatants, je n'ai pas cru devoir pour cela renoncer à des travaux dont je ne désire pas d'autre prix, que le mérite d'avoir su exprimer convenablement quelques pensées qui parussent dignes d'être conservées dans la mémoire des hommes.

Aujourd'hui je me propose d'exhorter les Grecs à s'unir contre les barbares; sachant au reste que ce sujet a été traité plusieurs fois par des hommes qui font profession d'esprit et d'éloquence, mais sûr en même temps de faire oublier tout ce qu'ils ont pu dire et convaincu d'ailleurs que le succès d'un discours dépend avant tout du choix du sujet, qui, pour seconder le génie de l'orateur, doit être grand, noble, élevé, en un mot propre par lui-même à exciter et à soutenir l'attention des auditeurs. Tel est celui-ci, dont j'avouerai que les sophistes se sont emparés les premiers; mais cette raison n'empêche pas qu'on ne puisse encore se faire écouter avec intérêt sur la même matière; car de tels discours paraissent tardifs, lorsque les affaires sont si avancées qu'il n'est plus permis de délibérer, ou superflus, lorsque d'autres en ont parlé de manière à laisser peu de chose à dire après eux. Mais tant qu'on ne voit rien dans le cours des affaires qui annonce une fin, et rien de remarquable dans ce qui s'en est dit, de quoi me blâmera-t-on si j'essaie encore de faire entendre aux Grecs des discours capables, s'ils sont écoutés, d'arrêter la guerre qu'ils se font entre eux, de rétablir l'ordre dans les états bouleversés, et de prévenir pour la suite les malheurs qui nous menacent tous? convenons d'ailleurs que si les objets sur lesquels s'exerce l'art de l'orateur ne se pouvaient peindre que d'une seule manière et sous un seul point de vue, il serait ridicule de venir, après tant d'autres, présenter encore sur une trame usée et les mêmes dessins et les mêmes couleurs. Mais puisque l'on sait au contraire que la puissance de cet art est de changer à son gré la forme et l'espèce des choses, de montrer petit ce qui était grand et d'ajouter de la grandeur à ce qui était humble et faible, de faire prendre un air antique aux choses les plus nouvelles, et de cacher la vétusté sous une apparence de fraîcheur, n'évitons donc pas les sujets que d'autres ont déjà touchés, mais employons-les de façon qu'ils nous paraissent propres, ou plutôt montrons par l'usage que nous en savons faire, qu'ils nous appartiennent véritablement. En effet toutes les querelles qui peuvent intéresser les hommes sont du domaine de l'éloquence, et chaque portion de cet héritage, commun à tous les orateurs, appartient de droit, non au premier occupant, mais à celui de tous qui la cultive le mieux. Pour moi, je ne doute pas que la science de la parole, ainsi que les autres arts, ne fît plus de progrès vers la perfection, si les hommes admiraient, non le premier qui parle sur un sujet nouveau, mais celui qui en parle avec plus d'art et d'habileté; non ceux qui cherchent à surprendre par des discours dont personne n'eut jamais d'idée, mais ceux qui savent en composer que personne ne peut imiter.......

SUR

DIOGÈNE.

SUR

DIOGÈNE.

Un jour Diogène préparant son repas, nettoyait quelques herbes dans le bassin des Neuf Fontaines, et Aristippe sortant de chez lui, tout paré, tout parfumé, allait dîner chez Sosicrates, président de l'Aréopage. En voyant le cynique il se prit à rire, et l'autre fronçant le sourcil: Si tu savais, dit-il, vivre de ces herbages, tu ne ferais pas la cour aux grands. Et toi, répondit Aristippe, si tu savais plaire aux grands, tu ne vivrais pas d'herbages.

Un homme qui passait par là s'arrêta près d'eux et dit: Parle sincèrement, Diogène, lorsque le vent et la pluie t'assiégent la nuit dans ton tonneau, ne t'arrive-t-il point de penser que tu serais mieux logé dans une chambre bien close, et mieux couché dans un bon lit? Par le froid qu'il fit cet hiver, ne fus-tu jamais tenté de croire que si une tunique n'est pas nécessaire à l'homme, elle lui est quelquefois bien utile? et à cette heure même si tu étais sûr que personne ne te vît, ne laisserais-tu pas de bon cœur tes tristes lupins pour un jambon de Corynthe ou quelque pâté de Sycione? En bonne foi, tu ne nous diras pas que de pareilles idées ne te viennent jamais à l'esprit, et alors (que sert de le nier?) tu te ferais bien volontiers parasyte comme celui-ci, n'était la honte qui te retient et le nom de Diogène. Et toi, dans le palais de Denys, quand l'huissier te laisse à la porte, et fait entrer Philoxène, quand un esclave favori te regarde de travers, ou ne te regarde pas; quand Galatée te prend par la barbe et te fait danser la cordace devant les convives, ne trouves-tu pas alors ton dîner bien cher, et ton métier dur? mais si le tyran vient à découvrir, ou seulement à soupçonner quelque complot contre sa vie, quand tu vois les uns mis à mort, les autres à la torture et qu'un de tes bons amis de cour te dit tout bas : Songez à vous; est-il alors de mendiant dont tu n'envies la condition? qu'avez-vous donc à vous reprocher? n'êtes-vous pas tous deux également misérables, l'un sur le fumier, l'autre sur la pourpre? comme vous êtes tous deux bouffons, l'un à la foire, l'autre à la cour? Écoutez, ajouta-t-il, je veux vous rendre service, et s'il vous reste un peu de cervelle, prenez chacun le parti que je vais vous proposer : dites adieu, l'un au grand monde et l'autre à la canaille : toi, Aristippe, quitte tes odeurs, ta frisure, tes beaux souliers ; et toi, Diogène, habille-toi. Je te mènerai chez Télonide, le fermier des douanes du Pyrée, il est de mes amis : il t'emploiera, et pour peu que tu veuilles travailler, on fera de toi quelque chose. Cela vaudra toujours mieux que de tendre ici la main, ou de faire de la fausse monnaie comme on m'a dit que tu t'y amusais quelquefois dans ton pays. Pour toi, Aristippe, je veux te faire avoir une bonne hôtellerie sur le marché au poisson. C'est là le vrai lot d'un gourmand comme toi. Au lieu d'escroquer des dîners, tu feras dîner les autres. Vous riez, marauds que vous êtes, vous ne méritez pas la bonté que j'ai pour vous; voilà ce que c'est que de s'intéresser à de pareils coquins. Je vois bien, mes amis, vous êtes trop philosophes pour vouloir rien faire de bon, et trop habitués aux grimaces pour avoir jamais un air d'honnêtes gens. Continue Diogène à coucher dans la rue : crève plutôt que de t'en dédire ; et toi, va prêcher la sagesse parmi les filles de joie, la liberté chez les tyrans. Jette ton argent par les chemins, possède sans être possédé.... Vous enragerez les trois quarts du temps, mais on vous admirera. Qu'importe d'être heureux, pourvu qu'on soit célèbre.

Et qui es-tu, dit Aristippe, toi qui harangues si bien? Je suis, répondit-il, Straton de Phalère, fils de Nausiclès, patron de navire, gendre de Cléon le corroyeur. J'ai trente talents en biens fonds aux environs de Chalcis et quinze talents d'intérêts dans les mines du mont Parnète. Avec cela je ne fais point ma cour aux tyrans, car je n'ai nulle envie de les connaître , et je crains fort d'en être connu. Je ne jette point mon argent, ni ne laisse voir mon derrière afin qu'on parle de moi; mais je vis content dans ma famille, joyeux avec mes amis, paisible avec tout le monde, et je me moque des philosophes.

A la Véronique, le 10 octobre 1802.

L'ESPAGNOL

AMANT DE SA SOEUR.

L'ESPAGNOL

AMANT DE SA SOEUR.

En 1583 un Espagnol connu sous le nom de Louis d'Aiguevives (don Louis d'Acquaviva) demeurait rue St.-André-des-Arts , lui , sa femme et deux enfants, tous établis à Paris depuis environ 10 ans. Ils passaient dans leur voisinage pour de fort honnêtes gens , et elle surtout , espagnole comme lui , pour une personne singulièrement charitable aux pauvres, qui même, disait-on, dépensait en pieuses libéralités plus que son mari n'eût voulu. Le lendemain de la St.-Martin , toute la famille fut arrêtée et menée en prison au Palais, où, par le procès qui fut fait , on reconnut que ce don Louis était le propre frère de sa femme , tous les deux quoique bien mariés, étant nés à Saragosse du même père et de la même mère ; ils furent en conséquence condamnés par la cour à être brûlés vifs , et leurs enfants , l'un garçon âgé de 18 ans , l'autre fille, ayant un an ou deux de moins , à une prison perpétuelle , ce qui fut exécuté.

Cet événement fit horreur à tout le monde. Plusieurs

même le regardaient comme un signe de la colère du ciel et un avant-coureur de quelque plaie dont Dieu voulait frapper la race présente. Ce fut aussi ce que dit à la cour l'avocat du roi, maître Pierre Lambin, qui fi merveille de parler en cette occasion, comme certes il pouvait, étant un des plus savants et des plus graves personnages qu'il y ait en France aujourd'hui. Je sais tout cela par mon cousin, le sieur Jean Leclerc de la Thibaudière, conseiller homme de bien et craignant Dieu, lequel était juge dans cette affaire. Maître Pierre, selon ce qu'il me dit, leur fit voir d'abord doctement, par une infinité de passages des auteurs tant sacrés que profanes, que l'inceste a été de tout temps un crime abominable devant Dieu et devant les hommes. Il remarqua que, même parmi les Saints que tout bon catholique révère avec l'église, il y en a plusieurs qui pendant leur vie ont été coupables les uns d'adultère, les autres de meurtre, quelques-uns même de parricide, d'inceste aucun que je sache, disait maître Pierre. Ne croirait-on pas, poursuivit-il, que le ciel a séparé ce crime de tous les autres et que sa miséricorde ne s'étend pas jusque-là, si on ne savait d'ailleurs qu'elle est infinie. Mais comme vous n'ignorez pas qu'il y a des degrés dans le mal ainsi que dans le bien, quelque détestable que l'inceste soit en effet par lui-même, cependant les circonstances peuvent encore l'aggraver, et il ne faut pas douter qu'il n'y ait une grande différence entre celui qui simplement fait sa maîtresse de sa sœur à celui qui en fait sa femme. Car ce dernier joint à l'inceste sa profanation. Le mariage en ce cas seulement est pire que l'adultère, et ce sacrement, par lequel toute autre union est sanctifiée, rend celle-ci plus exécrable. Pourquoi ? c'est une explication que sûrement vous n'attendez pas de moi.

Ces matières sont délicates, d'ailleurs au-dessus de ma portée, et il y a des crimes qu'on ne peut, sans se rendre soi-même coupable, examiner de si près. Renfermons au dedans de nous l'horreur que celui-ci nous inspire. Retenons notre langue et même notre pensée, de peur que quand la majesté divine reçoit ces sanglantes blessures, les rappeler ce ne soit lui faire un outrage de plus. A ces mots qui firent, disait mon cousin, une grande impression sur tout l'auditoire, maître Pierre s'arrêta. Mais son silence même ayant je ne sais quoi de mystérieux, ajoutait encore à l'effet de son éloquence, qu'il semblait ne retenir ainsi que pour en grossir le torrent. Bientôt en effet il reprit : Sans doute le monde est menacé de quelque grande catastrophe, et s'il est vrai que la méchanceté doive augmenter jusqu'à la fin, sûrement nous touchons au terme. Où prendrions-nous de nouveaux vices? quel degré se peut ajouter à la perversité du siècle, et que feraient nos neveux pour enchérir sur nos crimes ? L'audace et la perfidie se sont partagé la terre. L'innocence en est bannie. On ne se souvient de l'équité que pour couvrir de son saint nom le brigandage et le parjure. Les tigres dans les déserts ne se jettent pas l'un sur l'autre, ne font pas leur proie de leur semblable ; mais l'homme déchire l'homme, le fort dévore le faible, le frère dépouille son frère, le fils hâte les jours de son père et plaint la nourriture au sein qui l'a nourri. Un sexe né timide est hardi pour le crime. Une fille a peine nubile provoque la séduction ; devenue femme, à peine mère, elle médite son divorce, ou fuit avec un adultère, laissant sa maison déserte et ses enfants au berceau. O mœurs de nos ancêtres, qu'êtes-vous devenues? Pudeur, amour, foi conjugale, êtes vous disparues pour toujours? c'est par là que toute vertu s'éteint, que toute société se dissout. Et quelle société peut-il y avoir où il n'y a pas même de famille. Quelles lois seront respectées où celles de la nature sont sans force? Ces douces lois qu'elle a gravées dans le cœur de chaque individu, n'en peuvent être effacées que par des excès qui ne laissent aucun espoir d'amendement, lorsqu'une race dégénérée périt de sa propre corruption, et ne peut plus subsister plus long-temps. Voilà le point où nous en sommes. Nos vices suffisent pour notre ruine, et la génération présente s'anéantirait elle-même, s'il ne fallait pas que la justice divine fût une fois satisfaite. O Dieu, dont l'extrême indulgence laisse monter à ce comble nos iniquités, tu ne peux attendre désormais de ton ingrate créature ni progrès dans le mal, ni le retour vers le bien, ta vengeance va éclater ; nulle innocence sur la terre ne retient plus ton bras, ta foudre ne peut frapper que des têtes coupables, et dans un nouveau déluge tu ne trouveras pas cette fois un juste à sauver.

Ce discours de maître Pierre, quoique admiré de tout le monde, ne fut pas également approuvé. Quelques-uns prétendaient y sentir une forte odeur d'hérésie, d'autres disaient d'athéisme, et proposaient, pour apaiser le courroux du Ciel dont il nous menaçait, de brûler avec les Espagnols, maître Pierre et sa harangue. Pour moi, disait mon cousin, j'aurais bien voulu qu'on ne brûlât personne, et je dis qu'il n'était pas nouveau de voir les ignorants accuser d'impiété ceux qui en savent plus qu'eux; que de grands hommes avant maître Pierre avaient éprouvé la même injustice, qui bien loin d'avoir méconnu la divinité, nous apprennent encore aujourd'hui à la connaître par ses œuvres; que l'étude de la philosophie et l'imitation des anciens donnaient aux discours des savants cet air qui semblait s'éloigner du langage vulgaire, mais que, dans le dogme et la croyance, ils différaient d'autant moins du commun des hommes que pour l'ordinaire ils se mêlent peu de ce qui regarde ces matières, dont ils se rapportent aux juges établis de Dieu pour cela; que les damnés auteurs de ces schismes, qui font tant de bien et de mal depuis quelque temps, n'étaient pas des philosophes mais des théologiens; que du philosophe au dévot la différence était la même que d'un courtisan qui loue le prince pour avoir part à ses faveurs, aux magistrats qui expliquent ses sages réglements sans prétendre à aucune grâce; que la science et la sagesse, depuis Salomon à qui Dieu donna l'un et l'autre, étaient rarement séparées. Voilà par quelles raisons je défendis maître Pierre. Mais je m'aperçus bientôt qu'en voulant le justifier, je me faisais tort à moi-même, et que je gâtais mes affaires, sans rendre la sienne meilleure. Cette réflexion fut cause que je n'en dis pas davantage. L'accusé demanda qu'il lui fût permis, attendu qu'il s'expliquait mal en français, de prendre un avocat, et la cour y consentit; il choisit maître Fijac, homme habile et du mieux parlant que j'aie jamais entendu. Voici ce qu'il dit à peu près :

Je vois tout le monde persuadé que la cause dont je me charge est désespérée, et que les accusés ne peuvent rien alléguer pour leur défense. Quoiqu'en cela on se trompe fort, comme j'espère le faire bientôt voir, cependant cette persuasion leur nuit plus que toute autre chose, et leur justification n'est réellement difficile que parce qu'on la croit impossible; car quelle que puisse être leur cause, ils seraient au moins écoutés si l'on n'était pas prévenu qu'ils n'ont rien à dire. Dans le fait je ne m'étonnerais pas que l'on crût mes clients coupables, car les apparences sont contre eux; mais ceci est bien pis, on croit qu'ils ne peuvent être innocents; comme si jamais l'apparence n'était démentie par le fait.

Pour détruire une prévention contre laquelle je ne puis lutter qu'avec beaucoup de désavantage, les moyens que j'ai sont bien faibles. Tout ce que je puis faire, c'est de prier chacun de vous en particulier qu'il se souvienne combien de fois il s'est vu forcé dans sa vie de reconnaître pour faux ce qu'il tenait pour certain, et qu'il songe que la même chose peut lui arriver encore.

Mais avant d'entrer en matière, comme mon dessein n'est pas de vous séduire par des paroles ni de chercher à vous égarer dans un dédale de sophismes, méthode qui ne conviendrait ni à vous ni à moi, je veux vous donner d'abord le fil de mon discours et mettre dans ce que j'ai à dire toute la clarté possible par une seule observation, qui sera la base de ma défense. Cette observation c'est qu'encore que tout accusateur doive prouver avec évidence que celui qu'il accuse est coupable, le réciproque n'a pas lieu à l'égard de l'accusé, qui pour être absous n'est point tenu de fournir la preuve complète de son innocence. Il suffit que son crime ne soit pas démontré; il est censé innocent dès qu'on doute s'il est coupable. Ici par exemple on vous dit que don Louis a épousé sa sœur. Si on le prouve, il est condamné, mais si on ne le prouve pas, ou si on ne le prouve qu'à demi, si l'inceste en un mot n'est pas clair comme le jour, don Louis est absous par cela seul, quand même il ne pourrait prouver que son épouse n'est pas sa sœur. Le doute est tout en sa faveur, et c'est une règle dont les juges ne doivent jamais s'écarter. Car le plus honnête homme du monde, accusé du crime le plus absurde, serait souvent fort embarrassé à prouver qu'il n'est pas coupable. Ainsi pour justifier don Louis, il n'est pas nécessaire de montrer que celle qu'il a épousée n'était point sa sœur, c'en est assez de faire voir que les preuves qu'on apporte de cette consanguinité ne sont pas suffisantes.

(*Le reste manque.*)

PARAPHRASE

DU

PSAUME CXXXVI.

N. B. La pièce suivante est du père de Courier, homme fort instruit, au rapport de son fils. P. Louis faisait grand cas de ce morceau et il en regrettait fort la fin, n'ayant jamais pu retrouver que ce fragment dans sa mémoire.

PARAPHRASE

DU PSAUME

SUPER FLUMINA BABYLONIS.

Au sein de cette ville insolente et perfide
Qu'habitent nos vainqueurs,
Où règne un Roi cruel, et qu'un fleuve rapide
Traverse entre les fleurs,
Nous nous sommes assis le cœur rempli d'alarmes
Sur des bords trop heureux.
Les fugitives eaux ont emporté les larmes
Qui tomboient de nos yeux ;
Par nos tremblantes mains nos lyres détendues
N'ont plus produit d'accords ;
Nos harpes en silence ont été suspendues
Aux saules de ces bords.
Cependant ces cruels qu'un combat fit nos maîtres
Nous disoient : Devant nous,
Chantez ces hymnes saints chantés par vos ancêtres
Devant le dieu jaloux ;
Aux chants de Babylone unissez vos cantiques,
Et vos voix à nos voix,
Et faites retentir, dans nos sacrés portiques,

La harpe sous vos doigts.
.... ô discours........ qu'au ciel le Dieu suprême
N'entend point sans courroux,
Apprenez que son nom deviendroit un blasphême
Prononcé devant vous.
Nous ne pouvons chanter que les seules louanges
Du Dieu de l'Univers :
Éloignez-vous, fuyez, la foule de ses anges
Assiste à nos concerts.

....

....

....

FACTUM

DU SIGNOR FURIA,

AVEC UN *FAC-SIMILE* DE LA TACHE D'ENCRE

FAITE SUR LE MANUSCRIT

DE DAPHNIS ET CHLOÉ.

(Traduit de l'Italien.)

Avertissement des éditeurs.

Nous avons pensé que le morceau suivant qui explique les motifs d'un des plus admirables écrits de Courier, était digne, à ce titre, de quelqu'intérêt. La brutalité et la maladresse de cette attaque justifient la dureté de la réponse; et tout le monde jugera que celui qu'on a voulu rendre odieux n'a pas exagéré le droit de la défense, en rendant son aggresseur ridicule. Rapproché de la *lettre à M. Renouard*, le *factum* du signor Furia offre aussi un sujet d'étude littéraire; à côté des modèles qu'il convient de suivre, il est quelquefois bon de placer ceux qu'il faut éviter.

DÉCOUVERTE

ET PERTE SUBITE

D'UNE PARTIE INÉDITE DU LIVRE PREMIER DES PASTORALES DE LONGUS, FAITES DANS UN EXEMPLAIRE DE L'ABBAYE FLORENTINE, QUI SE TROUVE A LA BIBLIOTHÈQUE MÉDICO-LAURENTIENNE. (1)

A Monsieur Dominique Valeriani, directeur des études de Vimercate, professeur d'éloquence et de Philosophie.

Quæsivit...., lucem, ingemuitque repertâ.

VIRG.

QUOIQUE éloigné de moi, vous avez donc appris, mon cher ami, la nouvelle du douloureux événement arrivé à notre fameux exemplaire des érotiques Grecs ?

Dans la paisible retraite que vous avez consacrée à Minerve et aux Muses, qui eût pensé que les éclats bruyants de la trompette de la renommée eussent pu si

(1) Voir la lettre à M. Renouard, tome Ier, page 25.

tôt vous annoncer une nouvelle si extraordinaire? Non content des récits confus et incertains qui vous sont parvenus, vous désirez que je vous rende compte moi-même de l'événement, vous le demandez au nom de la vérité et pour que l'avenir ne soit pas trompé par tant d'explications mal fondées qui se sont répandues; permettez-moi de vous dire que le soin que votre amitié réclame m'est d'autant plus pénible qu'il me rappelle la gravité d'un événement que le temps ne pourra faire oublier, et dont le simple souvenir me saisit d'horreur.

Je dirai donc avec le divin poète :

> Tu vuoi ch'io rinnovelli
> Disperato dolor, che il cor mi preme,
> Già pur pensando prià ch'io ne favelli.
>
> DANTE.

Je veux cependant vous satisfaire, car votre zèle et votre amour pour les bonnes études ne permettent pas qu'on vous refuse pareille satisfaction; je vous la donnerai publiquement, en livrant cet écrit à la presse parce-que, ce malheur intéressant tout le monde littéraire, il est nécessaire qu'il soit en même temps connu de vous et de tous ceux qui font leurs délices de nos études favorites, de tous ceux qui professent le respect pour la savante et vénérable antiquité. Écoutez-moi donc, et que votre cœur se prépare à une patience à toute épreuve, à un calme que rien ne puisse troubler, tandis que moi,

> Faró come colui che piange e dice.

Il y avait à peine deux mois, qu'entre plusieurs manuscrits, on avait déposé dans notre bibliothèque Laurentienne le célèbre *Codex* de l'abbaye des moines de Mont-Cassin de cette ville, écrit vers la fin du XIIIme siècle, et contenant différents érotiques grecs, tels que les Pastorales de Longus le sophiste. Le gouvernement, par une disposition vraiment sage, avait ordonné que non-seulement les manuscrits, mais encore les livres et tous les objets d'art ou de science existant dans les bibliothèques des moines supprimés de la Toscane, fussent recueillis par une commission créée à cet effet. Par l'effet de cette précaution, on empêchait qu'une foule de choses rares et d'importance ne fussent ou endommagées, ou égarées, ou perdues. Déjà notre bibliothèque, comme toutes les autres bibliothèques publiques, a commencé à recueillir les fruits d'une mesure aussi louable, et le manuscrit dont je vous parle est parmi les acquisitions qui l'ont enrichie. Je ne vous rappellerai pas la valeur d'un tel trésor, ni combien il est estimé et connu des savants; je vous dirai seulement que c'est l'unique copie qui nous reste des écrits de Xénophon l'Éphésien et de Cariton. Le premier, comme vous savez, fut publié par notre illustre Cocchi, le second par d'Orville à qui, sans nul souci de sa propre gloire, Cocchi fit présent d'une copie qu'il avait préparée pour la publier lui-même. Tant il est vrai que nos savants convaincus que la science est le patrimoine de tous, se sont toujours montrés généreux et empressés dans tout ce qui a la littérature pour objet, et ont dédaigné le monopole des trésors littéraires qu'ils possédaient.

Le père Montfaucon vit cette copie, et dans l'ouvrage qu'il publia sous le titre de *Bibliotheca bibliothecarum*, il fit dès 1729 mention spéciale des Pastorales de Longus qui se trouvent dans ce manuscrit. D'Orville aussi en parla, lorsqu'en 1750 il publia le roman de Cariton aphrodisien, et notre incomparable Salvini, dans la préface qui est en tête de son élégante traduction des amours d'Abrocome et d'Antie de Xénophon Éphésien, publiée en 1757, ne manque pas non plus de le citer.

On ne saurait donc trop s'étonner, qu'il me soit permis de le dire, que M. Villoison, qui a donné en 1778 une belle édition de Longus, ait négligé de confronter le texte de la copie de Florence et se soit contenté de quelques manuscrits incorrects et en petit nombre qui se trouvent à la Bibliothéque royale de Paris, se bornant à reproduire l'édition de Colombani, premier éditeur de Longus d'aprés la copie, ainsi que lui-même nous l'apprend, qui se trouve dans la bibliothéque Alamanni.

Villoison aura pensé que le manuscrit de l'abbaye florentine était le même que celui dont s'était servi Colombani, et en conséquence il l'aura jugé inutile à son objet. Sans doute cette idée se sera élevée en lui au degré de certitude absolue en voyant que le manuscrit rappelé par Colombani ne s'était point retrouvé dans la famille Alamanni; mais cette réflexion ne devait pas l'empêcher de consulter de nouveau, et sans parler d'autres motifs, il aurait dû penser que les premiers éditeurs, avec toute l'attention imaginable, commettent souvent des erreurs, soit à raison de la nouveauté des recherches, soit à cause de la négligence des imprimeurs, soit enfin par toutes autres causes qui ne peuvent manquer de se présenter à l'esprit d'un critique érudit et clairvoyant. S'il se fût livré à ces recherches, il aurait découvert que le manuscrit de l'Abbaye florentine est tout autre chose que celui d'où on a tiré la première édition de 1594; il y aurait trouvé la fameuse lacune du livre premier entièrement remplie, et le monde savant jouirait depuis longues années du roman de Longus, plus correct et plus complet; un pareil trésor ne serait pas resté enseveli jusqu'à nos jours, pour être découvert, je ne sais s'il faut s'en affliger ou s'en glorifier, de la manière que je vais vous le raconter.

M. Courier, savant officier français, qui cultive avec passion les lettres grecques, vint me trouver vers le commencement de novembre dernier avec M. Renouard, imprimeur fort instruit, de Paris, qu'il avait rencontré à Bologne se dirigeant comme lui vers cette capitale de la Toscane. Je connaissais déjà beaucoup M. Courier pour l'avoir vu autrefois fréquenter la bibliothèque Laurentienne, et parce qu'il m'avait été adressé, il y a deux ans environ, et recommandé par M. l'abbé Andrès, et par monseigneur Marini, deux noms qui suffisent pour tout éloge. J'avais été prié par ces savants, de prêter mon aide à M. Courier et de lui laisser consulter nos copies de Xénophon, dans le but d'illustrer le Traité de la cavalerie et celui de l'Hypparchique qu'il voulait dès-lors publier. Je répondis de tout mon zèle à son empressement et aux désirs de mes respectables maîtres et amis, et je le fis avec un véritable plaisir, imaginant voir se renouveler en lui l'exemple de Xénophon, de Polybe et de Palmer, qui surent au milieu du bruit des armes et des cris des combattants se livrer à l'étude pleine de charmes de la littérature, montrant ainsi que ce n'est pas sans raison que les anciens imaginèrent la fille de Jupiter en même temps guerrière et souveraine des arts et des sciences. Je le revis avec d'autant plus de joie que le génie tutélaire qui veille sur les hommes studieux me le ramenait sain et sauf des bords du Danube où l'avaient appelé la voix de l'honneur et le bruit de la guerre. Après les compliments réciproques, il me pria de la plus gracieuse manière de conduire son ami à la bibliothèque Laurentienne, pour admirer tout ce qu'elle renferme de rare et de précieux; car, ajoutait-il, quel regret n'emporterait-il pas si, ayant traversé l'Athènes de l'Italie, il en était parti sans avoir rendu sa visite et son hommage à un sanctuaire si fameux de la savante antiquité! J'accueillis cette prière avec plaisir, et nous allâmes ensemble à la bibliothèque où tout ce qui mérite d'être vu fut mis sous les yeux des deux savants voyageurs. Entre mille objets de conversation, M. Courier me demanda s'il existait quelque copie manuscrite de Longus, parce que, disait-il, son intention était de publier le roman de *Daphnis et Chloë*. Il désirait voir s'il y avait moyen de remplir la lacune qui se remarque dans le Ier livre de cet auteur. A peine m'eût-il fait part de son intention, que, tout transporté, je lui indiquai le manuscrit de l'abbaye Florentine où se trouvent, parmi les autres érotiques, les Pastorales de Longus ; je présume, lui dis-je, que la lacune n'existe pas dans cette copie qui est de la plus haute ancienneté, et qui n'a encore, que je sache, été consultée par personne.

Nous jetâmes avec empressement les regards sur l'endroit défectueux, et nous trouvâmes avec joie que rien, dans cette copie, ne manquait au texte de l'auteur. Enchanté de cette découverte que nous venions de faire en commun, M. Courier me pressa de lui accorder la permission de copier le précieux complément et de collationner ensuite tout le texte de Longus. Je cédai très-volontiers à cette demande, rien ne m'étant plus agréable que de favoriser par mon zèle et mes conseils les efforts des savants, et de faire honneur à la Bibliothèque dont j'ai le bonheur d'être le chef.

Moi-même alors, conjointement avec l'abbé Bencini mon sous-bibliothécaire, très-versé dans les études grecques, je dictai le complément, et nous lui évitâmes ainsi une peine très-grande, une longue et ennuyeuse fatigue en déchiffrant ces caractères très-fins, presqu'effacés à force d'ancienneté et, en beaucoup d'endroits à peine visibles, capables enfin d'arracher les yeux. Je me servais pour cela de loupes excellentes, comme on peut le voir par ce que j'en dis dans les Prolégomènes de mon Ésope grec-latin, publié l'année dernière et tiré du même manuscrit où l'on trouve un plus grand nombre de fables qu'on n'en connaissait, et écrites d'un style un peu différent de celui des fables publiées par le moine Planude.

Quelque étendues que fussent les connaissances de M. Courier dans la langue grecque, il lui manquait l'habitude de lire des caractères difficiles et obscurs, et il avoua lui-même qu'il lui aurait fallu quarante jours pour venir à bout de lire cette copie. Vous voyez donc bien, mon cher ami, quelle part nous avons eue dans la découverte de ce passage de Longus, et combien M. Courier répond mal à nos soins et aux secours que nous lui avons donnés, lorsque, dans notre *Gazette Universelle* n° 90 en parlant de ce fait, non-seulement il ne nous accorde pas l'éloge que nous méritons, mais encore il l'expose de manière à faire entendre qu'on connaît à peine dans notre ville le nom des lettres grecques, ainsi que le prix et l'utilité des anciens manuscrits! Cette injustice doit être attribuée à quelque distraction d'esprit; car il n'ignore pas qu'il y a peu de villes, je ne dis pas en Italie, mais dans quelque pays et à quelqu'époque que ce soit, où ces études soient plus florissantes qu'elles ne le sont ici. Savoir ensuite si nous apprécions les monuments de l'antiquité savante et les manuscrits que possèdent nos Bibliothèques, nous en attestons les auteurs classiques qui sont fréquemment reproduits, à la demande des savants étrangers ou nationaux, plus corrects ou plus complets, ou plus enrichis de ces ornements solides qui contribuent si fort à améliorer et à accroître les connaissances humaines.

Monsieur Courier ayant donc obtenu, grâce à nos soins, la copie qu'il désirait, et l'ayant plusieurs fois encore collationnée avec le texte, après quelques jours d'un exercice laborieux pour se mettre au fait du manuscrit, se mit en devoir de collationner le texte entier de Longus. Comme il avait pris des arrangements avec M. Renouard pour en donner à Paris une édition, et celui-ci devant sous peu de jours retourner à Paris, je permis, afin que M. Courier pût terminer sa confrontation, et profitât de l'occasion pour envoyer les variantes du manuscrit ainsi que les autres recherches qu'il avait faites sur Longus, je permis qu'il demeurât depuis neuf heures du matin jusqu'au soir dans la bibliothèque, et cela au grand dérangement des employés. Nous nous associâmes, le sous-bibliothécaire et moi, à ses laborieuses recherches, et, avec notre aide, l'ouvrage avançait rapidement.

Le 10 novembre, nous touchions au but tant désiré, lorsque prenant moi-même le manuscrit des mains de M. Courier, pour le replacer dans mon bureau, ce qui se faisait tous les jours, j'y remarquai une feuille d'une autre couleur que les autres et plus large, qui m'y parut étrangère; j'ouvris aussitôt le manuscrit à cet endroit pour en ôter cette feuille inutile, et dont le contact pouvait nuire aux pages, déjà si usées par le temps, de notre précieuse copie.... Oh ciel! quel fut mon effroi, quelle fut ma douleur en voyant que cette feuille était attachée à la page du manuscrit, en remarquant une énorme tache d'encre, laquelle, en séchant, avait fortement collé une feuille à l'autre! cette page (apprenez le malheur) était justement celle où se trouvait le complément si précieux!

A cet horrible spectacle, mon sang se glaça dans mes veines; et, durant plusieurs instants, voulant crier, voulant parler, ma voix s'arrêta dans mon gosier; un frisson glacé s'empara de mes membres stupides. Enfin, l'indignation succédant à la douleur; qu'avez-vous fait, m'écriai-je! quelle est la cause de ce malheur? Il me répondit qu'il ne pouvait pas l'expliquer; que, comme moi, il en était surpris, et qu'il n'en pouvait donner d'autre raison, si ce n'est qu'ayant ce jour-là remué l'encre avec les barbes de sa plume pour la rendre plus fluide, et qu'ayant, par mégarde, jeté cette plume ainsi imprégnée sur la table, où se trouvaient des papiers, un de ceux-ci s'était taché par le contact de la plume et avait été ensuite placé comme marque dans le manuscrit auquel il avait communiqué cette tache. Dans ce moment de trouble, quoique je ne fusse pas entièrement persuadé, un tel accident me parut possible, et considérant que là où il n'y a plus de remède, toute question est vaine, tout reproche inutile, je demandai aussitôt à M. Courier une copie authentique de ce supplément, ainsi qu'une attestation écrite sur la feuille même que je ne voulus pas déranger, prouvant qu'il était l'auteur de ce malheureux événement; il ne put et ne sut pas me refuser, tant ma demande était juste; il promit de me donner une copie du supplément, et écrivit au dos de la page tachée le certificat ci-dessous :

Ce morceau de papier posé par mégarde dans le manuscrit pour servir de marque, s'est trouvé taché d'encre : la faute en est toute à moi qui ai fait cette étourderie. En foi de quoi, j'ai signé.

Florence, le 10 novembre 1809.

COURIER.

Le lundi suivant (c'était le 12 novembre), Courier revint à la bibliothèque avec son ami Renouard, désirant revoir cette horrible scène. A la première vue, il se montra réellement surpris et affligé. Curieux de voir comment la page était tachée, ce qu'on ne pouvait faire sans enlever la feuille qui était restée collée ainsi que je vous l'ai dit, il se disposait à la détacher en la mouillant avec sa langue; je m'opposai à cette entreprise; mais inutilement; car, d'un mouvement brusque et précipité, il l'enleva, la déchirant en quatre parties, de sorte que la tache alors s'offrit tout entière à nos yeux. Je ramassai les plus petits morceaux de la feuille déchirée parmi lesquels son attestation se trouva intacte pour ma satisfaction et pour ma justification, encore qu'un tel événement s'étant passé dans un lieu public et en présence d'une foule de personnes, ne pouvait jamais être l'objet d'un doute.

Voyant que le mal était irréparable je rappelai aussitôt à M. Courier la promesse qu'il m'avait faite de me donner une copie du passage effacé. Il me dit alors que distrait par diverses pensées, il avait oublié de me l'apporter, ajoutant qu'il donnerait volontiers non pas une, mais cent copies pour réparer le dommage causé au manuscrit, dommage qu'aucun prix ne pouvait réparer.

M. Renouard entendait tout cela et donnait son assentiment; moi, habitué à agir de bonne foi et persuadé que tout honnête homme agit ainsi, je ne soupçonnai point que M. Courier voulût manquer à sa parole; et loin de là je m'y confiai entièrement, ne pouvant supposer qu'il pût agir d'une manière opposée à son caractère et que, pour un si mince sacrifice, il se refusât à réparer le mal qu'il avait fait et pour lequel tous les trésors du monde, disait-il, n'avaient point de compensation. Mais que direz-vous, mon cher ami, quand vous apprendrez que le lendemain même du jour où il me renouvela sa promesse, il y manqua sans aucun égard et se rendit coupable (je suis fâché de le dire) d'un manque de foi, non-seulement envers moi, mais envers toute la république des lettres dont il foule aux pieds les droits, et enfin envers toutes les nations civilisées, intéressées à la conservation des monuments qu'il dégrade, et que les souverains de la Toscane ont rassemblés de tout temps, pour le bien commun. Et quelle raison pensez-vous qu'il ait donnée pour excuser un pareil procédé ? C'est que M. Renouard, qui était parti ce jour même pour la France, le lui avait expressément défendu. Mais de quel droit M. Renouard pouvait-il l'obliger à manquer à sa parole? Quels ordres si sévères pouvaient l'empêcher de rendre à une Bibliothèque publique respectable, au monde entier, ce qui à bon droit lui appartient, et qui demande, par mon organe, que l'auteur du dommage rende au moins l'intégrité à un manuscrit estimé? Et s'il est vrai que Renouard le défende, pourquoi Courier le permet-il? et pourquoi se montre-t-il si fidèle à tenir sa promesse à l'égard de son ami, pendant qu'il y manque envers moi?

Écoutez à présent les raisons que, selon Courier, Renouard a données pour l'empêcher de rendre à la Bibliothèque la copie qu'il avait promise! Qu'on veut profiter de la circonstance, qu'on veut pour une spéculation(mercantile, oui, mais non littéraire) être les possesseurs uniques du supplément, et ainsi éviter le danger que d'autres, profitant de la découverte, ne préviennent leur nouvelle publication de Longus; et on va jusqu'à dire que mon obstination à exiger cette copie donne du poids à ce soupçon. A tout cela je réplique que sur ma parole d'honneur je n'accorderai à qui que ce soit la communication du supplément (et qui aurait pu envier à M. Courier cette petite gloire). Je tâche de lui persuader que mon empressement n'a d'autre objet que de rendre l'intégrité au manuscrit et d'empêcher que ce supplément puisse être de nouveau perdu; je lui montre en cela les intérêts du monde littéraire et de l'éditeur lui-même, qui pouvait de cette manière citer le document authentique de cette découverte et ne courait pas le risque de voir suspecter comme apocryphe ou comme altéré en quelques parties le texte retrouvé de Longus. Mais ce n'est pas tout, on me refuse, et non content de ce refus on va jusqu'à soupçonner ma bonne foi, et on manque ainsi au gouvernement qui, en me plaçant à la tête d'un établissement public, m'a donné une marque de sa confiance et a prouvé ainsi que j'étais digne d'estime. Mais, moi, tranquille, et ennemi, comme je suis, de tout ressentiment, mettant de côté les justes reproches que je pouvais faire à la suite d'un pareil refus, je proposai à M. Courier, puisqu'il manquait de confiance en moi, de déposer au moins la copie reconnue authentique signée de nous deux et munie de nos cachets, soit chez le maire de la ville, soit chez le conservateur des monuments publics, soit enfin entre les mains de toute autre personne jouissant de l'estime publique, de manière qu'elle y reste pour l'utilité générale jusqu'à ce que l'édition parisienne soit exécutée. Je lui dis encore une fois qu'il réfléchisse à quel nouveau danger ce supplément de Longus peut être exposé s'il est confié seulement à une feuille fragile et périssable, pouvant s'égarer en passant d'un lieu à un autre, sujette enfin, en tant de circonstances faciles à prévoir, à être perdue, malgré les soins les plus minutieux.

Vous croyez à présent, mon cher ami, que M. Courier a cédé à tant de bonnes raisons; vous vous trompez.

Opposant à mes paroles, comme il faisait dans les batailles, un courage intrépide, une ame forte et une résolution hardie, il a refusé de rendre à la Bibliothèque la copie solennellement promise, et sur laquelle elle a toutes sortes de droits; il a fermé l'oreille aux conseils de ses amis, aux plaintes d'une ville entière, en un mot, aux reproches de toute la république des lettres qui n'approuvera jamais son étrange et opiniâtre résolution, mais qui ne cessera de gémir sur le dommage immense fait, par sa faute, au manuscrit de Longus. Plus j'aime et estime le mérite de M. Courier, plus je déplore que cette affaire l'ait exposé au blâme universel des gens de lettres, et lui ait fait oublier ce précepte d'Euripide:

ἄνδρα δ' οὐ χρεὼν
Τὸν ἀγαθὸν, πράσσοντα μεγάλα, τοὺς τρόπους
μεθιστάναι.

Iphig. in Auli.

Dès que cette perte fut consommée, je me hâtai d'en prévenir M. Thomas Puccini, chambellan de S. A. I. et R. la grande duchesse de Toscane, conservateur des établissements publics et des monuments des arts et des sciences, et directeur de la galerie de Florence. Il demeura, comme moi, saisi d'horreur, et frémit en apprenant cet horrible événement, et surtout lorsqu'il vit l'état du manuscrit. Mais pénétré de tout le zèle qui le distingue si éminemment et qui l'enflamme pour l'honneur de la patrie et pour la conservation des objets confiés à ses soins, il eut recours à tous les moyens pour apporter quelque remède à ce malheur inoui. En effet il serait trop long de dire tout ce qu'il fit pour engager M. Courier à rendre une copie de la page détruite et préserver, de cette manière, Longus d'un nouveau désastre. Qu'il vous suffise de savoir qu'il mit tout en œuvre pour l'obtenir et que si le succès ne répondit pas à ses soins infatigables, il faut vraiment dire ou que le manuscrit de Longus de l'Abbaye florentine était, dans les arrêts de la destinée, réservé à rester inutile pour les lettres, ou à se voir détruit au moment même qu'il passait de son obscurité à un éclat qui devait le préserver de ce malheur.

Après l'entretien qu'il eut avec M. Courier, monsieur le conservateur songea à recourir à des moyens plus puissants et plus efficaces, aux ressources que fournit la chimie des encres, si étonnante et si utile depuis les récentes découvertes. Il invita M. Gazzevi, un des chimistes les plus distingués dont s'honore non-seulement Florence, mais toute l'Italie, célèbre professeur du musée Impérial, à coopérer à une entreprise qui avait pour objet de rendre la page tachée à son ancien état. Il s'agissait de voir si parmi tant d'acides divers qui agissent sur les couleurs et en détruisent les principes, il ne s'en trouverait pas un qui eût la propriété d'enlever l'encre nouvelle sans attaquer l'ancienne écriture dont on n'apercevait plus de vestige; l'entreprise était difficile, le

Fac-Simile de la tache d'encre faite p
P.L. Courier, dans le manuscrit de Daphnis et C

Lith. de J. Clnis Pl. du Châtelet à Paris.

succès douteux; le savant chimiste n'en fut point arrêté, et, le 5 décembre, après avoir fait des essais et des analyses sur l'encre dont la tache était faite, il appliqua un acide préparé exprès à la partie endommagée du manuscrit. Cette affreuse tache est précisément au dos de la feuille 23 du manuscrit, précisément à l'endroit où se trouve le supplément. Elle est de forme irrégulière en partant du haut de la page, et s'étend en ligne courbe jusqu'à son extrémité dont elle ne laisse intactes que trois lignes vers la partie inférieure. Outre cette première et très grande tache presque centrale, on en voit de plus petites qui sont comme une continuation de la tache principale, lesquelles éparses çà et là sur la surface de la page ont entièrement détruit l'ancienne écriture. On peut calculer que ces taches couvrent en divers endroits au moins le quart de la page entière, ensorte que le manuscrit étant en lignes très serrées et d'une écriture très fine, il y a un grand nombre de vers effacés et des lacunes qui interrompent entièrement le sens de l'auteur. Il faut remarquer que, parmi ces petites taches, on en rencontre une en tête de la page et du côté de la marge extérieure, qui est la plus considérable de toutes et qui a une forme particulière et bien différente des autres. Cette tache annonce tant par sa forme ronde que par d'autres signes particuliers qu'elle n'a pas été faite de la même manière que les autres. Elle semble avoir entièrement le caractère d'une tache primitive, formée, non par le contact accidentel d'un papier taché, mais bien plutôt par une plume ou tout autre instrument fortement trempé d'encre, agité et secoué sur la page pour en faire tomber une énorme goutte de cette liqueur pernicieuse. On remarque, en outre, que, dans cette même place, où commence le supplément de la lacune, on a entièrement, soit avec l'ongle, soit avec un grattoir, effacé la troisième partie d'un vers, et l'on voit la même chose pratiquée au vers dix-neuvième et ailleurs, en sorte que par ce moyen on a fait disparaître plusieurs mots qui auparavant étaient intacts.

Tel était l'état de la tache et de la page avant qu'on la soumît au procédé chimique; j'ai voulu vous en donner une idée afin que vous puissiez savoir le mieux possible comment a été endommagé un manuscrit si fameux et respecté par tant de siècles.

Je continue maintenant le récit des opérations chimiques. D'abord, les premières tentatives du célébre professeur firent concevoir les plus belles espérances de succès, lorsqu'on vit que l'acide préparé par lui attaquait l'encre nouvelle, lui ôtait sa couleur noire et laissait encore paraître l'ancienne écriture qui était restée intacte dans le reste de la page. On espérait en conséquence venir à bout d'enlever entièrement ce voile épais, et de découvrir les traces de la première écriture; mais après vingt essais répétés durant un pareil nombre de jours, dans le cabinet de M. le conservateur, en sa présence, et devant un grand nombre de savants qui faisaient des vœux pour le salut de l'infortuné Longus, on n'obtint rien autre chose que d'anéantir la couleur noire de l'encre moderne; tandis que la partie jaunâtre résultant de l'oxide de fer dont elle était naturellement et même excessivement chargée, ne put point être enlevée. L'ancienne écriture ne s'étant pareillement conservée que par la propriété de l'oxide de fer, il s'ensuit qu'elle demeure, malgré tous les efforts, confondue et comme absorbée par la plus nouvelle, sans aucun espoir de réparation. Voilà le récit exact et sincère de ce qui est arrivé à ce malheureux manuscrit. Vous en serez affligé comme moi en pensant qu'un seul instant a pu détruire ce que cinq siècles avaient conservé intact. Cet exemple prouve que nous sommes injustes quand nous accusons de la perte des monuments de l'antiquité, plutôt l'injure du temps que la négligence des hommes.

Mais vous demanderez à présent quelle impression un tel événement a produit sur l'esprit des gens de lettres! Je vous dirai qu'ici tout le monde en a été indigné au dernier point, et j'imagine que ceux qui sont plus éloignés et qui auront appris ce malheur auront éprouvé le même sentiment. Toutes les personnes auxquelles j'ai fait simplement le récit de cet événement ont eu grande peine à croire qu'il soit arrivé de la manière que je vous l'ai raconté, de la manière que vous l'avez appris et ainsi que M. Courier lui-même l'a exposé. Il y a dans ce récit des circonstances qu'elles ne savent pas expliquer pour la justification de l'auteur du dommage. Par exemple: pourquoi a-t-il remué l'encre plutôt avec les barbes qu'avec le bec de la plume, comme c'est l'usage ? et en admettant qu'il en soit ainsi, pourquoi a-t-il laissé sur la table cette plume devenue inutile et dangereuse au lieu de la jeter par terre. Elles réfléchissent ensuite qu'on n'aperçoit pas le besoin de remuer l'encre dans un encrier tout nouvellement préparé, dans un temps, où, par la disposition naturelle de l'atmosphère, l'encre se conserve pendant plusieurs jours coulante et fluide. Bien plus, elles songent que puisqu'il s'agissait simplement de collationner, l'occasion d'écrire était rare. Mais qu'on admette toutes ces explications, on dit alors : Il faut convenir ou que la plume ainsi souillée d'encre tomba sur la feuille qui, se trouvant par hasard sur la table, fut ensuite placée dans le manuscrit pour servir de marque, ou bien qu'étant d'abord tombée sur la table elle fut ensuite jetée par mégarde sur la feuille. Supposons le cas où la feuille serait venue à tomber sur la plume, tout le monde comprendra que le contact a dû être si léger que la feuille n'a pu s'imbiber d'une assez grande quantité d'encre pour produire une tache si épaisse, si étendue et si pénétrante; on le conçoit d'autant moins que la plume étant d'abord tombée sur la table a dû se décharger d'une partie de l'encre. Admettons maintenant que la plume ait été posée, ainsi remplie d'encre, sur la feuille; mais alors M. Courier l'aurait certainement vue cette feuille, et il n'aurait pas été assez cruel pour la placer comme marque dans un manuscrit si précieux; d'autant plus que cette marque était fort inutile puisque le supplément avait été plusieurs fois collationné par nous sur le manuscrit, et qu'il était depuis long-temps copié ! et quand il n'y eût pas fait attention, ce qui paraît impossible, cette feuille n'eût pu manquer d'être aperçue soit par mon sous-bibliothécaire, soit par moi-même; quoique l'un de nous d'eux fût toujours présent tout le temps que dura le travail de M. Courier, il faut déclarer que nous ne le vîmes jamais faire de marques dans le manuscrit. Il faut que M. Courier ait profité ce jour-là, pour placer cette feuille, de la courte absence que le sous-bibliothécaire fut forcé de faire pour la satisfaction de quelques besoins urgents et inévitables.

En outre, on ne sait pas expliquer d'une manière plausible, qui, dans diverses parties de la page, a distrait l'ancienne écriture, qui certes était intacte auparavant, à l'exception de quelques parties que le temps avait presque effacées, et dont la lecture lui eût été impossible si nous ne lui eussions prêté les secours nécessaires.

Mais ce qui révolte non-seulement les savants, mais toutes les personnes de sens, c'est d'avoir refusé avec ingratitude, après l'avoir solennellement promis, une copie de ce passage à une Bibliothèque où il avait été si bien reçu.

Tous ceux qui ont entendu parler de cet événement se livrent à ces réflexions et à d'autres encore. Quant à moi, je ne vous ai raconté ces faits que dans l'intérêt de l'histoire et nullement dans une autre vue; je ne dois pas scruter les pensées et les sentiments des autres, averti que je suis à cet égard par ce conseil d'Euripide :

. . . . . ανδρώπων γνῶμαι πολλαι
Και δυσαρεστοι.

Iphig. in Auli.

C'est à M. Courier qui seul connaît très bien les véritables circonstances qui ont malheureusement concouru à faire périr une partie précieuse de l'un des plus fameux manuscrits de l'Europe, c'est à lui qui a fait disparaître un passage si intéressant d'un auteur classique dans le lieu même où cet auteur avait été conservé et où il avait été admis à le consulter; c'est à lui, dis-je, à se justifier en face du monde savant de son inadvertance et du dommage irréparable qu'il a causé.

Mais je pense que je vous ai causé assez d'ennui et de chagrin; je finis en vous souhaitant de la santé et du bonheur. Adieu.

De la Bibliothèque Médico-Laurentiane.—Florence, le 5 février 1810.

FRANCESCO DEL FURIA.

NOTICE

SUR

UNE NOUVELLE ÉDITION

DE LA TRADUCTION FRANÇAISE

DE LONGUS,

PAR AMYOT,

ET SUR LA DÉCOUVERTE D'UN FRAGMENT GREC

DE CET OUVRAGE.

DAPHNIS ET CHLOÉ,

TRADUCTION COMPLÈTE

D'APRÈS LE MANUSCRIT DE L'ABBAYE DE FLORENCE,

IMPRIMÉE A FLORENCE,

CHEZ PIATTI, 1810, in-8°.

CETTE édition, imprimée à soixante exemplaires, qu'on a eu l'attention de numéroter, et qui ont été distribués en présents, a été faite aux frais et par les soins de M. Courier, de Paris, ancien officier d'artillerie, et helléniste fort habile. Elle contient, de plus que toutes les précédentes, la traduction françoise, en sept pages, d'un fragment très-curieux remplissant la lacune qu'on sait être au premier livre de cet agréable ouvrage. Le fragment y est traduit par M. Courier en ancien langage; et on peut dire, à la louange du traducteur, qu'il a rempli cette difficile tâche assez habilement pour se faire lire avec Amyot sans qu'on aperçoive trop de disparate. Il a fait dans le reste de l'ouvrage un assez grand nombre de corrections dont quelques-unes de pur style, et que peut-être il eût été mieux de ne pas hasarder; mais la plupart portent sur le texte même, et sont motivées sur de meilleures leçons recueillies depuis Amyot dans les manuscrits, et notamment par M. Courier lui-même dans le manuscrit Florentin de l'abbaye (della badia), conservé maintenant à la Bibliothèque Laurentiane, et d'après lequel il a copié le texte grec de ce même fragment.

On peut avoir quelque surprise de voir paroître la traduction françoise d'un morceau d'ancienne littérature grecque, sans que ce fragment ait été lui-même publié; tandis qu'il étoit si facile, qu'il étoit de devoir même de l'imprimer, n'eût-ce été qu'en forme de note et à la fin du volume françois, où il eût à peine occupé trois ou quatre pages.

Si l'étrange histoire de la découverte de ce morceau, et (espérons n'avoir pas à continuer à le dire) celle de sa perte subite, n'étoient pas maintenant de notoriété publique, on pourroit croire que les pages ajoutées dans cette édition nouvelle, sont une de ces petites supercheries littéraires, dont il y a déjà tant d'exemples; le court avertissement qui précède l'ouvrage est lui-même obscur, et conçu de manière à inspirer peu de confiance sur l'authenticité du morceau. Il faut dire que dans cette affaire tout semble avoir tourné à contre-sens; est-ce la faute des hommes? est-ce seulement le concours de bizarres circonstances, que la prudence ne pouvoit prévoir? c'est ce que je n'ai pas le talent de deviner; mais comme de ces petits incidents, on a fabriqué une longue histoire dans laquelle je suis, non pas compromis (je me rends la justice d'être certain que jamais je ne pourrois l'être à juste titre en quoi que ce fût), mais au moins comme j'y suis nommé, et que, bon gré, malgré, on paroît vouloir m'y faire figurer, il faut aussi que je la raconte; ce que je vais faire avec toute ingénuité, et le plus brièvement qu'il me sera possible.

En novembre dernier, me trouvant à Florence avec M. Courier, que j'avois vu venir dans mon magasin à Paris, que j'avois retrouvé avec plaisir à Bologne, nous visitâmes ensemble la belle Bibliothèque des manuscrits, dite de Médicis ou Laurentiane. Le principal motif de notre visite étoit d'y vérifier si dans un manuscrit bien connu, et contenant quatre ouvrages grecs, y compris le roman de Longus, nous trouverions le passage qui, dans ce dernier ouvrage, manque à tous les imprimés, comme il a d'abord manqué dans le manuscrit florentin d'Alamanni, qui maintenant est perdu, et sur lequel a été faite la première édition florentine de 1598, in-4°, source de toutes les autres réimpressions. M. Furia, bibliothécaire, nous communique le manuscrit, et nous reconnoissons avec joie qu'il n'a point de lacune, que l'endroit inédit forme une page entière de ce manuscrit in-4° remplie d'une écriture aussi menue que serrée. M. Courier prend aussitôt la résolution de copier ce fragment, et même de collationner le texte entier de l'ouvrage qui paroît ne l'avoir jamais été, et qui faisoit espérer des variantes assez importantes : le tout, bien entendu, sans déplacement du manuscrit, et dans l'intérieur de la Bibliothèque. Je remets à M. Courier quelques livres nécessaires à son travail ; j'écris à Paris pour lui en faire envoyer d'autres qui ne se trouvoient pas à Florence, et dont il avoit besoin, non pas pour la simple transcription du court fragment, mais pour la révision qu'il alloit faire de tout le texte. Je pars ensuite pour Livourne où m'appeloient mes affaires ; de retour le 12 novembre à Florence, où je n'avois à rester que douze heures seulement, je cours à la Laurentiane visiter MM. les bibliothécaires et M. Courier. J'y trouve ce dernier avec M. Bencini, sous-bibliothécaire ; je les vois chagrins ; ils me montrent le manuscrit du Longus, et m'apprennent que la surveille, pendant une courte interruption de travail, une feuille de papier placée par inadvertance dans le manuscrit, y étoit restée collée, parce que cette feuille s'étoit trouvée fortement tachée d'encre en-dessous. Je considère avec un chagrin aussi vif qu'amer (1) cette malheureuse feuille collée tout à

(1) Ma douleur fut bien vive, peut-être même le fut-elle autant que celle de M. Furia, quoique je n'aie pas le bonheur de la faire parler en termes aussi magnifiques. « A cosi orrendo spettacolo mi sigelò il » sangue nelle vene, e per più istanti, volendo esclamare, volendo » parlare, la voce arrestossi nelle mie fauci, ed un freddo gelo invase » le istupidite mie membra. Finalmente l'indignazione succedendo al » dolore, che mai faceste, esclamai..... ». Page 58 de l'écrit de M. Furia.

travers, et cachant toute une page qui étoit justement celle du morceau inédit. Je fais à l'un et à l'autre l'observation que le premier soin eût dû être, le 10, jour de l'accident, d'enlever cette feuille, lorsqu'elle étoit encore moite, et par conséquent moins adhérente au manuscrit. Je demande la permission d'essayer de la décoller, afin de reconnoître l'étendue du dommage, et d'aviser à le diminuer, à le réparer, s'il étoit possible. M. Bencini m'engage à attendre l'arrivée du bibliothécaire en chef, M. Furia, qui effectivement ne tarde pas à venir. Je le prie de permettre que je détache cette feuille, si je le puis faire sans endommager le manuscrit; et, en sa présence, avec un peu de dextérité, animé par le désir de réparer un mal que je n'avois ni fait ni occasioné, mais qui cependant ne m'en chagrinoit pas moins vivement, je parviens à détacher cette feuille, en la déchirant par morceaux; et j'achève avec un plein succès cette petite opération chirurgico-bibliographique.

Quand la feuille du manuscrit fut débarrassée de sa triste compagne, mon premier soin fut d'inviter ceux qui l'avoient si habilement déchiffrée et transcrite, à vérifier si l'un des endroits couverts par la tache d'encre recéloit quelque passage resté incorrect, ou au moins incertain, dans la copie, qui heureusement étoit achevée. Cette vérification fut faite sur-le-champ; et il fut bien avéré qu'aucun passage oblitéré par la tache d'encre, ne laissoit le moindre louche, la moindre incertitude dans la copie, ce qui nous donna à tous quatre un peu de consolation. M. Furia demanda à M. Courier une copie du fragment; je l'invitai à avoir soin de faire cette transcription sur un papier de la juste dimension du manuscrit, et à la faire en lettres fines, avec cette perfection avec laquelle il sait écrire le grec. On convint que cette pièce seroit remise dans le plus bref délai ; pour ma part je promis d'envoyer plusieurs exemplaires de la petite édition que je me proposois d'en faire à Paris, aussitôt après mon retour, et de tirer ces exemplaires exprès sur du papier de la grandeur du manuscrit, afin qu'on pût, en y réunissant copie manuscrite et copie imprimée, réparer en quelque sorte le dommage et la dégradation de la page ancienne. Pour cette édition que j'allois faire, il me fut promis, en présence de M. Furia et de son aveu, que la copie qui m'étoit destinée me seroit d'abord envoyée, sauf à faire ensuite celle qui devoit revenir à la Bibliothèque, et qui, devant être plus soignée, mieux écrite, seroit nécessairement un peu plus longue à exécuter. Huit jours, quinze au plus, en faisant le tout à son aise et sans précipitation, devoient suffire à ce petit travail; de sorte qu'avant la fin de novembre tout devoit être remis en ordre, et la Bibliothèque avoir reçu sa copie. Je ne prévoyois guère qu'une demande aussi simple, aussi naturelle, et faite d'aussi bonne foi, à laquelle M. Furia ne fit aucune objection, seroit l'occasion ou plutôt le prétexte d'une tracasserie qui, au surplus, doit m'être toujours complètement étrangère. Le même jour, je pars pour revenir en France. M. Courier me promet encore que dans la semaine il m'enverra la copie du fragment, et ensuite, le plus tôt possible, sa traduction françoise en style d'Amyot, et les variantes du texte entier. J'étois bien persuadé que ce fragment me devanceroit à Paris; et l'édition que je projetois, je la destinois à être envoyée en cadeau du nouvel an, tant à la Bibliothèque de Florence, à qui cette attention étoit bien due, qu'à nombre de savants et autres personnes de distinction qui avoient bien voulu m'accueillir dans la tournée que je venois de faire en Italie et en Suisse.

Le 12 décembre, j'arrive à Paris; point de fragment; j'attends, j'écris, je récris; rien ne vient : je finis par ne plus écrire; et enfin, dans le mois d'avril je reçois par la poste, non pas le fragment grec, mais un exemplaire de l'entière traduction françoise d'Amyot, réimprimée à Florence, avec le fragment traduit et remis à sa place : c'est l'édition que j'annonce au commencement de cette note. Pour ce qui est du fragment en langue grecque, et de la collation promise de tout le texte, depuis mon départ de Florence, je n'en ai plus entendu parler.

Il sembleroit que je n'aurois plus rien à dire, et que je devrois clore ici cette note, déjà assez longue; mais puisqu'on a bien voulu s'occuper de moi sans que je l'aie demandé, il faut aussi que pendant quelques minutes j'occupe tout l'univers de ma réponse; j'entends l'univers de Tristam-Shandy, les cinquante ou soixante personnes qui se sentiront le courage de lire toute cette polémique.

J'avois pris mon parti, et fait le sacrifice du petit plaisir que je m'étois d'abord promis de la publication de ce fragment, tant et si inutilement attendu, lorsqu'on m'envoya de Milan un article anonyme, inséré dans le le *Corriere Milanese*, du 23 janvier, et probablement rédigé par quelque officieux Florentin. Dans cette note, dont chaque ligne est un mensonge et une calomnie, on parle de vandalisme, de cupidité; on dit qu'un libraire de Paris découvrit et copia le fragment, qu'ensuite il renversa son encrier sur la page inédite, et la couvrit entièrement d'une encre particulière et indélébile : le tout, bien entendu, par avidité et pour gagner beaucoup à la publication exclusive de cette pièce. Je ne répondis point à une note aussi absurde; mais M. Furia a pris la peine d'y répondre à ma place, dans un écrit qu'il vient d'insérer au tome X de la *Collezione d'Opuscoli Scientifici et Litterari*, Florence 1810, in-8., pages 49 à 70. Dans cet exposé, qui certes n'est pas un écrit fait de complaisance pour moi, on voit à peu près les détails que je viens de donner; on voit par qui, où et comment a été faite la tache, qu'il n'y a pas eu d'encre indélébile, que le *librajo francese* n'est pour rien là dedans; et enfin le journaliste milanois se trouve complètement convaincu d'imposture : mais on y voit aussi que M. Furia ne demande pas mieux que de trouver des torts, et qu'à défaut de faits il se jette sur les plus menus incidents, pour me faire jouer un personnage.

D'abord il me blâme indirectement d'avoir détaché la feuille super-imposée. Je l'ai fait parce que c'étoit nécessaire, indispensable ; je l'ai fait en sa présence, avec un succès complet, sans effleurer dans la plus petite parcelle le papier du précieux manuscrit ; et si dans cette occasion quelqu'un pouvoit avoir tort, ce seroit le bibliothécaire lui-même, pour n'avoir pas essayé d'ôter cette feuille, dès le 10 novembre, jour de l'accident ; ce qu'il eût probablement fait sans aucun risque et avec la facilité d'enlever aussi une partie de cette nouvelle encre encore mal fixée sur la feuille ancienne. Au reste, l'emplâtre est ôté, c'est le principal ; mais je ne vois en aucune manière quel pouvoit être le motif de M. Furia, lorsque le 10 novembre, il voulut que la feuille restât collée, ainsi qu'il l'apprend lui-même : *Il qual non volli che fosse in conto alcuno rimosso dal posto.* Certes à ce poste la feuille ajoutée figuroit tout aussi bien que l'aune de boudin au nez de la femme ; et je suis très-coupable d'en avoir fait l'extirpation. M. Furia continue : « M. Renouard humectant adroitement le feuillet avec sa langue et son haleine, se disposoit à l'enlever, je m'y opposai bien vîte, mais inutilement, parce qu'au moment même il l'enleva rapidement en le déchirant en quatre morceaux (1). » Il m'a en vérité fallu du courage pour surmonter le dé-

(1) Il signor Renouard destramente umettandolo con la lingua e col fiato, già disponevasi a toglierlo. Mi vi opposi io ben tosto, ma inutilmente, poichè egli nel tempo stesso con rapida mano lo tolse, rompendolo in quattro parti.

goût de poser ma langue sur ce feuillet tant de fois palpé par ces messieurs. C'est la plaie d'un malade que je suce, me disois-je en moi-même, pendant cette répugnante corvée. M. Furia me dit bien alors : Prenez garde, laissez, vous allez tout déchirer. Ma réponse fut de lui présenter le manuscrit débarrassé; tout justement, au talent de l'opération près, comme l'oculiste à qui l'on crieroit : Laissez cette cataracte, vous allez crever l'œil; et qui répondroit en montrant la cataracte extirpée et le malade rendu à la lumière. Comme on veut à toute force que je sois pour quelque chose dans tout cela, on me fait aussi une affaire de n'avoir pas respecté l'intégrité du papier super-imposé, et de l'avoir enlevé par morceaux. Auroit-il mieux valu pour le conserver intact, arracher par lambeaux la feuille du manuscrit? Ce papier portoit une attestation de la main de M. Courier, par laquelle il se reconnoît l'auteur involontaire du dégât; mais l'attestation n'a point été déchirée; M. Furia déclare l'avoir recueillie et conservée entière. Dans l'état des choses, il ne pouvoit rien désirer davantage.

Le point le plus désagréable de cette affaire, et ce qui a motivé l'écrit de M. Furia, c'est qu'effectivement la Bibliothèque n'a pas encore recouvré la copie du fragment; c'est que le manuscrit, devenu imparfait au moment où il venoit d'être reconnu complet, est encore dans son état de mutilation. C'est un œil rendu à la lumière, et crevé aussitôt après, par la main qui l'avoit si habilement opéré. Sans doute, il falloit que la copie fût remise; il le falloit si bien que, voyant ce qui est arrivé, je me reproche actuellement à moi-même, comme un tort bien involontaire sans doute, de n'avoir pas refusé toute copie avant que la Bibliothèque eût reçu la sienne, et d'avoir au contraire désiré, bien que de l'aveu du bibliothécaire, qu'une copie me fût d'abord transmise.

Pouvois-je me douter que cette demande, faite de la meilleure-foi du monde, serviroit, comme je l'ai déjà dit plus haut, de motif ou de prétexte à une difficulté que je n'avois garde de prévoir, par la raison que je n'eusse pas été capable de la faire. Partant le même jour, je ne pouvois que me recommander à la bonne volonté de M. Courier qui promettoit l'envoi le plus prompt, à celle de M. Furia qui consentoit à continuer l'obligeante communication du manuscrit, pour l'achèvement de la révision du texte. M'étoit-il possible de deviner qu'après mon départ, ces messieurs se fâcheroient, prendroient de l'humeur les uns contre les autres, et dans leur fâcherie mettroient en jeu l'absent pour lui faire dire ce qu'il n'a point dit, et tirer de quelques mots des inductions toutes contraires à ce qu'il a jamais pensé. M. Furia imprime qu'on lui a allégué que j'avois défendu de lui rien remettre : c'est, je dois le dire, une fausseté, de quelque part qu'elle vienne. On a vu plus haut que j'avois désiré une copie prompte, mais je ne l'ai jamais demandée exclusive. MM. Furia et Courier savent très bien cela l'un et l'autre. Ma recommandation à ce dernier, au moment de nous quitter, fut de me donner la première copie, ainsi qu'il étoit convenu, et de me la donner assez promptement pour que je pusse être mis en état d'imprimer aussitôt après mon arrivée à Paris.

C'étoit bien peine perdue que cette recommandation, puisque je n'ai jamais rien reçu, ni le texte du fragment, déjà copié quand je suis parti de Florence, ni la traduction faite depuis, qu'on m'avoit pareillement promise, et que j'ai connue, avec le public seulement, quand elle a été imprimée; qu'on vienne après cela dire que c'est pour se conformer à mes intentions qu'on a refusé la copie demandée; ceci a en vérité un peu trop l'air d'une mauvaise plaisanterie.

Si l'on eût scrupuleusement réservé cette pièce pour moi, on me l'eût envoyée : si l'on s'étoit cru lié par une interdiction que je n'avois pas plus le droit que la volonté de prononcer, cette cause eût entièrement cessé par l'offre que M. Furia déclare avoir faite de ne communiquer à qui que ce soit cette copie avant qu'on ait imprimé à Paris, et même de la cacheter et déposer, si l'on croyoit une telle précaution nécessaire : cependant le refus a continué, et probablement dure encore. J'en ai dit assez pour prouver que quels qu'en puissent être les motifs, ils me sont et doivent m'être parfaitement étrangers.

Au reste, si l'on veut trouver à M. Courier quelque tort, ce ne sera du moins pas celui de l'amour du gain; car dans son travail tout étoit gratuit, comme dans mon édition à peu près tout devoit être pour moi pure dépense. Aussi M. Furia dans sa longue épître ne l'attaque point de ce côté ; il réserve ce gracieux compliment pour le libraire. Il est tout simple pour M. Furia qu'un libraire n'a pu aller voir des manuscrits que dans l'espoir de gagner quelque argent : deux ou trois pages inédites de grec ont enflammé sa convoitise ; et *per fas et nefas* il a fallu arriver aux moyens de ravir cette riche toison, et de la ravir pour soi seul. Ma réponse est ma vie entière ; et, assurément, jamais l'amour du gain ne m'a fait dévier de la route que doit suivre un commerçant honnête : ce n'est point là mon péché capital. Quant à cette importante spéculation, non littéraire, mais mercantile, selon M. Furia, il a trop de bon sens pour être la dupe de sa petite injure : il sait très bien que, soit à Paris, soit à Florence, il y avoit dans cette exiguë publication quelque argent à dépenser, pour imprimer la pièce, la vendre à peu de personnes, en faire cadeau à un grand nombre, et en être pour les frais de l'édition. Au reste, ce n'étoit pas trop payer le plaisir de cette petite conquête littéraire, et j'y eusse, s'il l'eût fallu, dépensé bien davantage. M. Furia sait très bien aussi que, dans l'intérieur même de la Bibliothèque, j'ai dépensé, je ne dis pas à son profit, mais à celui des subalternes, bien plus que n'auroit jamais pu rapporter la vente la plus miraculeuse de cette niaiserie grecque. Cette indemnité, je la devois sans doute, pour la complaisance avec laquelle on voulut bien, pendant ce temps des vacances, tenir la Bibliothèque ouverte pour laisser travailler sur ce manuscrit qui ne devoit pas être déplacé. Quant à M. Furia, ses complaisances et sa peine ne pouvoient se payer que par de la reconnoissance; et je n'en conserve pas moins pour lui que si le manuscrit me fût venu, qu'il me fût venu en temps utile, que mon impression eût été bien et promptement faite, et enfin que j'eusse eu de cette petite affaire autant de satisfaction et d'agrément qu'elle m'a déjà donné d'ennui. Mais aussi, que M. Furia me fasse la grâce de ne point s'occuper de moi plus qu'il ne doit et plus que je ne veux; qu'il ne me fasse pas dire ce que je n'ai point dit : ou, si l'on me prête un langage inconvenant, que sa haute sagacité, aidée d'un peu de charité chrétienne, lui fasse rejeter comme absurdes tout langage, toute conduite qui n'auroient pu être le langage, la conduite d'un homme honnête et non en démence.

Que conclure de tout ceci, et des vingt-deux pages de M. Furia; que le libraire a eu le tort de ne pas voir du premier coup-d'œil que l'accident arrivé au manuscrit exigeoit qu'avant toutes choses copie fût remise à la Bibliothèque; mais, qu'au reste, la remise de cette copie n'a dépendu aucunement de sa volonté, et qu'il n'est point du tout la cause du refus. On lui reprochera encore, si l'on veut, de n'avoir pas su prévoir que le désir bien franc, un peu enthousiaste, de publier deux vieilles pages de grec seroit officieusement transformé en avidité mercantile. Quant au littérateur, il est probable qu'il aura cru avoir le droit de retenir ce qu'il avoit trouvé, ou au moins de ne le publier que quand bon lui sembleroit. Il n'aura pas aperçu qu'avant la tache il avoit bien ce droit, mais que la tache une fois faite, son devoir étoit de rendre aussitôt une copie manuscrite : ou, s'il ne la vouloit rendre qu'imprimée, de la donner avec une promptitude telle qu'on eût à peine eu le temps de s'affliger de la dégradation. La plus grande partie du mal est encore réparable. Que M. Courier imprime son fragment, ou qu'il le rende manuscrit à la Bibliothèque; il fera cesser les justes réclamations des amis des lettres; et dès-lors la dégradation du manuscrit ne sera plus qu'un accident, très-fâcheux sans doute, mais sans aucun préjudice pour la littérature.

Paris, le 5 juillet 1810.

ANT. AUG. RENOUARD.

FIN DU TOME SECOND.

TABLE

DES MATIÈRES CONTENUES DANS CE VOLUME.

PAMPHLETS POLITIQUES ET OPUSCULES LITTÉRAIRES.

OPUSCULES INÉDITS.

FIN DE LA TABLE.

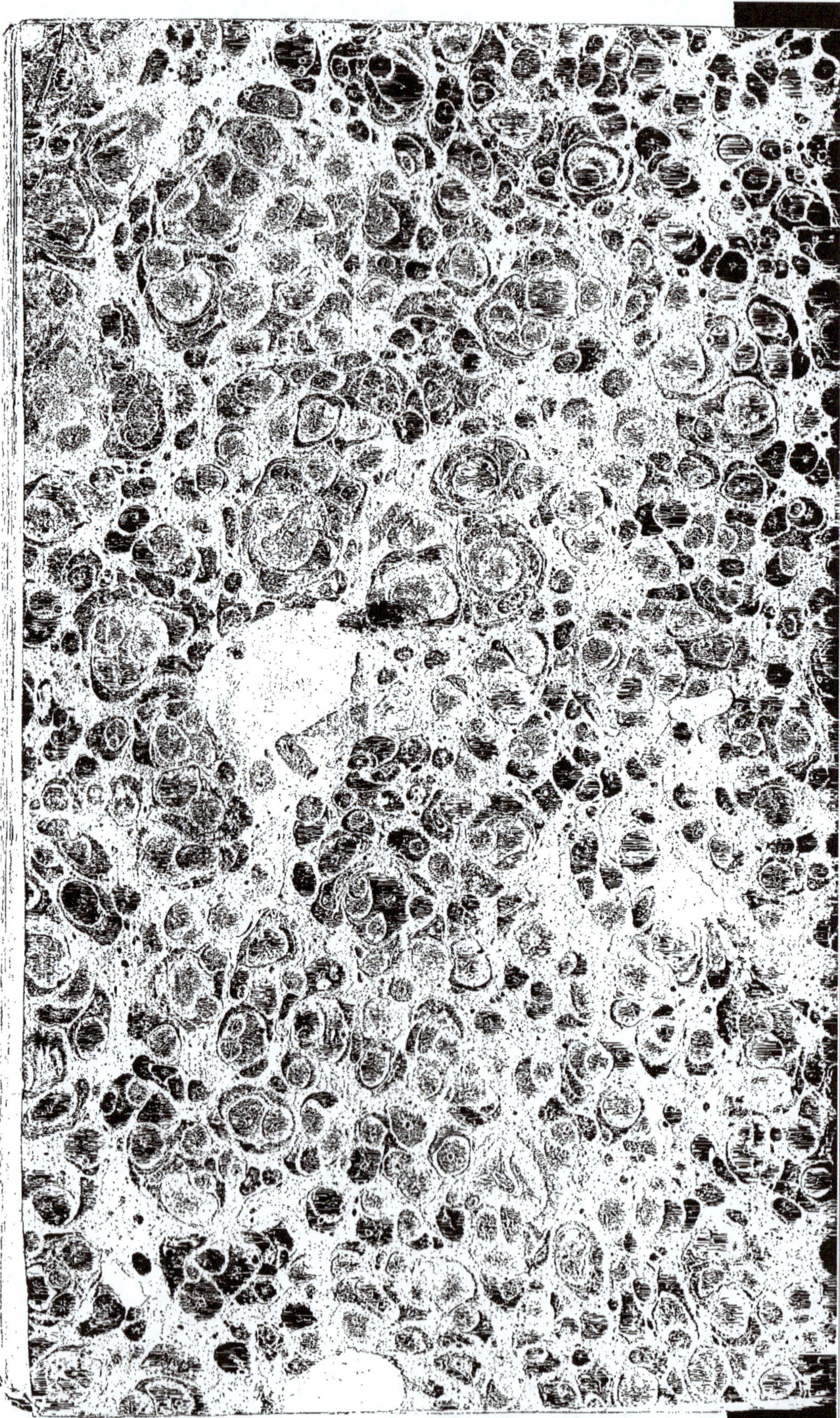

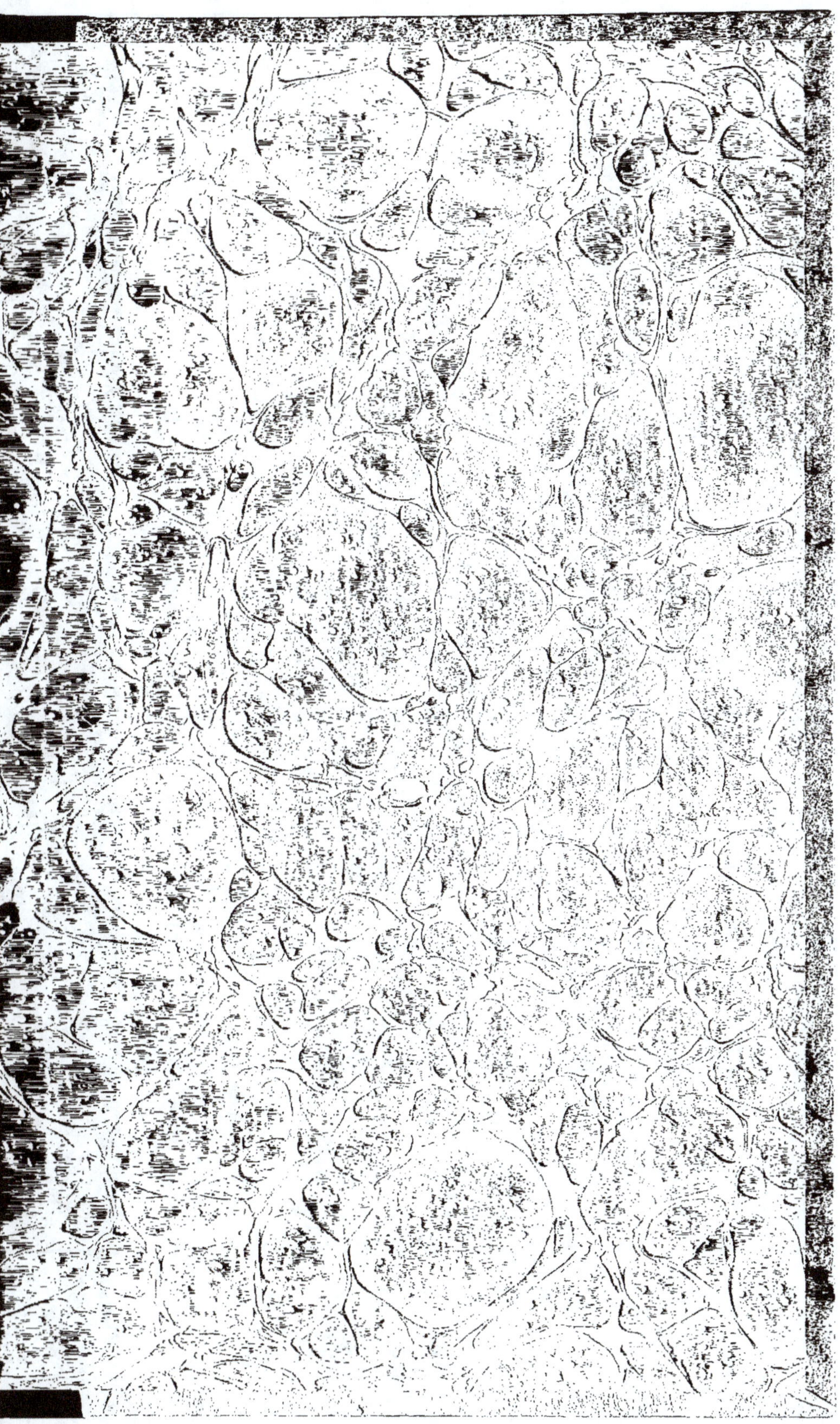